Thomas Ehlke

# Der Tote in der Ruine

LEINPFAD
VERLAG

Umschlag: kosa-design, Ingelheim
Layout: Leinpfad Verlag, Ingelheim
Druck: wolf print, Ingelheim
Foto S. 215: Torsten Zimmermann

Leinpfad Verlag, Leinpfad 5, 55218 Ingelheim,
Tel. 06132/8369, Fax: 896951
E-Mail: info@leinpfadverlag.de
www.leinpfadverlag.com

ISBN 978-3-942291-55-2

## Inhalt


| | |
|---|---|
| Personenverzeichnis | 7 |
| Der Anruf | 9 |
| Versöhnung | 28 |
| Betäubt | 33 |
| Drohungen | 37 |
| Der Anschlag | 39 |
| Eine undichte Stelle | 48 |
| Schlag im Dunkeln | 50 |
| Abendgespräch | 54 |
| Der Verdacht | 61 |
| Die Chorprobe | 66 |
| Selig sind die Armen im Geiste | 70 |
| Manne | 72 |
| Cornelius Brenning | 76 |
| Holzkisten | 78 |
| Vater und Sohn | 85 |
| Apostelgeschichten | 89 |
| Morgengrauen | 94 |
| Fastnacht | 105 |
| Müller-Heine | 111 |
| Tränen | 116 |
| Zugriff! | 120 |
| Drahtschlingen | 125 |
| Angekreuzt | 130 |

| | |
|---|---|
| Stromausfall | 134 |
| Augenblicke | 136 |
| Verhaftet | 138 |
| Alleingang | 141 |
| Verschollen | 149 |
| Ein später Gast | 157 |
| Kellerloch | 159 |
| Schutzengel | 164 |
| Erschütterungen | 165 |
| Ausgeflogen | 172 |
| Apparatemedizin | 176 |
| Window-Colours | 181 |
| Morgenlage | 183 |
| Die Einladung | 193 |
| Angeklagt | 200 |
| Blendgranaten | 208 |
| Spaziergang | 213 |
| Der Autor | 215 |

## Personenverzeichnis

**Peter Stahl:** Pfarrer an der Oppenheimer St. Katharinen-Kirche, Ende 50, ledig, schlagfertig, Wein- und Tabakgenießer

**Benno Moser:** Journalist, Sänger und Karnevalist, 38, konspirativer Mitstreiter Stahls

**Anneliese Heimbach:** Stahls Sekretärin, 49, gute Seele der Pfarrgemeinde

**Stefan Schuster:** Chef der Oppenheimer Polizeiinspektion, 44, sportlich, Familienmensch

**Lothar Ebert:** Chef der Mainzer Mordkommission, 59, stämmig, aufbrausend, kriminologischer Stratege

**Achim Sänger:** Prokurist der Speditionsfirma Reinhardt, 39

**Lilo Sänger:** Ehefrau Achim Sängers, 38, Chefsekretärin, gesundheitsbewusst

**Hermann Reinhardt:** Spediteur, 61, mit weitreichenden Verbindungen

**Georg Albert Litzius:** Immobilienmakler, Mitte 60, interessiert sich manchmal für Geschichte

**Regina Litzius:** seine Ehefrau, Ende 50, gepflegte Erscheinung, ihrem Gatten sehr ergeben

**Paul Hansmann:** Tuchhändler, Ende 60, Freund von Georg Albert Litzius

**Friedchen Bernsdorff:** frühere Haushälterin bei Hansmann, 72

**Gero van Aalheim:** Winzer und Gutsherr, 62, Freund von Georg Albert Litzius

**Katharina van Aalheim:** Ehefrau van Aalheims, Mitte 40, elegant, gebildet, mit einem kleinen Alkoholproblem

**Horst Mager:** Polizeikommissar, 43, Vater einer schwerkranken Tochter

**Andrej Slotnikow:** Gärtner bei Litzius, 45, drahtig, ehemaliger russischer Offizier

**Manne Baumann:** Lagerist bei Reinhardt, Ende 30, Jugendfreund Mosers, Frauentyp

**Selma Maslow:** Köchin bei Litzius, 69, resolute Ostpreußin, Opernfreundin

**Albert Litzius jun.:** Musiker und Umweltaktivist, 28, Lebenskünstler, im Dauerclinch mit seinem Vater

**Cornelius Breuning:** Rechtsanwalt, 58, untersetzt, altmodisch, aber sehr sorgfältig gekleidet

**Eberhard:** Diener Breunings, Anfang 30, hochgewachsen, blond

## Der Anruf

Vor ihm lagen Tabakbeutel und Pfeifenbesteck. Mit langsamen, routinierten Bewegungen stopfte er seine Pfeife. Er genoss diese Prozedur. Der Regen prasselte auf das Dach des Pfarrhauses, überzog das Kopfsteinpflaster im Hof mit glänzender Nässe. Das Martin-Luther-Haus auf der anderen Straßenseite war durch den Torbogen nur schemenhaft zu erkennen. Novemberwetter. Der düstere Vormittag eines grauen Tages. Während er zum Besteck griff, klingelte das Telefon.

Er seufzte und nahm den Hörer ab. „Evangelische Kirchengemeinde Oppenheim, Pfarrer Stahl."

Am anderen Ende der Leitung hörte er ein Röcheln. Eine stockende, gepresst klingende Stimme hauchte: „Kommen Sie bitte schnell in die Ruine. Es ist ... Sie müssen ... das Syndikat ..."

Stille.

„Hallo, hallo. Wer spricht denn dort? Hallo! So antworten Sie doch!"

Der Pfarrer von St. Katharinen legte den Hörer auf. Im nächsten Moment verließ er sein Büro, griff Trenchcoat und Regenschirm und schlug die Tür des Pfarrhauses hinter sich zu. Er überquerte die Straße, bog in die Katharinenstraße ein und ging an der Kirchenmauer entlang bis zur Sparrhofgasse. Die Treppe zum Zuckerberg erklomm der hoch aufgeschossene, etwas schlaksig wirkende Pfarrer raschen Schrittes. Es war schon eine ganze Zeit her, dass er als Linksaußen die Farben seiner Bergsträßer Heimatgemeinde auf dem Fußballplatz vertreten hatte. Er war zwar immer noch schlank und sein volles, gewelltes dunkles Haar ließ den Endfünfziger, der sich gerne leger kleidete und ein Faible für Cord-Sakkos hatte, jünger wirken, dennoch musste er jetzt schnaufen: Sein letztes Training lag eine Ewigkeit zurück.

Peter Stahl konnte sich zwar keinen Reim auf den mysteriösen Anruf machen, doch spürte er, dass der Anrufer in äußerster Bedrängnis gewesen sein musste. Er erreichte den Fußweg zur Ruine Landskrone, die hoch über dem 7000-Seelen-Städtchen am Rhein thronte. Mauerreste, die Geschichte atmeten. Die Jugend der Kleinstadt scherte sich jedoch wenig darum, gab das Gemäuer doch einen idealen Abenteuerspielplatz ab. Ärgerlich nur, dass die Einstiege in die Burgkeller durch schwere Holztüren mit Eisenbeschlägen verschlossen waren. Bis in die 80er-Jahre hinein hatte es für die Halbwüchsigen dennoch einen Zugang zum großen Burgkeller gegeben. Durch Maueröffnungen an der Rückseite bahnten sie sich den Weg in das Gewölbe. Die beliebte Suche nach Hinterlassenschaften der einst hier lebenden Rittersleute wurde damals durch die Türen bestenfalls behindert, nicht aber beendet. Indes: In den Katakomben der ehedem stolzen Burg Landskrone stillten die Kinder zwar ihre romantische Abenteuerlust, fanden aber allenfalls alte Coladosen, Zigarettenschachteln oder sonstigen Unrat, die Halbwüchsige oder Amerikaner der früheren Dexheimer Anderson-Kaserne nach ebenso ausgelassenen wie illegalen Feten zurückgelassen hatten.

Peter Stahl hatte die Ruine vor Augen; noch eine Biegung des in Serpentinen gewundenen Fußwegs, der von der Burgstraße durch eine baumbewachsene Anlage führte. Vor dem Eingang hielt er inne. Er hörte ein Motorengeräusch. Offenbar versuchte ein Führerscheinanfänger, ein Auto auf durchweichtem Untergrund fortzubewegen. Reifen drehten durch, mahlten sich fest. Dann, nach erneutem Aufheulen des Motors, hatte der Fahrer es wohl geschafft. Das Motorengeräusch wurde leiser. Der Wagen entfernte sich. Es hatte aufgehört zu regnen.

Der Blick des Geistlichen wanderte über das Mauerwerk, die Überreste des Bergfrieds, die Fenstergesimse, die, hohlen Augen gleich, auf die Häuser der Stadt und das Flusstal blickten. Unterhalb des Bergfriedstumpfes erhob sich der restaurierte Brunnen im alten Hof der Burg. Der Blick des Pfarrers blieb an dem kreisrunden, etwa einen Meter hohen, rosaroten Sandsteingemäuer haften. Ein schwarzes Dreieck störte das gewohnte Bild. Stahl ging auf den Brunnen zu. Als er ihn erreichte, entpuppte sich das Dreieck als Schuhspitze. Deren Besitzer lag gekrümmt hinter dem Brunnen, die Arme auf eigentümliche Weise von sich gestreckt, die starren Augen himmelwärts gerichtet. Der Regen hatte das dunkelrote Rinnsal, das aus dem Loch in der Schläfe des Mannes auf den Lehmboden der Ruine floss, in eine rötlichbraune Pfütze verwandelt.

Der Pfarrer schnaufte tief durch. Kein Zweifel: Es war Achim Sänger. Vor mehr als zwanzig Jahren hatte Stahl ihn konfirmiert. Nun lag er tot in der Ruine Landskrone. Ermordet. Sterbend hatte er seinen alten Pfarrer angerufen, um ihm etwas mitzuteilen, das in direktem Zusammenhang mit seinem gewaltsamen Ende gestanden haben musste. Daran zweifelte Peter Stahl nicht eine Sekunde. Die linke Hand des toten Achim Sänger krampfte sich um ein Handy.

Blaulichtgewitter. Beamte mit und ohne Uniform gingen geschäftig ihrer Arbeit nach. Ein Leichenwagen fuhr vor. Routine nach einem Mord. Die Ermittlungen leitete Schuster. Der Erste Polizeihauptkommissar hatte vor einigen Jahren die Oppenheimer Inspektion übernommen. Mit Kompetenz und Kollegialität hatte der 44-Jährige es geschafft, die Dienststelle auf Vordermann zu bringen. Sein Steckenpferd war die Motivation von Mitarbeitern. Ein Feld, das angesichts der alltäglichen Gegebenheiten im Polizeidienst nicht gerade einfach zu beackern war. Neben seinem Job trainierte Schuster eine Jugendfußballmannschaft des FSV und kümmerte sich um seine Frau und die drei Töchter, joggte durchs Wäldchen, wie das im 19. Jahrhundert zur Franzosenzeit von Maire Emonds angelegte größte zusammenhängende Waldstück zwischen Mainz und der Pfalz hieß. Der Mittvierziger war in der Nähe von Wittlich aufgewachsen, absolvierte seine Polizeiausbildung mit Auszeichnung und ist „der Liebe und des Weines wegen", wie er gerne sagte, in Rheinhessen sesshaft geworden.

Bei Mord waren zwar die Kollegen vom Präsidium in Mainz zuständig, doch bis die eintrafen, leitete der örtliche Polizeichef die Ermittlungen. „Ist Ihnen irgendetwas Ungewöhnliches aufgefallen?", fragte Stefan Schuster den Pfarrer.

„Na hören Sie mal. Ich finde einen Ermordeten in der Ruine – ist das nicht ungewöhnlich genug?"

„Ja. Das ist es wohl. Trotzdem: Ist Ihnen außer dem toten Achim Sänger irgendetwas aufgefallen?"

„Nein", sagte Pfarrer Stahl.

„Gut. Die Kollegen vom Präsidium werden gleich hier sein. Falls die noch Fragen haben, Sie sind im Pfarrhaus?"

Der Pfarrer schien abwesend und antwortete: „Ja ... Nein ... Ich weiß nicht." Er legte den Zeigefinger an die Nase; ein Ritual, das er beim Nachdenken pflegte. „Das Auto. Da war ein Auto. Der Motor heulte auf, die Räder drehten durch", sagte Stahl bedächtig. „Es muss auf dem Feldweg gewesen sein."

Stefan Schuster und Stahl bogen um die Ecke und blickten über den Wirtschaftsweg, der sich wie ein graues Band durch die grün bewachsenen Rebhügel zog. Auf einer Freifläche, die bei Konzerten und den Aufführungen der Oppenheimer Festspiele in der Ruine als Standplatz für den Garderobenwagen diente, waren Vertiefungen im matschigen Lehmboden zu erkennen. Reifenspuren führten von dort den Weg hinab zur Gaustraße, die sich am Friedhof vorbei in die Altstadt zog. Nach wenigen Metern verloren sich die Spuren jedoch im Nass des Asphalts.

„Das Profil ist deutlich erkennbar", stellte der Hauptkommissar fest. „Aber vielleicht war es ja nur ein Tourist, der nach einem Spaziergang zum Wagen zurückkehrte, um zu seinem Hotel zu fahren."

„Ich finde die Wege und den Ausblick hier oben ja auch schön – aber im strömenden Regen?", warf Peter Stahl ein. Sein Geist war hellwach.

„Sie haben Recht. Es ist ungewöhnlich", räumte Schuster ein.

Wenig später sah man die Beamten der Spurensicherung auf Feldweg und Freifläche hantieren.

Als Peter Stahl den Hof des Pfarrhauses in der Straße Am Markt betrat, empfing ihn Frau Heimbach, die Sekretärin des Pfarrbüros: „Gott sei Dank! Wo stecken Sie denn? Seit einer Stunde suche ich Sie wie einen kleinen Kreuzer. Sie könnten ja wenigstens mal sagen, wohin Sie gehen. Man macht sich ja auch so seine Gedanken und schließlich hat man ja auch gewisse Verpflichtungen. Was soll ich den Leuten am Telefon denn sagen und wer unterschreibt mir die ganzen Briefe? Ich habe meine Zeit ja auch nicht gestohlen, also ..."

Sie überzog Stahl mit einem Redeschwall. Anneliese Heimbach war eine gewissenhafte Arbeiterin. Auch wenn sie mit ihrer Tirade im Grunde recht hatte: Das Letzte, was der Pfarrer jetzt brauchte, waren Belehrungen. „Lassen Sie mich mit Ihrem Geschwätz in Ruhe“, herrschte Stahl sie missmutig an.

Im selben Moment bedauerte er seine Reaktion. Aber er wollte jetzt nur noch ins Haus, an seinen Schreibtisch, zu seiner Pfeife – kurz: allein sein, nachdenken. Anneliese Heimbach zuckte zusammen. Wortlos drehte sie sich um, huschte ins Büro. „Herr, vergib mir. Ich mach's wieder gut. Bald. Ich versprech's.“

Im Büro ließ Stahl sich in den weichen Ledersessel fallen. Draußen regnete es wieder. Er stopfte seine Pfeife bedächtig. Deren süßlich duftender Qualm sollte seine Gedankenreise begleiten. Die starren Augen Achim Sängers gingen ihm nicht aus dem Sinn. Warum rief der junge Mann, den er Jahre nicht mehr gesehen hatte, ausgerechnet ihn an? Und das in einem Augenblick höchster Bedrängnis. Was wollte er ihm mitteilen? „... das Syndikat.“ Welche Bedeutung hatte die nebulöse Anspielung? Das Aroma des Pfeifenrauchs umhüllte ihn, als das Telefon klingelte.

„Herr Pfarrer, ich hab gehört, was vorgefallen ist. Kann ich Sie treffen?“, fragte Moser, der Redakteur der Lokalzeitung. Stahl hatte schon viele Gespräche mit ihm geführt. Er wusste, dass Benno Moser ein seriöser Journalist war. Es war klar, was Moser wollte: Informationen. Darin unterschied er sich nicht von seinen Boulevard-Kollegen. Nur ging er anders damit um. Auch wenn Peter Stahl eigentlich allein sein wollte, willigte er ein.

Wenig später schrillte die Türglocke. Moser wirkte wie immer etwas gehetzt. Privat liebte der verheiratete Vater einer Tochter mit den mobartig wuchernden schwarzen Locken die Gemütlichkeit und vor allem den Wein der Gegend – diese Leidenschaft teilte er mit dem Pfarrer, wie beide beim

Weinfest im vergangenen August festgestellt hatten, als sie sich am Stand von Frank Heyden zufällig trafen, bei Riesling und Co. miteinander ins Gespräch kamen und bis zur Sperrstunde eine Schneise durch die Karte tranken. Schließlich lebten beide in Rheinhessen, mitten in einem Meer von Reben und Weinbergen. Moser galt bei seinen Freunden vom Gesangverein „Harmonie", in dem er den Bass mit mehr oder minder großem Erfolg sang, als zu Späßen aufgelegter Tunichtgut. „So dumm wie ein Tenor, nur 'ne Oktave tiefer", pflegte der hagere 39-Jährige sein gesangliches Wirken zu charakterisieren.

Noch bevor Peter Stahl ihm einen Platz anbieten konnte, sprudelte es aus Moser hervor: „Achims Frau Lilo war bei uns in der Redaktion. Wir kennen uns aus der Schule, sie ging in der damaligen Volksschule am Gautor in die Parallelklasse. Sie ist völlig fertig. Die Polizei überbrachte ihr die schreckliche Nachricht nicht unbedingt im Schongang. Lilo drückte mir einen DinA4-Umschlag in die Hand und sagte: ‚Den hat Achim mir gegeben und gesagt, das sei so etwas wie meine Lebensversicherung. Ich solle ihn erst öffnen, wenn ihm etwas zustoße.' Lilo wollte zuerst zur Polizei, doch hat sie keine guten Erfahrungen mit den Ordnungshütern gemacht. Also kam sie zu mir und bat mich, den Umschlag zu verwahren. Als ich sie fragen wollte, was das zu bedeuten habe, warf sie mir nur einen kurzen Blick zu und verließ fluchtartig die Redaktion. Ich bin ratlos. Was soll ich denn jetzt tun, Herr Pfarrer?"

Stahl hatte aufmerksam zugehört. Die Geschichte nahm eine neue Wendung, die den Pfarrer ebenso überraschte wie den Journalisten. „Ich würde vorschlagen, wir setzen uns erst einmal. Möchten Sie einen Tee?", lotste Stahl den sichtlich aufgewühlten Moser in sein Arbeitszimmer, dessen Wände mit hohen Bücherregalen bedeckt waren. Der Pfarrer hatte eine eigene, wohlsortierte Privatbibliothek, in der sich nicht nur religiöse Werke befanden.

Peter Stahl saß seinem Besucher in dem behaglichen Lederfauteuil gegenüber. Er zog an seiner Pfeife und begann zögerlich: „Eigentlich müssten Sie den Umschlag der Polizei übergeben. Er könnte wichtiges Beweismaterial enthalten. Andererseits würden Sie damit das Vertrauen eines Menschen missbrauchen. Eines Menschen, der auf Sie und Ihre Loyalität setzt. Ein schwieriges Problem."

„Das ist ja gerade die Zwickmühle. Vielleicht mache ich alles nur noch schlimmer, wenn ich den Umschlag behalte und ihn nicht an Schuster weiterleite. Vielleicht geschieht noch ein Mord, vielleicht mache ich mich selbst zur Zielscheibe. Ein toter Held ist nicht unbedingt die Rolle, die ich mir für mich vorgestellt habe." Benno Moser trank einen Schluck aus seiner Tasse.

„Ich weiß, dass ich das, was ich Ihnen jetzt vorschlage, als Pfarrer überhaupt nicht mit meinem Gewissen vereinbaren kann. Ich tu's trotzdem. Um zu wissen, in welchen Dimensionen sich die Sache bewegt, müssten wir mehr Informationen über das haben, was in dem Umschlag steckt. Also, öffnen wir ihn", sagte Peter Stahl nüchtern.

Der Redakteur schluckte. „Das ist ausgeschlossen. Was soll ich Lilo sagen, wenn sie den offenen Umschlag zurückbekommt?"

„Sie muss es ja nicht merken. Wasserdampf leistet da gute Dienste, glauben Sie mir."

Der Journalist grübelte, vergrub sein Gesicht in den Händen. Schließlich hob er den Kopf und sagte: „Also gut. Wir habe wohl keine andere Wahl." Stahl holte den Wasserkocher aus der Teeküche des Pfarrhauses. Einige Minuten später sprudelte das kochende Wasser. Die Gummierung des Umschlags löste sich leichter, als die beiden Verschwörer angenommen hatten.

Der Pfarrer zog einen roten Plastikschnellhefter aus dem Umschlag. „Das Syndikat“ war in dicken Computerlettern auf dem Deckblatt zu lesen. Auf der zweiten Seite folgte zum Erstaunen Stahls ein Bibel-Zitat: „Und die Wasser nahmen überhand und wuchsen sehr auf Erden, und die Arche fuhr auf den Wassern ... Alles, was Odem des Lebens hatte auf dem Trockenen, das starb. So wurde vertilgt alles, was auf dem Erdboden war, vom Menschen an bis hin zum Vieh und zum Gewürm und zu den Vögeln unter dem Himmel, das wurde alles von der Erde vertilgt. Allein Noah blieb übrig und was mit ihm in der Arche war.“ Zweifelsohne eine nicht gerade unbekannte Passage aus dem 1. Buch Moses.

Die dritte Seite fehlte. „Herausgerissen“, sagte Stahl und wies auf Papierreste im Falz des Hefters hin. Auf den folgenden rund 50 Din A4-Seiten gab das Dossier detaillierte Informationen zu der Struktur einer kriminellen Vereinigung, wie sie beim Überfliegen feststellten. Macht und Geld waren die Leitmotive. „Abgesehen von dem Führen eines Angriffskrieges ist da ja fast alles enthalten, was das Strafgesetzbuch mit mehr oder minder gravierenden Folgen ahndet“, kommentierte Peter Stahl den Inhalt des Dossiers, das das Bild eines vielseitig engagierten Verbrecherringes skizzierte, der sich hinter der Bezeichnung „Das Syndikat“ verbarg, ohne allerdings die konkreten Namen der Mitglieder zu nennen. „Die mögen auf der entfernten Seite gestanden haben. Wer weiß?“, sinnierte der Pfarrer.

Einer der geschilderten Vorgänge ließ bei Stahl und Moser sofort den Groschen fallen. „Die Geschichte mit dem Stoffhändler Hansmann war also doch kein Selbstmord“, stellte Benno Moser mit heiserer Stimme fest. Die Allgemeine Zeitung hatte damals über das tragische Ende des einstigen Textilbarons berichtet, der sich nach der Pleite seiner Frankfurter Firma in Oppenheim zur Ruhe gesetzt hatte. Was niemand wusste: Das Syndikat hatte ihn unter Druck gesetzt, Geld von ihm erpresst. Hansmann war ein angesehener Bürger der Weinstadt geworden, da er sich nach seinem „gesunden Bankrott" in der Rolle des provinziellen Mäzens gefiel. Seine Familie riss sich in der Zeit des Nazi-Terrors mehrere jüdische Textilunternehmen durch Arisierung unter den Nagel. Ihm selbst gelang es, nachdem er das Unternehmen in den frühen Siebzigern übernommen hatte, erhebliche Summen am deutschen Fiskus vorbei auf Konten in Liechtenstein zu „parken". Beides fand das Syndikat heraus und setzte es gegen Paul Hansmann ein, machte den früheren Unternehmer so zu einem Teil des Syndikates. Offenbar wollte er jedoch aussteigen. Da hatte er einen bedauernswerten, weil tödlich endenden Verkehrsunfall: Sein Wagen prallte auf der Allee zwischen Hahnheim und Undenheim aus ungeklärter Ursache auf gerader Strecke gegen einen Baum. Hansmann war auf der Stelle tot. Sein Tod gab der Polizei Rätsel auf, denn es gab keinerlei Anhaltspunkte dafür, warum der Benz des Privatiers von der Straße abkam und schnurstracks auf die Pappel zufuhr. Selbstmord – die einzige Möglichkeit, die blieb. Doch es fand sich weder ein Abschiedsbrief, noch gab es irgendwelche Anzeichen, die Hansmann zu solch einer Tat hätten veranlassen können. Das Dossier brachte Licht ins Dunkel: Ein Handlanger des Syndikats hatte Hansmann mit einem großen Offroader von der Straße abgedrängt – und das so perfekt, dass die Polizei es nicht nachweisen konnte. Seine rechte Wagenseite war mit Autoreifen „gepolstert".

Stahl und Moser lasen wortlos Seite für Seite. Danach blickten sie einander in die Augen. Der Geistliche fand als erster die Sprache wieder. „Ein Abgrund. Ein schwarzes Loch. Menschen mit grenzenloser krimineller Energie. Was die alles auf dem Kerbholz haben, ist niedergelegt. Doch es bleibt eine Frage: Wer sind diese Leute? Ein Wahnsinn. Wahnsinnig müssen diese Typen auch sein." Der Pfarrer nahm einen tiefen Zug aus seiner Pfeife.

Benno Mosers Gehirn arbeitete fieberhaft. Mit ruhiger Stimme sagte er: „Schuster. Wir müssen die Polizei über alles unterrichten. Das hat jetzt nichts mehr mit Vertrauen und all dem Schmus zu tun. Hier geht's ans Eingemachte." Aus einer bläulich-weißen Wolke Pfeifenrauchs tauchte das Gesicht des Seelsorgers auf: „Ja, das müssen wir wohl."

Der Journalist wählte die Zahlenfolge, die er im Schlaf kannte. Stefan Schuster war nicht an seinem Platz. Moser versuchte es erneut. Diesmal bei der Wache. Der Beamte teilte dem Redakteur mit, dass sein Chef nicht im Hause sei. „Ist er noch immer in der Ruine Landskrone bei dem Mordfall?", fragte Benno Moser. Zunächst zierte sich der Polizist am anderen Ende der Leitung. Nach einigem Hin und Her, einer Prise sanften Drucks und dem Hinweis, dass er, Moser, eine dringende Nachricht für Schuster in dieser Mordgeschichte habe, meinte der Wachhabende schließlich: „Wenn es so wichtig ist: Herr Schuster ist noch oben in der Ruine. Die Kollegen aus der Stadt haben mit den Ermittlungen begonnen." Nachdem die anfängliche Blockade einmal gebrochen war, versorgte sein uniformierter Gesprächspartner den Redakteur auch noch mit der Handy-Nummer seines Vorgesetzten.

„Schuster", ertönte die bekannte Stimme. Benno Moser bat den Polizeichef, ins Pfarrhaus zu kommen. Auf dessen verdutzte Nachfrage meinte er nur: „Kommen Sie bitte alleine – und schnell.“

Im Gegensatz zu Peter Stahl war der Hauptkommissar durchtrainiert. Zwei Minuten später stand der Polizeichef vor der Tür des Pfarrhauses. „Hören Sie mal, Moser, was gibt es denn so Wichtiges? Ich muss sofort wieder hoch. Die Kollegen aus Mainz brauchen mich. Also schießen Sie los.“

In wenigen Sätzen rekapitulierte der Angesprochene das, was sich in der Redaktion und später im Büro des Pfarrers zugetragen hatte. Er gab dem Polizisten den roten Schnellhefter. Schuster überflog den Inhalt. „Entweder ist das hier die blühende Phantasie eines kranken Gehirns oder die dickste Sache, mit der wir es bislang zu tun hatten“, sagte der Polizist, der keine voreiligen Schlüsse ziehen wollte. „Danke. Vorausgesetzt, das, was hier drin steht, stimmt, muss Achim Sänger den sauberen Herren in irgendeiner Weise in die Quere gekommen sein – und das so, dass er es nicht überlebte.“

„Was werden Sie jetzt tun?“, fragte Pfarrer Stahl den Polizeichef. „Ich werde alles an die Kollegen aus der Stadt weitergeben. Es ist jetzt ihr Fall. Wir haben damit ab jetzt nur noch am Rande, gewissermaßen unterstützend, zu tun. Das heißt: Sollte wirklich OK, also Organisierte Kriminalität, dahinter stecken, wird wohl auch das LKA mitmischen und es wird eine Soko eingerichtet.“ Schuster sprach offen. „Aber zunächst müssen wir uns um Lilo Sänger kümmern. Sie ist in akuter Gefahr.“

Achim und Lilo Sänger besaßen ein Reihenhaus im Oppenheimer Neubaugebiet Siedlung genannt. Der alte Teil der „Siedlung“ entstand in den 50er und 60er Jahren. Die

Sängers wohnten in einem Viertel, das in den 80er Jahren bebaut worden war. Als der BMW der Mordkommission in die Johann-Benz-Straße einbog, hielt gerade der Lkw eines Getränkevertriebs vor dem Haus. Der Fahrer lud drei Kästen mit leeren Mineralwasser- und Apfelsaftflaschen auf seine Sackkarre. Mit vollen Kästen kehrte er zurück, klingelte. Als nach mehrmaligem Läuten immer noch niemand öffnete, stellte er die Getränke vor der Tür ab. Die Sängers waren offenbar Stammkunden, so dass der Getränkelieferant die Ware unbezahlt vor dem Haus stehen ließ und zu seinem Laster zurückging.

„Es ist niemand zu Hause", rief er den Kripobeamten zu, die durch das kleine Holztor kamen. In diesem Augenblick stoppte Stefan Schuster seinen blau-silbernen Dienstwagen vor dem Haus. Er sah, wie sich seine Kripokollegen wieder umwenden wollten, um unverrichteter Dinge abzuziehen. „Wir sollten uns vergewissern, ob tatsächlich niemand im Haus ist", schlug Schuster vor, „und von der Gartenseite einen Blick in das Innere werfen."

Schwarz-weiße Steinplatten führten an Sommerfliederbüschen und japanischen Zierhölzern vorbei auf die Rückseite des Grundstücks. Fünf weitere Hauseinheiten waren an das Eckhaus der Sängers angefügt. Ein kreisrundes Loch klaffte in der Scheibe der Terrassentür, die weit offen stand.

„Hallo", rief Schuster, der als Erster den Raum betrat, seine Dienstwaffe im Anschlag. „Frau Sänger ...?"

Niemand antwortete. Der Polizeihauptkommissar blickte sich im Wohnzimmer der Sängers um. Das Kaminfeuer glimmte noch. Ansonsten vermittelte der Raum den Eindruck, als sei ein Tornado hindurchgefegt. Ähnlich sah es auch in den übrigen Zimmern des Hauses aus. Schranktüren offen, Schubladen herausgezogen – deren Inhalt bedeckte den Fußboden. Regale lagen umgestürzt kreuz und quer im Arbeitszimmer von Achim Sänger. „Da war jemand sehr gründlich“, bemerkte Schuster.

Die Spezialisten der Spurensicherung, die ihre Arbeit in der Ruine gerade beendet hatten, trafen kurze Zeit später in der Johann-Benz-Straße ein. Während die Kripobeamten aus der Stadt nach der Durchsuchung des Hauses begannen, die Nachbarn zu befragen, wählte Stefan Schuster die Nummer des Pfarrers. „Herr Stahl, bei Sängers wurde eingebrochen. Von Lilo Sänger fehlt jede Spur. Es scheint, als hätte das Syndikat den Umschlag gesucht. Verständigen Sie bitte Moser.“

Zehn Minuten später erschienen Moser und Hoffmann, der Fotograf der Zeitung. Kripobeamte aus Mainz verweigerten den beiden den Zutritt. Schuster machte ihnen klar, dass es auf dem Land etwas anders in puncto Presse ablaufe. Der Polizeichef verschwieg zwar, welche Rolle Moser als Informant spielte, doch fand er offenbar die richtigen Argumente, die Kripoleute zu überzeugen.

Moser fragte Schuster: „Was, denken Sie, ist mit Lilo geschehen?“

„Eine Entführung vielleicht. Kann sein, dass sie abgehauen ist, als die Scheibe klirrte. Wer weiß?“

„Das Letzte glauben Sie doch nicht wirklich? Dann wäre sie doch schon irgendwo aufgetaucht. Wir sind hier nicht in New York oder Shanghai.“

Kaum hatte Moser geendet, vernahmen die beiden Männer ein Kratzgeräusch. Es musste hinter dem Bücherregal im Arbeitszimmer kommen. Schuster fiel, auf, dass jenes Regal das einzige war, das noch stand. Der offensichtliche Grund: Es war an der Wand festgeschraubt.

Als Moser und Schuster vor dem Regal standen, sahen

sie einen kleinen Riss in der Wand rechts des Regals. „Sieht aus wie eine verdeckte Tür. Die haben weder die Burschen, die hier gewütet haben, noch unsere Spezialisten entdeckt“, meinte der Hauptkommissar.

Die Spezialisten waren kurz darauf damit beschäftigt, die Geheimtür zu öffnen. Brecheisen, Kuhfüße und anderes Gerät konnten zwar das Regal beseitigen, doch die Wand hielt stand. Der Riss, der sich als Türspalt entpuppte, wurde keinen Millimeter größer. Als der Einsatzleiter der Kripo technische Verstärkung anfordern wollte, stolperte einer der Beamten über ein Verlängerungskabel. Er versuchte sich an einem Wandleuchter festzuhalten, der knickte jedoch nach unten ab. Mit einem leichten Knarren sprang die Wandtür auf. Stefan Schuster betrat als Erster den etwa vier Quadratmeter großen Raum dahinter. Außer einem Tresor beherbergte die Kammer zwei Regale mit Aktenordnern. Schusters Blick fiel auf Lilo Sänger, die zusammengekrümmt auf dem Boden lag. Die Enddreißigerin war übel zugerichtet. Das Gesicht geschwollen, stark blutende Wunden an Lippe und Augenbrauen, ihre tiefblaue Satinbluse in Fetzen. Am Boden zeichnete sich eine Blutlache ab.

„Um Gottes Willen“, entfuhr es Moser, als er Lilo Sänger auf der Trage des Rettungsdienstes liegen sah. Es ist keine zwei Stunden her, dass die nun leblos wirkende Frau bei ihm in der Redaktion war, um ihm den ominösen Umschlag zu übergeben. Schuster sprach kurz mit dem Notarzt, bevor dieser in den Rettungswagen stieg. Martinshorn durchdrang die Novemberstille im Neubaugebiet des kleinen Städtchens. In schneller Fahrt preschte der Wagen des DRK davon. „Was ist mit Lilo? Wird sie durchkommen?“, fragte Moser.

Schuster zuckte mit den Schultern. „Der Notarzt konnte nichts Genaues sagen, außer dass ihr Zustand kritisch sei.“

Zwei gebrochene Rippen, innere Verletzungen, Blutungen, eine schwere Gehirnerschütterung und ein Schock, erfuhr Schuster tags darauf aus dem Arztbericht der Mainzer Uniklinik.

„Der Panic-Room. Hat Achim ihn also doch gebaut. Er erzählte mir damals, als er das Haus gerade gekauft hatte, dass er so etwas vorhabe. Achim war in dieser Beziehung etwas eigen. Lebte in einer Art Sicherheitswahn. Hatte wohl zu viel ‚Aktenzeichen XY' geguckt, der Gute", sagte Benno Moser. Während der Journalist mit dem Polizisten die Lage erörterte, setzte sich auf der anderen Straßenseite eine schwarze Limousine mit getönten Scheiben in Bewegung, stoppte noch einmal kurz und fuhr dann auffällig schnell davon.

„Schon wieder einer, der es eilig hat", wies Schuster eine Streifenwagenbesatzung an, der Limousine zu folgen. Der Polizeichef hatte sich die Nummer notiert. Ein Münchener Kennzeichen ist in der Gegend nicht gerade alltäglich. Nach wenigen Minuten kehrten die Beamten im Vectra zurück. „Nichts. Als ob der Wagen vom Erdboden verschluckt wurde", erstattete einer der beiden Bericht. Die Halterabfrage ergab, dass das Nummernschild der Limousine gefälscht war.

Benno Moser schloss die Tür der Redaktion hinter sich. Es war ein langer Tag gewesen. Ein Tag, wie der Lokaljournalist noch keinen erlebt hatte. Sicher hatte es schon Morde und andere Gewaltverbrechen in der Region gegeben, über die er geschrieben hatte, doch nie war ein Mensch darin verwickelt, den er kannte. In diesem Fall waren es gleich deren zwei: Achim und Lilo Sänger. Obwohl innerlich aufgewühlt, hatte er es geschafft, die Geschehnisse mit sachlicher Distanz auf den Punkt zu bringen. Es kostete ihn jedoch einige Mühe, seine Gedanken zu ordnen. Immer wieder tauchten die Bilder der blutverschmierten Lilo vor seinem geistigen Auge auf. Lilos Besuch in der Redaktion, der Umschlag mit den Unterlagen über das Syndikat, der Tod Achim Sängers, das Gespräch mit Pfarrer Stahl – die Eindrücke des Tages rasten wie wild durch seinen Kopf. Er griff zum Telefon und rief zu Hause an. „Es kann später werden. Muss noch mal zum Pfarrer“, ließ er seine Frau wissen, der er bereits am Nachmittag von dem Mord berichtet hatte.

Er sog die kalte Novemberluft ein, als er zu seinem Auto ging. Sie tat gut. Er dachte an Lilo, an das quirlige, unternehmungslustige Mädchen aus längst vergangenen Schultagen, das sich später zu einer ebenso attraktiven wie umschwärmten selbstbewussten jungen Frau entwickelt hatte. Sie war damals schon mit Achim zusammen. „Eigentlich schon so lange ich die beiden kenne. Schon in der Volksschule hat Achim bei Meurer Brausestäbchen für sie gekauft und sie beschützt“, sinnierte er. Andere Verehrer gab es im Laufe der Jahre zwar, doch die hatten keine Chance. Und wenn doch einer einmal zudringlich werden wollte, ließ ihn Lilo resolut abblitzen. Der Journalist dachte an ungezählte Wochenend-Unternehmungen mit der Clique, zu der auch Achim und Lilo zählten. Samstagabende im Oppenheimer „Mosquito“, der mobilen Disko in der Nackenheimer Ringerhalle und bei Tanzabenden mit der „Family“, jener rheinhessischen Kultband, die seit mehr als vier Jahrzehnten die Menschen der Region unterhält. Moser holte sein Handy aus der Tasche. „Herr Pfarrer, kann ich noch einmal einen Sprung vorbeikommen?“

Als er vor der Tür des Pfarrhauses stand, öffnete Peter Stahl, ohne dass Moser zu klingeln brauchte. „Kommen Sie rein. Ich habe Sie eigentlich früher erwartet. Lassen Sie uns auf Heydens Spätburgunder zurückkommen. Sie erinnern sich doch noch an unseren Weinfest-Plausch?"

Beide saßen einander gegenüber. Sie schwiegen sich an. Ein ausdrucksvolles Schweigen, das beiden Männern gut tat. Dumpfer Glockenklang durchbrach die Stille. Es schlug zehn. „War alles ein bisschen viel heute, was mein Bester?", begann der Geistliche das Gespräch.

„Ja, das war's wohl", antwortete der Redakteur. Dann gingen beide noch einmal Schritt für Schritt die Ereignisse des Tages durch.

„Hansmann", sagte Peter Stahl schließlich. „Sein Tod und seine Geschichte ist die einzige direkte Verbindung in unsere Stadt. Vielleicht gibt es irgendwelche Berührungspunkte zwischen Hansmann und Achim Sänger. Da sollten wir ansetzen."

Benno Moser schaute den Pfarrer verwirrt an. „Was heißt ‚ansetzen'? Und was meinen Sie mit ‚wir'?"

„Das, was ich sagte." Peter Stahl hob zu einem Monolog an. „Ich will nicht die Arbeit der Polizei machen. Das wäre vermessen. Aber ich denke, wir sind es Lilo Sänger schuldig, das unsere zu tun, um so viel Licht wie möglich in die mysteriöse Angelegenheit zu bringen. Lilo Sänger hat Ihnen den Umschlag anvertraut, der nach Lage der Dinge einen äußerst brisanten Inhalt birgt. Genau diesen Umschlag müssen die gesucht haben, die bei den Sängers eingestiegen sind. Die, die zuerst Achim Sänger umgebracht und dann seine Frau Lilo so übel zugerichtet haben, dass es noch sehr dahin steht, ob sie überleben wird. Da die Ganoven den Umschlag nicht gefunden haben, werden sie ihn möglicherweise weitersuchen. Diese Möglichkeit wird die Polizei in ihre Überlegungen einbeziehen. So weit, so gut. Die Frage wird allerdings sein, ob das Syndikat nicht erst mal abtaucht, bis das Polizeigewimmel in unserem ansonsten lieben, beschaulichen Oppenheim nachgelassen hat. Andererseits: Jeder Tag des Zuwartens verschlechtert seine Situation für den Fall, dass das Objekt ihrer Begierde noch nicht in den Händen der Polizei ist, sondern sich irgendwo im Haus der Sängers, in einem Bankschließfach oder bei Freunden der beiden befindet. Die feinen Herren des Syndikates könnten zwar davon ausgehen, dass die Polizei das Material mittlerweile aufgespürt hat. Doch: Wenn sie es trotz intensivster Suche im Haus und brutalster Gewaltanwendung bei Lilo Sänger nicht gefunden haben, bleibt die Frage aus ihrer Sicht durchaus offen. Immerhin besteht die Möglichkeit, wichtiges Beweismaterial bei einem Nachfassen aus dem Verkehr zu ziehen. Und damit kommen wir zu uns beiden. Was ist, wenn das Syndikat mitbekommt, welche Rolle wir in der Sache spielen? Der Anruf Sängers kurz vor seinem Tod. Die Übergabe des Umschlags durch Lilo Sänger an Sie; Ihre guten Verbindungen zum Polizeichef des Städtchens, die schwarze Limousine in der Johann-Benz-Straße ... Wir sind ohnehin weit in der Sache drin, vielleicht sogar schon zu weit. Nach dem Blick in Sängers Aufzeichnungen können wir nicht mehr zurück, denn wir sind Eingeweihte. Wir wissen zwar nicht viel, aber doch genug, um etwa über die Existenz einer gewissen kriminellen Gruppe im Bilde zu sein. Dummerweise enthalten Sängers Aufzeichnungen keinerlei konkrete Namen. Und damit komme ich zurück zu Hansmann. Er könnte ein Ansatzpunkt sein, um etwas mehr Licht in die Geschehnisse in der Ruine zu bringen."

Moser schluckte: „Herr Pfarrer, wenn man Ihnen zuhört, kann einem schlecht werden – aber so richtig." Er nahm einen Schluck aus seinem Glas. „Was wollen Sie denn tun?"

„Das habe ich mir auch überlegt. Ich will das tun, was Sie beruflich vermutlich jeden Tag tun: recherchieren. Informationen sammeln. Sonst nichts. Und ich weiß auch, wo ich beginne: bei Friedchen Bernsdorff."

**Versöhnung**

Die 72-Jährige wohnte in einem kleinen Häuschen in der Vorstadt, jenem Teil Oppenheims, in dem ehedem Tagelöhner, Handwerker und vor allem Fischer lebten. Pfarrer Stahl nahm am frühen Nachmittag den Weg durch die sich an den Hang schmiegende Mainzer Straße, deren verkehrsberuhigter Ausbau seinerzeit die Gemüter erregt hatte. Mittlerweile war die Aufgeregtheit gewichen und hatte Gleichgültigkeit Platz gemacht. Die Geschäftswelt der Kleinstadt ereilte unterdessen ein ähnliches Schicksal wie jene in den Zentren der Großstädte. Läden öffneten und schlossen wieder. Nur wenige überlebten den Kampf mit der übermächtig erscheinenden Konkurrenz in den Gewerbegebieten, wo die Kunden mit dem Auto quasi bis vor die Verkaufstheke fahren konnten, während die gebührenpflichtigen Parkplätze in der Altstadt auch noch streng überwacht wurden.

Peter Stahl interessierte das alles aber im Augenblick herzlich wenig. Er ging in die Bäckerei und kaufte zwei Stück Schwarzwälder Kirsch. Dann überquerte er den Postplatz in Richtung Uhrturm, passierte den einstigen Zollturm und tauchte in die eigentümliche Atmosphäre der Vorstadt ein. Kleine, teilweise nachträglich aufgestockte Häuschen, bizarre Dachlandschaften und verwinkelte Gässchen prägten hier das Bild. An manchen Stellen lugten Überreste der mittelalterlichen Stadtmauer hervor.

Vor einem alten Fischerhäuschen mit blassgelber Fassade blieb Stahl stehen und klingelte. Eine zierliche Frau mit weißem Haar öffnete. „Herr Pfarrer, was verschafft mir die Ehre? Kommen Sie doch herein."

Friedchen Bernsdorff war ein resolutes Persönchen, das trotz oder gerade wegen ihrer feingliedrigen Figur selbstbewusst und geradlinig auf die Menschen zuging. Nach dem Austausch von Höflichkeiten kam Pfarrer Stahl zur Sache, während schon der Kaffee durchlief: „Sie waren doch viele Jahre die Haushälterin von Hansmann. Ist Ihnen in der Zeit vor seinem Tod irgendetwas aufgefallen? Hatte er sich verändert, war er gereizt?"

„Das hat mich die Polizei nach dem schrecklichen Unfall auch alles schon gefragt", sagte Friederike, wie Friedchen eigentlich hieß, Bernsdorff.

„Außer seinen üblichen Marotten – er konnte sehr aufbrausend sein und wegen jeder Kleinigkeit außer sich geraten – gab es da nichts."

Die ehemalige Haushälterin verließ das überladen eingerichtete kleine Wohnzimmer und kehrte kurze Zeit später mit der Kaffeekanne zurück. „Hat Herr Hansmann jemals den Begriff ‚Das Syndikat' erwähnt?"

Friedchen Bernsdorff erschrak, etwas durchfuhr sie wie ein Blitz. „Jetzt, wo Sie es sagen .... ja, da war was."

Die alte Dame stellte die Kanne auf den Tisch, tastete mit den Händen nach der Sessellehne. Langsam setzte sie sich. „Wenige Tage vor dem Unfall war Herr Hansmann besonders gereizt. Einmal hatte er einen Tobsuchtsanfall, warf in seinem Arbeitszimmer alle Blumentöpfe auf die Erde und schrie: ‚Ich werde das verdammte Syndikat zerreißen.' Dem Litzius werde er es zeigen, schrie er. Dann war er zwei Tage verschwunden. Ich wollte schon eine Vermisstenanzeige aufgeben, doch dann kam er anderntags frühmorgens heim, zog sich um, frühstückte, setzte sich ins Auto und kehrte nie wieder zurück."

Der Pfarrer stutzte: „Hatte er wirklich Litzius gesagt?"

„Ja. Ich erinnere mich jetzt ganz deutlich. Damals bei der Polizei ist mir das nicht eingefallen, aber als Sie jetzt das mit dem Syndikat erwähnten, fiel es mir wie Schuppen von den Augen."

Georg Albert Litzius war ein angesehener Immobilienmakler, der in Oppenheim seine Zentrale hatte und in zwei weiteren Städten der Region Filialen unterhielt. Der gebürtige Sauerländer mit dem kantigen Gesicht und den graumelierten Haaren hatte einen großen Kundenkreis und liebte wie Hansmann die Rolle des ländlichen Mäzens. „Tue Gutes und rede möglichst oft und laut darüber." Ein Motto, das sich Hansmann und Litzius von der Politik abgeschaut hatten. Unablässig spendeten sie Vereinen oder karitativen Gruppen Geld und stifteten Preise für Tombolen. Das alles natürlich nicht ohne Hintergedanken. Die Mildtätigkeit nutzten beide für medienwirksame PR. Geschäftlich hatten die beiden wohl schon in früheren Jahren miteinander zu tun, denn Litzius war es, der seinem alten Freund Hansmann den ehemaligen Adelssitz im Schatten von St. Katharinen vermittelt hatte, als dieser von der Metropole in die Kleinstadt übersiedelte.

Mit dem Immobilienmakler, der selbst erst seit wenigen Jahren hier in unmittelbarer Nachbarschaft zu Hansmann lebte, war trotz seiner offenkundigen Mildtätigkeit nicht gut Kirschen essen. Das hatte der Pfarrer von St. Katharinen am eigenen Leibe erfahren müssen. Als er wegen der Unterstützung eines Asylbewerber-Ehepaares einmal bei Litzius vorgesprochen hatte und dabei unvorsichtigerweise darum gebeten hatte, die Presse außen vor zu lassen, setzte ihn Litzius kurzerhand vor die Tür. Denn der stets in Maßanzüge gekleidete Makler mit der stattlichen Statur handelte nach der Devise „Wenn schon Gutmensch, dann so, dass es jeder mitbekommt."

Peter Stahl lenkte seine Schritte eilig durch die Vorstadt. Der Besuch bei Friedchen Bernsdorff hatte ihn nachdenklich gestimmt. Litzius! Ausgerechnet Litzius! Mit dem hatte der Pfarrer ohnehin noch eine Rechnung offen. Aber er wusste, dass das ein dicker Brocken war. Und: Ist Litzius überhaupt in die Sache verwickelt oder zog er nur falsche Schlüsse aus den Äußerungen der ehemaligen Haushälterin Paul Hansmanns? Hatte die Bernsdorff gar etwas missverstanden? Mit diesen Fragen beschäftigte sich Stahl, als er am Marktplatz um die Ecke bog, den Platz überquerte und am Rathaus, das im Mittelalter als Kaufhaus gedient hatte, vorbei Kurs auf das Pfarrhaus nahm.

Anneliese Heimbach kam gerade aus dem Pfarrbüro, das in einem Anbau untergebracht war, als der Pfarrer durch den leicht verwitterten Sandstein-Torbogen schritt. Als Peter Stahl seine Sekretärin sah, plagte ihn das Gewissen. Seit dem Zusammenstoß nach Stahls Rückkehr von der Ruine Landskrone gestern hatten beide kein persönliches Wort miteinander gewechselt. Die Heimbach schmollte, und der Pfarrer war zu beschäftigt. Also beschränkte sich ihre Kommunikation auf das Nötigste und das war ausschließlich dienstlicher Natur.

Nun aber schien die Zeit gekommen, die leidige Sache aus der Welt zu schaffen. Beide blieben stehen, sahen einander an; für ein Ausweichen war es zu spät. „Ach, Frau Heimbach, gut, dass ich Sie treffe", begann der Geistliche. „Tja, also, äh ... was soll ich sagen ... kurz: es tut mir leid wegen neulich. Der Mord, die Situation – ich fürchte, das war alles etwas viel für mich. Und Sie haben es leider völlig zu Unrecht abbekommen."

Anneliese Heimbach seufzte erleichtert. „Ach, lassen Sie man, Herr Pfarrer. Ich hab's schon wieder vergessen."

„Nein, das war eine scheußliche Sache. Würden Sie einen Tee mit mir trinken?"

Ein Lächeln flog über ihr Gesicht. „Ja, gern."

Die alleinstehende Frau wachte mit Argusaugen über den Tagesablauf des Pfarrers der Katharinenkirche. Seit ihr Mann vor Jahren an Lungenkrebs gestorben war, arbeitete die Endvierzigerin im Pfarrbüro. Der Beruf war zur überschaubaren Welt der Anneliese Heimbach geworden. Dass die Schwäbin dereinst als hoffnungsvolle Entdeckung der Ballettszene galt, wussten nur die wenigsten. Nach Oppenheim war sie durch einen Zufall gekommen: Ihr Zwillingsbruder hatte sie zu einer Rheinfahrt eingeladen und als sie in die Kleinstadt mit der bedeutenden gotischen Kathedrale kamen, verliebte sich Anneliese Heimbach stehenden Fußes in das erhabene Bauwerk. Bei der Führung durch die Katharinenkirche ließ der alte Küster die Bemerkung fallen, dass er ein viel beschäftigter Mann sei, da er vorübergehend auch noch die Aufgaben der Pfarrsekretärin mit erledigen müsse. Die Stelle sei nämlich vakant. Die rotblonde Schwäbin steuerte nach der Führung direkt auf das Pfarrhaus zu. Peter Stahl empfing das zierliche Persönchen. Als die beiden sich wieder trennten, hatte der Katharinenpfarrer eine Sekretärin und Anneliese Heimbach den ersten Schritt auf dem Weg zu ihrem Seelenfrieden getan. Denn für die Kleinstädter galt sie als gute Seele der Pfarrei. Sie war schlicht „die Heimbach" und gehörte zur Katharinenkirche, der evangelischen Kirchengemeinde und dem Pfarrer wie das Amen zum Gebet.

Nun also wollte sich Stahl mit seiner Sekretärin wegen des Rüffels am Mordtag versöhnen. Aber kaum hatten sich die beiden im Büro des Pfarrers niedergelassen, klingelte das Telefon. Moser teilte Stahl mit, dass Lilo Sänger über den Berg sei. „Ich habe mit ihr gesprochen und ein Geständnis in Sachen Umschlag abgelegt. Sie will Sie sprechen. Ich glaube, es wäre gut, wenn Sie heute noch zu ihr führen."

„Das glaube ich nicht. Lassen Sie die Frau doch erst mal zu Kräften kommen."

„Darum geht es nicht. Sie will Ihnen etwas anvertrauen. Allerdings nur Ihnen. Ich habe das Gefühl, es bedrückt sie sehr. Und wer weiß, wie lange uns unsere kriminellen Freunde noch Zeit lassen."

„Na gut, wenn Sie meinen."

Stahl und Moser wechselten noch ein paar Allgemeinplätze, dann legte der Seelsorger auf. „Frau Heimbach, ich fürchte, ich muss Ihnen schon wieder Unbill bereiten. Das war Moser. Lilo Sänger geht's wieder besser. Sie will mich sehen."

Die Enttäuschung war Anneliese Heimbach anzumerken. Es kam nicht oft vor, dass ihr Chef mal Zeit hatte, mit ihr einen Tee zu trinken. Nun sollte es wieder nicht sein. „Machen Sie sich keine Gedanken. Das geht natürlich vor."

**Betäubt**

Stahls Lancer rollte auf einen Parkplatz auf dem Gelände der Mainzer Uniklinik. Als er umständlich aus dem Wagen stieg, schoss ein dunkler Wagen an ihm vorbei. „Der hat's aber eilig!", dachte der Pfarrer bei sich. In Gedanken versunken, betrat er das Hospital. Der Lift brachte ihn in den dritten Stock. „I. Innere, Intensivstation“ stand in schwarzen, nüchternen Lettern auf einem weißen Schild an der Glastür. Die Sicherheitstür, normalerweise von einem automatischen Mechanismus verschlossen, stand einen Spalt offen. Stahl betrat die Station, deren Flur nach wenigen Metern einen scharfen Rechtsknick machte. Als er um die Ecke bog, sah er einen leblosen Körper. Eine unwirkliche Situation: Auf einem Stuhl sitzend, in sich zusammengesackt, ein uniformierter Polizeibeamter, offenbar betäubt.

Stahls Puls pochte. Er riss die Schiebetür zu Lilo Sängers Intensivabteil auf. Die Apparaturen schienen verrückt zu spielen, überall leuchteten rote Lampen auf, Signaltöne piepsten in hohen Frequenzen. Kabel und Schläuche waren durchtrennt. Lilos Kopf lag unter einem Kissen. Peter Stahl fegte es mit einem Handstreich weg. Wie in Trance nahm er ihre Hand, suchte fieberhaft den Puls. Zunächst Fehlanzeige, doch dann registrierte Stahl einen ganz schwachen Impuls. „Hilfe!“, brüllte er aus Leibeskräften. „Ist hier denn niemand?“ Schreiend verließ er das Zimmer. Neonlicht, blassgelbe Ölfarbe an den Wänden, unterbrochen von Wachsmalzeichnungen aus Kinderhand.

Der Katharinenpfarrer stürzte zum Stationszimmer. Eine altersschwache Schreibtischlampe tauchte die Glaskabine in gedämpftes Licht; inmitten modernster High-Tech-Ausstattung ein Relikt aus vergangenen Zeiten. Als Stahl um den Schreibtisch ging, um per Telefon Hilfe herbeizurufen, wäre er fast über den Stuhl mit dem betäubten Polizisten gestolpert. Weit und breit schien niemand zu sein.

Stahl nahm den Hörer ab. Kein Freizeichen. Nichts. Sein Blick fiel auf die demolierte Telefondose.

Er stürzte aus dem Zimmer in Richtung Aufzug. „Irgendwo in diesem vermaledeiten Medizinbunker muss doch noch ein lebendiger Mensch sein!", dachte er bei sich. Er fuhr ein Stockwerk tiefer, stürzte aus dem Fahrstuhl und hätte dabei bei beinahe einen Pfleger umgestoßen. „Verzeihung ... Schnell! Hilfe! Oben in der Intensivstation hat es einen Anschlag gegeben! Rufen Sie Notarzt und Polizei!"

„Beruhigen Sie sich. Wie wär's denn mit Feuerwehr und dem Technischen Hilfswerk – ich meine sicherheitshalber?"

Stahl schob den offenbar eher belustigten Pfleger beiseite. Als er das Ärztezimmer erreichte, drang Gelächter durch die geschlossene Tür. Wenig später stand Peter Stahl im Zimmer. Das Gelächter verstummte.

„Was wollten Sie hier?", fragte ihn Lothar Ebert, Chef der Mainzer Mordkommission, der mit der Bildung einer Soko beauftragt wurde. Peter Stahl hatte ihn bei den Ermittlungen in Lilo Sängers Haus bereits gesehen. Während um sie herum das Blitzlicht der Erkennungsdienst-Kameras zuckte und in Neonlicht getauchte hektische Betriebsamkeit die Szenerie bestimmte, saßen Pfarrer und Kripomann an einem Tisch am Ende des Ganges. Der Pfarrer stand noch ganz unter dem Eindruck der schrecklichen Entdeckung, der Polizist versuchte, wenn auch etwas unsensibel, Licht ins Dunkel zu bringen.

Ebert hatte die Diplomatie nicht erfunden. Der 59-Jährige hasste lange Umschweife und steuerte sein Ziel stets direkt an. Der Zwei-Zentner-Mann war das, was man einen Macher nennt; ein anerkannter kriminologischer Stratege und Jäger, der seine Beute, hatte er sie erst einmal gepackt, nicht aus den Klauen ließ. Sein kreisrundes Gesicht war immer etwas gerötet. Der kahle Schädel wirkte wie eine fleischgewordene Bowlingkugel. Die Designer-Anzüge, die er trug, verliehen ihm zwar auf den ersten Blick ein weltmännisches Äußeres, doch litt Eberts massiger Körper unter Schweißausbrüchen, die sein Hemd durchnässten und für entsprechende Ausdünstungen sorgten. Da half auch das reichlich verwendete After Shave nichts. Ebert lebte nach zwei gescheiterten Ehen alleine. Der Beruf war die Welt des Workaholics. Eine Welt, in der kein Platz für Privates oder Hobbys zu sein schien. Trotz der beiden Scheidungen ging es ihm finanziell gut und so unterstützte er mehrere karitative Projekte für Kinder, machte aber kein Aufhebens darum. Unter seiner rauen Schale, steckte ein weicher Kern, den er aber gut zu verbergen wusste.

Der Erste Kriminalhauptkommissar wiederholte seine Frage: „Sagen Sie schon, was wollten Sie hier?"

„Ja, also, ich sollte zu ihr kommen. Lilo Sänger wollte mir etwas anvertrauen."

Peter Stahl erzählte dem Kripomenschen von jenem brisanten Umschlag, den die Tote dem Journalisten anvertraut hatte.

„Sie haben Schuster den Umschlag gegeben. Der ist mittlerweile bei unserem Dezernat für Organisierte Kriminalität. Die Aufzeichnungen scheinen authentisch zu sein, soviel kann jetzt schon gesagt werden. Doch geben die Unterlagen nur Aufschluss über Taten und Hintergründe, nicht aber über die Personen, die dahinter stecken."

„Vielleicht wusste Lilo Sänger mehr. Und dieses Wissen sollte nicht in die Hände der Polizei gelangen", sagte Stahl mehr zu sich selbst, denn zu seinem Gegenüber.

Der hakte jedoch ein: „Sollten Sie mehr wissen, jetzt oder später, sagen Sie uns sofort Bescheid, bevor es möglicherweise zu spät ist."

„Ja, ja, natürlich", sagte Stahl matt. Lilo Sänger hatte das

Attentat zwar wie durch ein Wunder überlebt, doch war ihr Zustand kritischer denn je.

**Drohungen**

Der Katharinenpfarrer saß in dieser Nacht lange wach. Im Schein seiner Schreibtischlampe sinnierte er, einen großen Cognacschwenker mit hochprozentigem Inhalt als Begleiter. Peter Stahl griff zu seiner Pfeife, stopfte sie ebenso gewissenhaft wie gemächlich. Achim und Lilo Sänger, Paul Hansmann – wer würde das nächste Opfer sein? Irgendetwas schien eine Kettenreaktion ausgelöst zu haben. Worauf war Achim Sänger nur gestoßen? Der Geistliche hing seinen Gedanken nach. Der Rauch umhüllte ihn sanft.

Ein offenbar mächtiges Verbrechersyndikat mordete skrupellos – und das alles in einer kleinen Stadt wie Oppenheim mit ihren engen Gassen, die sich an den Hang schmiegten, und üppigen Dachlandschaften, die schiefen Zähnen gleich in den Himmel ragten. Fachwerk, Kopfsteinpflaster – nahezu jeder Quadratzentimeter der Altstadt atmete Geschichte und darunter ein einzigartiges, weit verzweigtes Keller- und Gang-Labyrinth, das jährlich über 30 000 Touristen nach Oppenheim lockt. Menschen, die Erledigungen machten. Winzer, die in die kleine Druckerei am Marktplatz gingen, um sich Etiketten für ihre Weinflaschen fertigen zu lassen. Beim Friseur nebenan wurden Neuigkeiten ausgetauscht. Und dann Mord! Litzius, Hansmann und die ganze Mischpoche. Wie hing das zusammen? Wie passte er selbst in die Geschichte rein? Und vor allem: Wie kam er wieder heraus? Stahl verirrte sich in seinem Gedankenlabyrinth, merkte zu spät, wie schwer seine Lider wurden.

Anneliese Heimbach fand den Pfarrer am nächsten Morgen schlafend an seinem Schreibtisch vor. Das Gesicht in den verschränkten Armen vergraben, lag der Oberkörper über der schweren Tischplatte aus Eichenholz. Ein leichtes Schnarchen im Halbdunkel. Sie zog die Vorhänge zurück. „Guten Morgen, Herr Pfarrer!", sagte die Heimbach energisch. Mit einem Räuspern hob der Angesprochene seinen Kopf, blickte im Zimmer umher. Peter Stahl sah mürrisch auf die leere Cognacflasche. „Die Mauer, gegen die ich mit meinem Schädel gerannt bin, hat sich mir plötzlich und heimtückisch in den Weg gestellt", hob er zu einem Verteidigungsversuch an. Das verfing bei Anneliese Heimbach jedoch nicht im mindesten. „Die Post", stellte sie nüchtern fest und legte ihrem Chef einen ansehnlichen Papierstoß auf den Schreibtisch.

Bevor sich Stahl den Dingen des Tages zuwenden konnte, gönnte er sich eine ausgiebige Dusche, um die hochprozentigen Geister der Nacht zu vertreiben. Außer einem dicken Kopf und einer Extraportion Minuspunkte bei seiner Sekretärin, die betrunkene Männer aus der leidvollen Erfahrung ihrer Ehe verabscheute, hatte ihm die vernebelte nächtliche Gedankenreise nichts gebracht. „Das nächste Mal doch besser wieder mit Tee", sagte er zu sich selbst, als er das Bad verließ. „Aber der Vecchia Romagna ist schon ein Stöffchen."

Neben diversen Schreiben von Kirchenverwaltung, Stadt und Denkmalbehörden befand sich ein gelber Din A4-Umschlag in der Post, auf dem in Blockbuchstaben „Herrn Pfarrer Stahl – Streng vertraulich!" zu lesen war. „Halten Sie sich aus Dingen raus, die Sie nichts angehen!" Ausgeschnittene Buchstaben auf weißem Papier. „Wie in einem schlechten Krimi", sagte der Geistliche halblaut.

Er wählte die Nummer von Schuster. „Ich habe einen Liebesbrief bekommen. Vielleicht interessiert er Sie ..."

Der Polizeichef stand 20 Minuten später im Vorzimmer des Pfarrbüros. „Ich weiß nicht, ob ich Herrn Pfarrer jetzt stören kann. Er bereitet seine Predigt vor", empfing ihn Anneliese Heimbachs Kollegin Gerda Bingenheimer dienstbeflissen. Anneliese Heimbach drehte sich um, ließ ihre Schreibarbeiten sein. „Ich denke für Herrn Schuster hat der Pfarrer immer Zeit", entgegnete sie ihrer Kollegin genervt.

Stefan Schuster warf einen Blick auf das Papier. „Aha. Offenbar werden die Herrschaften nervös. Das ist gut und schlecht zugleich." Peter Stahl brauchte nicht lange über die Äußerung des Polizisten nachzudenken. „Sie meinen: Endlich eine Reaktion des Syndikats, aber andererseits auch eine, die ich möglicherweise nicht überlebe?"

Schuster winkte ab: „So schnell schießen die Preußen nicht. Indes: man darf die Sache nicht auf die leichte Schulter nehmen. Ich werde versuchen, Ihnen Personenschutz zu verordnen."

„Und Sie glauben tatsächlich, das würde das Syndikat davon abhalten, etwas gegen mich zu unternehmen?"

Schuster hielt einen Moment inne. „Wir tun unser Möglichstes, aber verlangen Sie keine Garantien."

**Der Anschlag**

Peter Stahl verabschiedete den Ersten Polizeihauptkommissar. Die Zeit drängte ein wenig. Er hatte einen Termin bei Gero van Aalheim, einem angesehenen Weingutsbesitzer der Gegend. Der Freiherr, dessen Vorfahren in den Burenkriegen gekämpft hatten, war der Herr auf dem Drei-Lilien-

Hof. Gut 20 Hektar Weinberge, überwiegend in bester Lage, nannte van Aalheim sein Eigen. Seine prächtigen Rieslinge und sein Faible für die Burgunderfamilie hatten ihm einen großen Namen unter den Weinmachern eingebracht. Die Gewächse des Drei-Lilien-Hofs heimsten bei den jährlichen Prämierungen der Kammer und der Deutschen Landwirtschafts-Gesellschaft in schöner Regelmäßigkeit höchste Auszeichnungen ein. Die Topjournalisten der Fachpresse gaben sich auf dem malerisch inmitten der Weinberge gelegenen Gut die Klinke in die Hand.

Gero van Aalheim war jener Typus Mensch, den man in vergangenen Tagen Herrenreiter genannt hätte. Eine starke Persönlichkeit von hohem Wuchs mit kantigem Gesicht, schlohweißem Haar und vollendeten Manieren: Ein Gentleman vom Scheitel bis zur Sohle, der sich den Luxus leistete, auf Etikette zu achten und einen längst überkommen geglaubten Lebensstil pflegte. Zu seinen Passionen zählte das Polo-Spiel, das der 62-Jährige trotz seines fortgeschrittenen Alters noch aktiv in einem Frankfurter Club betrieb. Gero van Aalheim war auch sonst dem Pferdesport zugetan, besaß mehrere Hannoveraner und war an einem Reitstall beteiligt.

Stahl musste sich in der Tat sputen, denn was van Aalheim gar nicht mochte, war Unpünktlichkeit. Der Pfarrer trat aufs Gaspedal. Immerhin waren es gut zwölf Kilometer, die er zurückzulegen hatte. Als er hinter Friesenheim in den Feldweg einbog, um die letzten 800 Meter zu fahren, sinnierte der Geistliche noch einmal, wie er dem Gutsherren sein Begehren am geschicktesten vortragen konnte. Das auf einer Anhöhe mitten in den Rebhügeln gelegene Gut kam in Sicht. Der Pfarrer war entschlossen. Seine Tour könnte man als „Heischegang“ bezeichnen, denn er wollte Gero van Aalheim auf die von ihm in Aussicht gestellte Spende für die Restaurierung eines Kirchenfensters im Ostchor von St. Katharinen ansprechen. Als Stahl seinen Lancer auf dem Vorplatz vor dem Herrenhaus anhielt, sah er, wie Horst Mager in seinen Dienstwagen einstieg. Der Kripobeamte brauste im beige-metallicfarbenen Astra davon. Was macht der denn hier?, fragte sich Stahl, als er raschen Schrittes Kurs auf den Eingang nahm.

Er zog an dem Glockenstrang. Im Innern ertönte eine Klingel. Ein Dienstmädchen im schwarzen Taftkleid mit weißer Schürze und weißem Häubchen öffnete. „Herr Pfarrer, kommen Sie rein", sagte das ansonsten unnahbar wirkende Wesen überraschend jovial. „Der gnädige Herr wird gleich da sein." Stahls Blick schweifte durch den hohen Raum. Die Empfangshalle des Gutes legte beredtes Zeugnis ab von dem Glanz vergangener Zeiten, den die van Aalheims in die Gegenwart retten konnten. Ebenholz getäfelte Wände, ein Boden aus Eichendielen, ein gusseiserner Lüster an der Decke, bleiverglaste Butzenscheiben in Grüntönen, griechische Götter aus Gips an der Stirnwand, darüber das in Öl gemalte Porträt von Willem David van Aalheim, dem Urahn des Gutsherrn. Im Kamin knackte die Glut verbrannter Kiefernäste. Als Peter Stahl sich gerade in ein Landschaftsbild vertiefen wollte, das die Rebenhügel der Gegend zeigte, berührte ihn eine Hand an der Schulter. Der Geistliche fuhr herum.

„Weinberge im Regen sind schöner. Aber in diesem Hause wird alles idealisiert. Nur nicht der Realität ins Auge blicken. Sagen Sie bloß, dieser Kitsch gefällt Ihnen, Herr Pfarrer?"

Katharina van Aalheim lächelte Stahl eigentümlich entrückt an. Ihre Augen waren glasig und gerötet. Ihre Erscheinung schockierte den Pfarrer. Von Gottesdienstbesuchen und gesellschaftlichen Anlässen her kannte er die attraktive Mittvierzigerin als Prinzipalin, die – von der Männerwelt bewundert – die souveräne, weltgewandte Gutsherrin gab. Nun sah er eine völlig andere Person. Ihre kastanienbraunen Haare hingen strähnig herab, ihr bleiches Gesicht war ausdruckslos. Der Geruch, der von ihr ausströmte, ließ an Eindeutigkeit nichts vermissen: Alkohol. Wohl von der teureren Sorte, aber eben doch Alkohol.

„Gnädige Frau, ich bin ein wenig überrascht. Wie geht es Ihnen?"

„Halten Sie diese Frage für besonders intelligent? Ich hätte Ihnen mehr zugetraut", entgegnete Katharina van Aalheim sarkastisch.

Stahl wusste nicht so recht, wie er sich verhalten sollte und trat daher die Flucht nach vorne an. „Nun ja. Ich kenne Sie seit Jahren und habe Sie noch nie betrunken gesehen. Entschuldigen Sie meine Offenheit."

Die Freifrau schwankte zur Seite und tastete mit den Händen rückwärts nach einem Sessel, auf den sie schließlich umständlich sank.

„Herr Pfarrer, kennen Sie Epikur? Aber was frag ich, natürlich kennen Sie Epikur! Ich liebe seinen ersten Aphorismus: ‚Notwendigkeit ist ein Übel, aber es besteht keine Notwendigkeit, unter einer Notwendigkeit zu leben.' Mein ganzes derzeitiges Leben ist eine Notwendigkeit und ich habe keine andere Wahl, als diese verdammte Notwendigkeit anzunehmen." Eine Träne lief über ihre Wange.

Erstmals bemerkte der Pfarrer, dass das einst so hübsche, rosige Gesicht Katharina van Aalheims kantige Züge angenommen hatte. Züge, die etwas von jenem verborgenen Drangsal verrieten, das die einstige Weinkönigin von der Nahe unendlich zu quälen schien. Mit Alkohol und Sarkasmus versuchte sie, der seelischen Sackgasse, in der sie zu stecken schien, zu entfliehen.

Sie erhob sich, ging zwei, drei Schritte auf Peter Stahl zu. „Helfen Sie mir, Padre. Holen Sie mich hier raus. Bringen Sie mich irgendwo hin. Nur weg von hier. Ich halte das nicht mehr aus."

Sie versuchte, dem Pfarrer um den Hals zu fallen, verschätzte sich aber in der Distanz und stürzte zu Boden.

Als Peter Stahl der sich zusehends in ihrer Verzweiflung verlierenden Frau aufhelfen wollte, betrat Gero van Aalheim die Halle. Sein stechender Blick erfasste seine Gattin. „Katharina!", herrschte er sie an. „Entschuldigen Sie, Herr Pfarrer. Meine Gattin scheint augenblicklich nicht ganz momentan", bemühte er sich im nächsten Moment um Fassung und betätigte den brokatbezogenen Klingelzug für die Dienstboten.

Das unnahbare Wesen im schwarzen Kleid erschien. „Sie haben geläutet, Herr van Aalheim?"

„Gudrun, helfen Sie meiner Gattin, bitte. Ihr ist nicht ganz wohl."

Van Aalheim hatte sich wieder völlig im Griff. „Kommen Sie, bester Stahl. Was kann ich für Sie tun?" Der Gutsherr fasste den sichtlich irritierten Geistlichen unter den Arm und geleitete ihn ins Herrenzimmer.

Schwere Damast-Tapeten in Altrosa, offener Kamin, Bücherregale und Jagdtrophäen an den Wänden. „Darf ich Ihnen eine Zigarre anbieten? Präferieren Sie eine Upmann No.2, eine Pleiades Sirius oder darf es doch lieber eine Condal Nr. 3 sein?"

Stahl entschied sich für die Condal aus würzig-mildem kanarischem Tabak. Die soeben erlebte Szene ging ihm nicht aus dem Kopf. Beim Gedanken an Katharina van Aalheim fiel ihm Horst Mager ein. Was hatte der hier zu suchen? Gero van Aalheim entzündete einen Fidibus, reichte ihn formvollendet an Peter Stahl weiter. Durch den sich entfaltenden Zigarrenrauch zerschnitt eine Frage Stahls die Behaglichkeit: „Sagen Sie, war das vorhin nicht der Polizist Mager? Was wollte der denn hier?"

Der Ton des Pfarrers war beifällig, teilnahmslos, dennoch schien die Frage van Aalheim nervös zu machen. „Mager? Ach ja – da war ein Herr von der Polizei. Meine Gattin hat irgendwo falsch geparkt."

Eine Lüge. Und so plump, dass sich die reich verzierten Deckenbalken hätten biegen müssen. Stahl stutzte und legte nach: „Aber für den ruhenden Verkehr ist doch das Ordnungsamt zuständig." Der Gutsherr machte eine abfällige Handbewegung. „Falsch geparkt oder renitente Äußerungen gegen die Staatsgewalt. Das ist doch einerlei. Sie haben meine Frau vorhin erlebt. Herr Pfarrer, im Vertrauen: Sie trinkt. Ich habe da die peinlichsten Erlebnisse."

Stahl wollte den Bogen nicht überspannen, lenkte ein und wechselte das Thema. „Herr van Aalheim, wenn ich Ihnen irgendwie behilflich sein kann ... Doch lassen Sie uns zum Anlass meines Besuchs kommen."

Der Gutsbesitzer entspannte sich sichtlich, sank in sein schweres Hirschlederfauteuil. „Fenster. Sie wollten mit mir über Fenster und über Ihre unvergleichlich schöne Katharinenkirche reden."

Stahl verdeutlichte van Aalheim die Crux, in der seine Kirchengemeinde steckte: Einerseits besaß man eine wunderschöne Kathedrale, reich an kunstgeschichtlichen Kleinodien und geistliches Zentrum der Protestanten Rheinhessens, andererseits verschlang die Bewahrung dieses kulturellen Erbes ein Vermögen. „Konkret geht es uns nun darum, verständnisvolle Mäzene zu finden, die uns bei der Erneuerung der Schutzverglasung der wertvollen Fenster des Ostchors finanziell unter die Arme greifen." Bei dieser Art von Konservierung wird vor die Außenseite der alten Bleiverglasung eine weitere Glasschicht gesetzt, um den zuvor sanierten historischen Bestand vor den aggressiven Umwelteinflüssen zu schützen."

Der Gutsbesitzer hörte sich den Vortrag des Pfarrers an, stützte sein Kinn auf die gefalteten Hände und fragte: „In welcher Größenordnung spielt sich das Ganze denn ab?"

„Nun, für das kommende Jahr haben wir 180 000 Euro veranschlagt."

Gero van Aalheim stand auf und verließ das Zimmer. Wenig später kehrte er mit einem Scheck in den Händen zurück. Er gab das kleine, aber inhaltsschwere Papier dem Geistlichen. Der schaute darauf und erblasste. „Vergelt's Gott, Herr van Aalheim. Das wird uns sehr helfen."

Eine fünfstellige Spende bekommt man nicht alle Tage, zumal der Pfarrer nur mit einem Bruchteil der Summe gerechnet hatte.

„Zwei Bitten hätte ich allerdings: Ich möchte als Spender nicht genannt werden und ich wäre Ihnen überdies dankbar, wenn Sie die unschöne Szene von vorhin vergessen würden. Meine Gattin ist leider eine schwerkranke Frau." Gero van Aalheim handhabte sein Mäzenatentum völlig anders als Albert Litzius. Nach ein paar Höflichkeitsfloskeln verabschiedete sich Peter Stahl von dem Freiherrn.

Mit einem zufriedenen Lächeln stieg der Katharinenpfarrer in seinen Lancer, schob zur Feier des Tages die Kassette mit Bach-Klaviermusik ein und fuhr durch die Weinbergslandschaft. In warmes Licht tauchte die Novembersonne die sanften Hügel, deren kahle Rebbögen wie ein stahlschimmerndes Geflecht geordneter Wollfäden auf einem erdfarbenen Teppich wirkten. Just als das Menuett aus der Partita Nr. 1 B-Dur, BWV 825, erklang, setzte eine schwarze Limousine mit getönten Scheiben zum Überholen an. „Der spinnt doch“, entfuhr es Stahl, als er den großen Wagen neben sich auftauchen sah.

Die ohnehin enge Landstraße von Weinolsheim in Richtung Dalheim, die Stahl auf der Rückfahrt benutzte, schien mit jedem weiteren Meter schmäler zu werden. Der Pfarrer trat leicht auf die Bremse, um den Eiligen vorbeizulassen. Die Limousine verlangsamte jedoch in gleichem Maße; der Fahrer riss das Steuer herum, so dass der schwere Wagen mit voller Wucht gegen Stahls Lancer prallte. Stahls Herz schlug bis zum Hals. Mit wilden Lenkbewegungen versuchte er, den Wagen auf Kurs zu halten. Vergeblich. Der Pkw kam von der Straße ab, schleuderte herum, rollte eine Böschung hinab und überschlug sich dabei. Schließlich blieb das völlig demolierte Fahrzeug auf dem Dach liegen. Die schwarze Limousine stoppte kurz; die Seitenscheibe auf der Beifahrerseite senkte sich geräuschlos, ein Augenpaar blickte den kleinen Hang hinab auf die Überreste von Stahls Lancer, bevor die Limousine wieder anfuhr. Ein Geflecht von Wegwarte, wildem Hopfen und Brombeerhecken umgab das dampfende Wrack am Rande des Weinbergs mit Silvaner-Reben.

Nebelschwaden glitten Watteschiffchen gleich durch einen offenbar völlig schwerelosen Raum. Durch den Nebel hörte Stahl Geräusche, die ihn an Stimmen erinnerten. Aber es war alles zu dumpf und zu weit weg, als dass er etwas hätte verstehen können. Stimmen und Watteschiffchen lösten sich auf in eine weiße, undurchdringliche Stille.

Am selben Abend lag der Pfarrer lag auf der Intensivstation

der Mainzer Uniklinik, zwei Zimmer neben Lilo Sänger.

„Sie sehen ja, Herr Schuster, der Patient ist nicht ansprechbar. Kommen Sie morgen wieder – oder noch besser: Wir rufen Sie an, wenn Herr Stahl zu sich kommt."

Professor Joachim Bloch, Chefarzt der Chirurgie, nahm den Polizeichef am Arm und geleitete ihn aus der Intensivstation. Ein letzter Blick auf den übel zugerichteten Pfarrer, dessen bandagierter Körper von Schläuchen und blinkender Medizin-Hightech umgeben war.

Stefan Schuster zuckte mit den Achseln: „Da muss ich wohl warten."

„Wir sollten beide mit Herrn Stahl froh sein, dass er den Unfall überlebt hat, wenn er auch noch nicht über den Berg ist. Was er jetzt braucht, ist vor allem einmal Ruhe. Seiner starken Konstitution hat er es zu verdanken, dass er überhaupt noch am Leben ist. Er hat viel Blut verloren. Als ein Bauer ihn fand und den Notarzt verständigte, stand es schlimm um ihn. Der Notarzt musste ihn reanimieren. Warten wir ab und hoffen."

Die letzten Worte hörte Anneliese Heimbach, die aufgeregt den Krankenhausgang entlanglief. „Was ist mit dem Herrn Pfarrer?", fragte die Sekretärin mit tränenerstickter Stimme. „Sie können jetzt nicht zu ihm. Sind Sie mit dem Wagen da?"

Anneliese Heimbach schüttelte den Kopf. „Ich fahre kein Auto. Als ich von dem schrecklichen Unfall erfuhr, habe ich den nächsten Zug genommen."

Schuster legte den Arm um die Schulter der sichtlich verstörten Frau. „Kommen Sie, Frau Heimbach, ich werde Sie mit zurücknehmen und Ihnen auf dem Heimweg alles erzählen."

Der Erste Polizeihauptkommissar steuerte auf den Ausgang zu. Vor der Tür zum Intensivbereich blieb ein uniformierter Beamter zurück.

**Eine undichte Stelle**

Benno Moser wollte gerade zum Richtfest des neuen Kinderhorts aufbrechen, als das Telefon auf seinem Schreibtisch klingelte. „Schuster hier. Herr Moser, können Sie bei mir vorbeikommen? Wenn es geht, gleich. Es ist dringend."

Nach einem kurzen Wortwechsel, in dem Schuster seine Bitte eindringlich wiederholte, ohne Moser allerdings Konkretes zu sagen, legte der Lokaljournalist den Hörer auf und klopfte an die Tür seines Redaktionsleiters. „Chef, können Sie nicht jemand anderes zu diesem dämlichen Richtfest schicken? Schuster will mich dringend sehen. Er tat sehr geheimnisvoll. Scheint wirklich wichtig zu sein."

Wolfgang Kapp blickte mürrisch von der Lektüre eines Mitarbeitermanuskripts auf. „Arbeiten Sie für Schuster oder für uns?" Kurzer Blickwechsel. „Na gut, wenn's sein muss. Sagen Sie dem Manni Bescheid, der ist sicher froh, wenn er sich auf die laue Tour ein paar Euro Zeilenhonorar verdienen kann."

Wenig später saß Benno Moser im Zimmer des Leiters der Oppenheimer Polizeiinspektion. Stefan Schuster war noch in einer kurzen Besprechung mit Streifenbeamten. Seine Sekretärin hatte den Journalisten einstweilen mit einer Tasse Kaffee versorgt. Moser schaute sich in dem frisch renovierten Raum um. Neue Möbel, Esche furniert, weiße Wandfarbe. Seine Blicke blieben an der großen Wandkarte mit den vielen verschiedenfarbigen Stecknadelköpfen hängen – die Unfallschwerpunkte der Region. Im Bereich der Landstraße zwischen Weinolsheim und Dalheim steckte nun eine Stecknadel mit dickem, rotem Kopf. Das bedeutete „Unfall mit schwer verletzten Personen". Glücklicherweise fehlte das schwarze Rechteck unter dem Nadelkopf, das Zeichen für tödliche Unfälle. Moser sinnierte. Peter Stahl – wie mochte es ihm wohl gehen? „Dämliche Frage", schalt sich der Journalist in Gedanken selbst. „Miserabel natürlich", sagte er halblaut.

„Ja, das ist eine schlimme Sache."

Moser fuhr herum. „Herr Hauptkommissar, Sie können einen aber erschrecken."

Schuster lächelte. „Schlechtes Gewissen?"

Nachdem sich der Polizist auch einen Kaffee eingegossen hatte, wandte er sich seinem Besucher zu. „Was wir beide jetzt zu bereden haben, muss hier in diesem Raum bleiben. Wenn nicht, werden Sie Probleme bekommen. Große Probleme", wiederholte der Chef der Polizeiinspektion An der Festwiese bedächtig. „Das ist keine Drohung, aber ich möchte Sie über den Ernst der Lage nicht im Unklaren lassen." Schuster erläuterte dem Journalisten die Ereignisse in groben Zügen, bevor er zum Kern seines Anliegens kam. „Der ‚Liebesbrief' in Stahls Post und der Anschlag kurz darauf. Woher wollen die Typen denn überhaupt wissen, dass Pfarrer Stahl in die Sache verwickelt ist? Und wenn, wie tief?" Der Hauptkommissar seufzte, um dann gerade heraus zu sagen: „Es gibt eine undichte Stelle. Und es gibt nur zwei Möglichkeiten."

Benno Moser rieb nervös seine Hände, stutzte. „Sie glauben doch nicht etwa ...?"

„Glauben heißt: nicht wissen. Das ist zu wenig. Ich will

offen reden: Hätte ich Sie im Verdacht, hätte ich Sie nicht zu diesem Gespräch gebeten."

Schuster befragte sein Gegenüber, ob er sich an eine Begebenheit, selbst wenn sie noch so banal erscheinen mochte, erinnern könne, die einen Hinweis darauf gebe, dass Dritte etwas von Stahls und seiner Rolle in diesem Fall wussten. Mosers Gesicht wechselte mehrfach die Farbe. „Nein, beim besten Willen nicht", sagte er nach einer Weile angestrengten Nachdenkens. Doch schien das Kino in seinem Hirn momentan wegen Renovierung geschlossen zu sein. Keine Bilder, kein Ton, keine Handlung – nichts. Nur das rasende Pochen in seinen Schläfen.

**Schlag im Dunkeln**

Die nächsten Tage brachten zur Abwechslung wieder bessere Nachrichten. Lilo Sängers Zustand stabilisierte sich. Die Ärzte hielten sie jedoch weiter in einem künstlichen Koma. Vor dem Tor zu ihrem Zimmer wachten Tag und Nacht Polizeibeamte. Ein weiteres Attentat sollte so ausgeschlossen werden. Auch Peter Stahl gelangte rasch wieder zu Bewusstsein. Seine Rossnatur und sein Lebenswille taten ein Übriges für seine weitere Genesung. Dennoch musste der Pfarrer aus Sicherheitsgründen in der Intensivstation verbleiben, unter der Obhut der Ärzte, und ebenfalls rund um die Uhr bewacht.

Drei Wochen vergingen. Ebert und seine Soko ermittelten. Spuren und Zeugenhinweise wurden ausgewertet, Personen überprüft – polizeilicher Alltag. Mühsam, unspektakulär, aber wichtig, denn nicht selten lieferte diese akribische

Kleinarbeit bedeutende, wenn nicht gar entscheidende Erkenntnisse.

Der erste Schnee fiel. Städte und Gemeinden legten ihr vorweihnachtliches Gewand an. In Oppenheim blinkten an den Straßenecken zu Sternen geformte Lichterketten. Die Auslagen der Geschäfte ließen keinen Zweifel aufkommen: Das Fest der Nächstenliebe ließ die Kassen klingeln. In den Wohngebieten rüsteten die Menschen zur Weihnachtsoffensive: Jedes zweite Fenster erstrahlte im Schein bunt-blinkender Sterne, Lichtgirlanden oder Kerzenbögen aus dem Erzgebirge. Damit nicht genug. Auf die Scheiben gesprühte Schneemänner vervollständigten die heile Welt des adventlichen Kitsches. Ganz zu schweigen von grellrot-leuchtenden Plastik-Weihnachtsmännern und bunten LED-Blinklichtern in den Vorgärten. Auf den Straßen kassierten Stefan Schusters Beamte reihenweise Führerscheine ein, denn Advent ist auch die Zeit der betrieblichen Weihnachtsfeiern, bei denen Sektkorken knallen und Hochprozentiges für die nötige Festtagsstimmung sorgt.

Noch drei Tage bis Weihnachten. Benno Moser seilte sich frühzeitig von der Adventsfeier der Redaktion in der „Gold'nen Krone" am Marktplatz ab. Es fiel ihm sichtlich schwer, die gesellige Runde am frühen Abend zu verlassen. Severino und sein Küchenteam hatten sich wieder selbst übertroffen. „Denkt dran, an der B9 steht Schusters Trachtentruppe und sammelt Lappen ein", startete er einen untauglichen Versuch, seinen Kolleginnen und Kollegen zum Abschied einen Wermutstropfen in den Kelch der überschäumenden Laune zu kippen. Wolfgang Kapp raunzte halb im Scherz, halb ernst: „Ah, der Herr Moralapostel gibt sich die Ehre. Wohl noch nie was von Taxi und Zug gehört, was? Von uns fährt jedenfalls keiner mehr Auto." Ein Ausspruch, der Heiterkeit beim Redaktionsteam auslöste. Warum sollten Journalisten auch anders sein als ihre weihnachtsfeiernden Zeitgenossen?

Moser wollte noch ins Krankenhaus zu Peter Stahl. Er hatte versprochen, ihm die neueste Ausgabe des „Spiegel" mitzubringen. Als der Lokalredakteur den Krankenhausgang einbog, fiel ihm auf, dass der Stuhl vor Stahls Zimmer leer war. Von seinem Bewacher in Uniform keine Spur. „Oh Gott, da wird doch nicht ...", schoss es ihm durch den Kopf. Er beschleunigte seinen Schritt. Am Krankenzimmer angekommen, legte er sein Ohr an die Tür. Er hörte Schritte und Wortfetzen. Langsam drückte er die Türklinke herunter. Im Zimmer war es dunkel. Er tastete mit der Hand nach dem Lichtschalter. Im gleichen Moment spürte er einen heftigen Schmerz in seinem linken Arm, taumelte einen Schritt zur Seite, stolperte über einen Hocker und fiel zu Boden.

Das Licht ging an und Pfarrer Stahl kniete auf ihm, die schwere Stabtaschenlampe, mit der er Benno Moser außer Gefecht gesetzt hatte, noch in der Hand haltend. „Na bravo, jetzt brauchen wir das Syndikat schon nicht mehr, um uns gegenseitig zu erledigen", meinte Stahl lakonisch.„Warum schleichen Sie sich denn auch hier herein wie ein Dieb in der Nacht?"

Der Pfarrer war völlig bekleidet. In der Ecke stand eine gepackte Reisetasche. Über seiner Schulter tauchte das Gesicht Anneliese Heimbachs auf, die den Geistlichen abholen wollte. „Ich bin als geheilt entlassen", scherzte Stahl, während er dem stöhnenden Journalisten wieder auf die Beine half.

Das gedämpfte Licht im grün-gekachelten Not-OP beleuchtete die paradoxe Szene. Ein Krankenpfleger gipste den durch den gezielten Hieb des Pfarrers beschädigten Arm Mosers ein. Glatter Bruch der Elle. „Täter" und „Opfer" unterhielten sich derweil im Plauderton. „Ihnen bringe ich noch mal eine Zeitschrift! Wie schön könnte ich jetzt bei einem Averna sitzen und über den Gang der Welt sinnieren und danach nach Hause zu Frau und Kind fahren."

„Sie wollen doch nicht allen Ernstes behaupten, Sie zögen das alkoholvernebelte Geschwätz ihrer schreibenden Sippschaft meinen schlagenden Argumenten vor?", flachste der Pfarrer. Peter Stahl war wieder ganz der Alte, sah man einmal von zwei Narben im Gesicht und dem Kopfverband ab. Benno Moser dagegen hatte nun ein Riesenproblem: Ob Gipsarm oder nicht, er musste am nächsten Tag in der Redaktion antreten. Zwei Kollegen hatten Urlaub, von der Zentrale war kein Ersatz zu erwarten und er wollte Kapp nicht hängen lassen. „Solange es nur der linke Unterarm ist, geht es ja", dachte er bei sich, fest entschlossen, am nächsten Tag seinen Job zu machen, als sei nichts gewesen.

Auch wenn Peter Stahl noch nicht komplett genesen war, schien er jedoch bester Laune. „Na, Herr Journalist, verzeihen Sie mir?" Der Pfarrer hakte Moser unter, als sie den Weg zum Parkplatz der Klinik nahmen.

„Ich schon, aber mein Chef wird beim nächsten Gottesdienst wohl nichts in den Klingelbeutel werfen", sagte der Redakteur. Hinter den beiden trottete Anneliese Heimbach im fahlen Licht der Straßenlampen, Stahls Reisetasche in der Hand. „Was halten Sie von einem Glas guten Wein und ein bisschen Käse? Sozusagen als schmerzlindernde Maßnahme? Ich habe da noch einen sensationellen Grauburgunder von Eva Pauser, Siegerwein bei der Landesweinprämierung", wandte sich Peter Stahl an sein Opfer. Moser antwortete mürrisch: „Aber nur wenn Sie mit ihren ironischen Anspielungen aufhören."

„Versprochen."

Es war schon spät am Abend als Peter Stahl sich ans Steuer von Mosers Corsa setzte. Seine Sekretärin durfte nicht, der Journalist konnte mit seinem Gipsarm nicht fahren. Eine knappe halbe Stunde später quälte sich der Corsa die Krämerstraße hinauf, bog am Marktplatz um die Ecke, um Kurs aufs Pfarrhaus zu nehmen. Im Hof stellte Peter Stahl den Motor ab. Im Pfarrbüro brannte Licht. „Das wird der Beamte sein, den Herr Schuster zu Ihrem Schutz abgestellt hat", sagte Anneliese Heimbach, bevor sie den Kofferraum öffnete, um das Gepäck ihres Chefs ins Haus zu tragen. Peter Stahl schloss das Hoftor und folgte Benno Moser und Anneliese Heimbach. Der Pfarrer sprach kurz mit dem Polizisten, der im Gästezimmer sein Lager aufschlug. Einerseits störte es ihn, dass ein wildfremder Mensch Tür an Tür mit ihm schlafen sollte, doch fühlte er sich andererseits doch erleichtert.

Als die Heimbach sich verabschieden wollte, winkte Stahl ab. „Frau Heimbach bleiben Sie doch, bitte. Meine Einladung zu Wein und Käse galt natürlich auch – oder sagen wir besser – vor allem für Sie." Der eingefleischte Junggeselle konnte bei aller Ironie und Bärbeißigkeit, die er gewöhnlich an den Tag legte, durchaus galant sein.

## Abendgespräch

„Es gibt noch einiges zu erzählen, denke ich", geleitete der Geistliche seine Sekretärin und den Lokaljournalisten in sein Arbeitszimmer. Wenig später floss der Grauburgunder in die Gläser, und sie probierten die verschiedenen Käsesorten. Die drei Menschen, deren Schicksal eine ebenso unerwartete wie dramatische Wendung genommen hatte, saßen einander gegenüber. Im Kamin prasselte ein Feuer.

Die Zeit im Krankenhaus hatte der Pfarrer nicht nur zur Lektüre und zum Erledigen liegen gebliebener Korrespondenz genutzt. Er machte sich Gedanken über seine missliche Lage und die Gründe, die dazu geführt hatten. Außerdem bekam er nicht wenig Besuch, den er immer mal wieder zu den Themen Sänger oder Litzius ausgefragt hatte. Da er ans Krankenbett gefesselt war, hatte er aber auch sowohl Benno Moser als auch Anneliese Heimbach als Agenten eingesetzt. Und auch sein Laptop leistete gute Dienste. Alle drei waren jetzt gespannt auf den Austausch ihrer Rechercheergebnisse.

„Zweifelsohne liegt der Schlüssel bei Achim Sänger. Er wusste etwas, dass ihn sein Leben kostete“, begann Moser. „Also habe ich mich daran gemacht, mehr über den Ermordeten herauszufinden. Vielleicht hatte die Polizei bei ihren Ermittlungen ja wichtige Details übersehen.

Achim Sänger hat auf den ersten Blick ein geordnetes Leben als Angestellter einer Speditionsfirma in Nierstein, die im Im- und Export tätig war, geführt. Vor allem Einfuhren aus der Türkei und dem Nahen Osten waren das Metier von Sängers Brötchengeber Hermann Reinhardt, dessen Unternehmen über eine ansehnliche Lkw-Flotte verfügte. Wie wir wissen, hatte Sänger als Kaufmann im Büro der Firma gearbeitet, überwachte Warenein- und -ausgänge, kontrollierte Frachtpapiere, erledigte den Papierkrieg mit den Behörden und war letztlich zum Prokuristen aufgestiegen. Eine geradlinige Karriere ohne Umwege – so wie es Achim Sängers ganzem Naturell entsprach.

Das Privatleben schien ebenfalls geordnet. Seine Frau Lilo kannte er bereits aus Sandkasten-Zeiten. Die beiden gingen etliche Jahre miteinander, bevor sie im zarten Alter von 21 heirateten. Dass sie keine Kinder haben konnten, da Lilo erblich belastet war und zu befürchten stand, dass Mutter und Kind bei der Geburt sterben würden, gefährdete die Ehe nicht. Achim wusste um die genetische Hypothek seiner Frau und akzeptierte sie. Lilo ließ sich sterilisieren. Da auch sie berufstätig war und als Chefsekretärin eines international operierenden Spirituosenunternehmens ein ansehnliches Salär erhielt, lebte das Ehepaar Sänger in bescheidenem Wohlstand", fuhr der Journalist fort. „Die Finanzierung des Hauses in der Johann-Benz-Straße stand auf gesicherten Füßen. Zwei Urlaube im Jahr, zwei Autos und ein Anlagepolster in Fondsbeteiligungen kennzeichneten den Lebensstandard des Paares."

Moser streifte Achim Sängers Engagement in diversen Vereinen der Stadt: „Er genoss als Vereinsmensch die Sympathien seiner Mitmenschen. Als Vorsitzender des Volleyballclubs, dessen erste Herrenmannschaft immerhin in der Regionalliga Südwest gut mithalten konnte, hatte er ein festes Standbein im sportlichen Geschehen seiner Heimatstadt. Doch auch die Kultur hatte es Achim Sänger angetan. Er war Mitglied des Fördervereins der Oppenheimer Festspiele. Zudem engagierten sich die Sängers in der Ruanda-Hilfe und sorgten auf diese Weise dafür, dass vier Patenkinder ausgebildet und ernährt werden konnten. Auch nahmen sie im Sommer für rund vier Wochen jeweils zwei Kinder aus Weißrussland aus der Gegend um Tschernobyl bei sich auf. Lilo Sänger legte ihrerseits Wert auf Gesundheit und Fitness. Regelmäßige Besuche bei der Kosmetikerin und im Fitnessstudio zählten zu ihren Gepflogenheiten. Morgens stand sie früh auf. Gegen halb sechs sah man sie im Sommer auf dem Rheindamm zwischen Segelflugplatz und Strandbad joggen. Abends lag sie spätestens um halb elf im Bett."

Während über das Ehepaar Sänger sehr viel in Erfahrung zu bringen war, flossen die Informationen über Georg Albert Litzius nur spärlich. Obschon der Immobilienmakler ein Mensch war, der gerne in der Öffentlichkeit stand, vor allem dann, wenn er sich daraus einen Gewinn versprach, gab es über die einschlägigen Zeitungsartikel hinaus nichts Wesentliches. „Litzius lebt in einem alten Herrenhaus mit einem herrlichen, parkähnlichen Garten oberhalb der Katharinenkirche. Aus der Ehe mit seiner früheren Sekretärin gingen drei Söhne und eine Tochter hervor. Litzius' Nachwuchs war aus dem Haus. Christine, das Nesthäkchen, besucht ein Internat in der Schweiz. Zwei Söhne studieren in London und Zürich. Der dritte, Albert junior, ist so etwas wie das schwarze Schaf der Familie", fasste Stahl zusammen. „Der 28-Jährige hatte seinem Elternhaus schon mit 17 den Rücken gekehrt und widmete sich als Aktivist bei ‚Robin Wood' der Rettung des kranken Planeten. Albert junior sollte eigentlich die Firma übernehmen, statt dessen studiert er Biochemie und verdient als gefragter Studiomusiker am E-Bass seine Brötchen, wenn er nicht gerade auf einem Floß aus zertifiziertem Holz von umweltschonend bewirtschafteten Wäldern den Rhein hinab schippert oder sich an Bahnschienen ketten lässt, um seinem Protest gegen die Castor-Transporte Ausdruck zu verleihen. Kommt im Elternhaus die Rede auf ihn, pflegte Albert senior demonstrativ den Raum zu verlassen oder mit einem bedrohlichen Räuspern das Gespräch abrupt zu beenden", führte der Katharinenpfarrer in seinen Bericht fort. „Gerüchteweise soll es bei einem von Mutter Regina eingefädelten Versöhnungsgespräch sogar zu einem handgreiflichen Streit zwischen Vater und Sohn gekommen sein, in dessen Verlauf Albert senior dem Junior mit dem Kolben seines Jagdgewehrs eine Gehirnerschütterung beigebracht hat. Die Sache drang aber nie nach draußen. In Litzius' Kreisen pflegt man derlei Episoden unter die schweren Perserteppiche des Hauses zu kehren."

Aber Anneliese Heimbach besaß zufällig das gleiche Theaterabonnement wie Selma Maslow, Köchin und Mädchen für alles im Hause Litzius, und hatte so dennoch davon erfahren.

Selma Maslow stammte aus Ostpreußen. Die rüstige Endsechzigerin war froh, in ihrem Alter noch eine krisenfeste Stellung zu haben und scherte sich darum wenig um die Launen ihrer Herrschaft. Weder Albert noch Regina Litzius zeichneten sich durch eine, sei es auch noch so geringe, menschliche Regung gegenüber ihren Angestellten aus. „Wir ham unser Koppche damals in Masur'n hinjehalten, was kann uns jetzt noch bliehen? Nee, die Maslow'sche weejß, wo der Hase lank rennt", ließ sich die Köchin in ihrem breiten ostpreußischen Dialekt nicht aus der Ruhe bringen. Zu den Details, die Anneliese Heimbach in Gesprächen mit Selma Maslow erfahren hatte, zählte jene Information über Litzius' häufigen Besuch von einigen angesehenen Herren der Region. Unter den Namen, die die Köchin auf Nachfragen ihrer Gesprächspartnerin nannte, befand sich auch der von Hermann Reinhardt.

„Die hucken immer bis in de Nacht im Kaminzimmer, rauchen und quasseln ieber Dood un Deiwel. Marjellche, da biste froh, wenn unser Herrjott ein Einsehen hat und die Lorbasse mied werrn lässt", vertraute sie der Sekretärin des Pfarrers nach einem Theaterbesuch im Fäßje, einem Weinlokal mit einer beachtlichen Auswahl an erlesenen Tropfen, an. In der gemütlichen Weinstube in der Nähe des Uhrturms kehrten die beiden alleinstehenden Frauen nach der Rückkehr aus der Landeshauptstadt gerne noch mal ein, um bei einem Glas Wein zu klönen.

„Es ist eine verrückte Welt, in der wir leben. Ein ehemaliger Konfirmand ruft seinen Pfarrer im Augenblick seines Todes an, um ihm etwas Wichtiges, ja, für ihn sogar Lebenswichtiges, mitzuteilen. Warum wählte er nicht einfach die 110? Das wäre doch allemal einfacher gewesen. Das Verblüffende an der Sache ist, dass er die Nummer des Pfarrbüros im Kurzwahlspeicher seines Handys programmiert hatte, wie die Ermittlungen der Polizei ergaben. Wer macht so etwas außer den ehrwürdigen Damen und Herren des Kirchenvorstands? Und wozu? Blickt man auf den Rest der Geschichte, so weit sie uns bekannt ist, bleiben mehr Fragedenn Ausrufezeichen. Dennoch wissen wir schon einiges. Und ich denke, wir sollten uns selbst von einer solch niederträchtigen Tat, wie sie mir widerfahren ist, nicht kirre machen lassen. Wir müssen nur ein wenig aufmerksamer und vorsichtiger sein. Eine andere Wahl, als den eingeschlagenen Weg fortzusetzen, haben wir ohnehin nicht“, resümierte Peter Stahl.

Er stopfte seine Pfeife. „Aber Herr Pfarrer, Sie wissen doch, was der Herr Professor ...“, startete Anneliese Heimbach einen erfolglosen Versuch, den Geistlichen am Rauchen zu hindern.

„Ich habe meinen Wein, meine Pfeife und liebe Menschen um mich herum. Mehr brauche ich nicht. Vielleicht ist es ja eine der letzten Pfeifen, die mir bleiben?“

Die beiden anderen starrten den Pfarrer verwirrt an. „Keine Angst, das Vergnügen bereite ich Ihnen nicht“, bemerkte Peter Stahl und lächelte verschmitzt. „Sehen Sie, was mir zugestoßen ist, bestärkt mich nur in dem Glauben daran, dass wir Menschen nur Glieder einer großen Kette sind, deren Schmied nicht von dieser Welt ist. Und wenn unsere Zeit gekommen ist, dann wird uns auch kein Zetern und Klagen helfen. Hoffen wir nicht auf einen lieben, fürchten wir keinen strafenden, sondern vertrauen wir wie Martin Luther auf einen gerechten Gott."

Am Nachmittag des folgenden Tages ging Peter Stahl spazieren. Er nahm den Weg durch das mittelalterliche, vor wenigen Jahren restaurierte Gautor in der Krämerstraße in Richtung Rebhänge. Durch Feldwege gelangte er zu einer Anhöhe über dem Krötenbrunnen, jener Weinlage also, die das Städtchen weit über seine Grenzen hinaus bekannt gemacht hatte. Doch den Lagennamen gab es auf den Etiketten der meisten Oppenheimer Winzer schon lange nicht mehr. Zwar waren die Tropfen, die aus der Hanglage südwestlich der Stadt stammen, aller Ehren wert, doch hatte der Krötenbrunnen das Pech, als Großlage anerkannt worden zu sein. Das bedeutete, dass jeder Winzer und Abfüller in einem großen Umkreis seinen Wein Oppenheimer Krötenbrunnen nennen durfte, nicht zu vergessen die Großkellereien, die den Krötenbrunnen in rauen Mengen zu Dumping-Preisen in die Regale der Supermärkte beförderten, was den Namen in Fachkreisen arg ramponiert hatte. Das alles geschah sehr zum Verdruss jener Weingärtner, die die Original-Lage beackerten und daraus flüssige Schätze bargen.

Der Blick des Katharinenpfarrers schweifte über das Rheintal. Die Häuser der Siedlung jenseits der Bahnlinie wirkten aus der Entfernung wie die Pappmaché-Kulisse einer Modelleisenbahn. Südlich schloss sich das Gewerbegebiet Kette-Saar an. Hinter der Bebauung das Unterfeld und das Wäldchen. Jenseits des Stroms, der dem kleinen Städtchen von jeher Handel und Wandel bescherte, erhob sich die Silhouette des Odenwaldes. Am südöstlichen Horizont erkannte man die Umrisse des Kernkraftwerkes Biblis.

Peter Stahl atmete tief durch. Er genoss den erhabenen Ausblick auf die Oppenheimer Weingärten, die sich an den Hang schmiegten und deren letzte Ernte besonders reich und gut war. Ein Mäusebussard saß auf einem Weinbergspfahl und harrte regungslos auf sein nächstes Opfer. Ein Pärchen lief mit seinem jungen, verspielten Berner Sennhund an der Bank vorbei und grüßte den Pfarrer auffallend freundlich. Erst als die beiden schon beinahe aus dem Blickfeld des Seelsorgers entschwunden waren, erinnerte sich Stahl. „Sieh an, die kleine Schneider und der Peter Bastian. Aus Kindern werden Leute.“

**Der Verdacht**

Noch zwei Tage bis Weihnachten. Stahl zog an seiner Pfeife und ging zufrieden seiner Wege, die ihn wie zufällig an dem ehemaligen Rittergut Albert Litzius' im Schatten von St. Katharinen vorbei führten. Er blickte durch das geöffnete Tor des alten Adelshofes. Die dunkelgrüne Jaguar-Limousine des Maklers stand unter einer großen Kastanie, daneben der rote Porsche Boxster von Regina Litzius. Stahls Blicke schweiften rüber zum früheren Gesindehaus. Sein Blick blieb an einem Auto haften, das er zuletzt auf Drei Lilien gesehen hatte: ein beigemetallic-farbener Opel Astra. Der Pfarrer stellte sich hinter den Mauervorsprung des Nachbarhauses.

Er brauchte nicht lange zu warten, bis Horst Mager aus der schweren Holzpforte des Herrenhauses trat und auf seinen

Wagen zusteuerte. Der Kriminalkommissar trug einen gelben Briefumschlag in der Hand, stieg in seinen Opel und fuhr davon. „Der Mager .... Sieh an!“, dachte Peter Stahl laut.

Er fuhr herum und blickte in die kalten, blauen Augen von Andrej Slotnikow, dem russischen Gärtner im Hause Litzius. „Was machen Sie denn hier, Herr Pfarrer? Kein schöner Ort, um eine Pause einzulegen“, sagte Slotnikow in makellosem Deutsch. Dass der Mittvierziger noch vor wenigen Jahren als Oberleutnant in der Roten Armee gedient hatte, verriet höchstens seine militärisch straffe Haltung.

„Ach, wissen Sie, bester Herr Slotnikow, die Wege des Herrn sind unergründlich und just in diesem Augenblick führten sie mich an diesem herrlichen Anwesen vorbei und ich wollte – bitte sagen Sie es nicht weiter – mich einfach ein wenig satt sehen an dieser barocken Pracht.“

Der dunkelhaarige, hochgewachsene Russe lächelte verschlagen. „Haben Sie genug gesehen oder wollen Sie noch einen – wie man in Ihrer Sprache sagt – Nachschlag?“

„Nein, ich bin nicht vergnügungssüchtig“, antwortete Stahl und ließ den Gärtner stehen. Im Gehen drehte er sich noch einmal um und fragte: „Haben Sie hier öfter Besuch von der Polizei?“

Slotnikow zuckte die Schultern. „Kann ich nicht behaupten, vielleicht hat der junge Herr wieder etwas angestellt, ein Atomkraftwerk überfallen oder Drogen genommen, bei diesen Öko-Typen und Musikern weiß man ja nie.“

„Ja, ja, unser Herrgott hat einen großen Tiergarten“, sagte der Seelsorger leutselig und wandte sich endgültig ab.

Wenige Minuten später saß er in seinem Büro und wählte Mosers Nummer. „Mir ist etwas Komisches passiert, kann ich mal auf einen Sprung zu Ihnen kommen?“

Der Journalist schien nicht gerade erfreut. „Herr Pfarrer, wie stellen Sie sich das vor? Bei uns boxt gerade der Papst im Kettenhemd. Hat das nicht Zeit bis heute Abend?"

Drei Minuten später stand Peter Stahl in der Zeitungsredaktion vor Mosers Schreibtisch. „Entschuldigen Sie den Überfall, aber ich denke es wird Sie interessieren, was ich soeben beobachtet habe."

Stahl schilderte die Begebenheit im und vor dem Hof des Anwesens Litzius. „Ist es nicht seltsam, dass ich diesem Mager zweimal in denkwürdigen Situationen begegne? Es sollte mich nicht wundern, wenn der Herr Polizist rein zufällig an beiden Orten gewesen wäre, aber das lässt sich ja nachprüfen. Nutzen Sie doch mal Ihre Kontakte zur hiesigen Polizei. Und war da nicht die Rede von einer undichten Stelle?"

Moser, der dem Pfarrer aufmerksam zugehört hatte, warf ein, dass es sich in der Tat wohl nur um einen Zufall handele. „Na gut, wenn Sie nicht wollen, werde ich halt mit Schuster reden. Was bleibt einem alten Pfarrer auch anders übrig, der von Ungläubigen und Zauderern umgeben ist?"

Die Spitze saß, Moser entgegnete: „Okay, Sie haben gewonnen. Ich rede mit Schuster."

Der Polizeichef reagierte zunächst unwirsch auf den Anruf des Journalisten. „Jetzt einen Termin? Wie stellen Sie sich das vor? Ich renne von einer Besprechung in die nächste. Sie wissen doch, dass heute die landesweite Aktion zur Zeugenmotivation anläuft."

Doch als Moser, der sich auf eigenen Wunsch nicht hatte krank schreiben lassen, dem Ersten Polizeihauptkommissar andeutungsweise klar machte, welche Brisanz hinter seinem Begehren steckte, zögerte Stefan Schuster keinen Augenblick: „Kommen Sie bitte sofort."

Fünf Minuten, nachdem beide den Hörer aufgelegt hatten, saßen sie sich im Büro des Polizeichefs gegenüber. „Um eines vorab festzustellen: Horst Mager ist ein in allen Beziehungen tadelloser Beamter. Es gab und gibt keinen Anlass, an seiner Dienstauffassung und unbedingten Gesetzestreue zu zweifeln", eröffnete Schuster das Gespräch.

„Ja, sicherlich. Aber Mager taucht immer an Orten auf, die in seltsamer Nähe zu seltsamen Personen stehen", warf Moser ein. „War er denn dienstlich unterwegs, als ihn Stahl sah?"

Schuster ließ sich die genauen Daten geben, doch wandte er ein: „Unsere Leute sind häufiger im Außendienst bei Ermittlungen unterwegs. So genau lässt sich das zeitlich nie eingrenzen. Abgesehen davon, gibt es auch schon mal die eine oder andere private Erledigung während der Dienstzeit. Man muss da ein Auge zudrücken." Schuster drückte sich äußerst vorsichtig aus. Sollte einer seiner Beamten auf krummen Pfaden wandeln, so war das eine Angelegenheit von höchster Brisanz, unappetitlich und somit das Letzte, was der Polizeichef an die große Glocke hängen wollte.

Im nächsten Moment blickte Stefan Schuster auf den Dienstplan der Woche und zog eine Akte aus dem Regal. „Zweifelsohne. Mager hatte zu den angegebenen Zeiten Dienst, aber das hilft auch nicht weiter."

„Ich denke an die undichte Stelle, die Sie einmal erwähnten und wegen der Sie mich vor nicht allzu langer Zeit hierher bestellten. Könnten Sie Mager nicht einmal auf den Zahn fühlen?", fragte Moser vorsichtig.

„Jetzt hören Sie einmal gut zu, Herr Moser. Ich schätze Ihre Arbeit. Das wissen Sie. Und ich versuche, soweit dies in meine dienstlichen Obliegenheiten fällt, Sie zu unterstützen. Nur eine Bitte habe ich: Lassen Sie mich meine Arbeit machen und machen Sie Ihre." Damit endete das Gespräch. Nach ein paar Höflichkeitsfloskeln verließ der Journalist die Dienststelle und einen trotz der brüsken Zurückweisung nachdenklichen Stefan Schuster.

Der handwerklich nicht ungeschickte Peter Stahl reparierte gerade die defekte Türklingel des Pfarrhauses, als Benno Moser auf den Hof fuhr. „War Ihre Mission erfolgreich?", rief er dem Ankömmling entgegen.

„Wie man's nimmt. Schuster hat mich abblitzen lassen, aber ich hatte das Gefühl, dass er der Sache nachgehen wird."

Der Pfarrer schloss seine Arbeit erfolgreich ab und montierte das Gehäuse der Klingel. „Gut. Vielleicht sollten wir trotzdem mal schauen, was der Herr Kriminalobermeister so treibt. Abends meine ich."

„Herr Pfarrer, wie soll das denn gehen? Erstens habe ich Familie und dienstliche Termine; zweitens tauge ich nicht zu solch einer Art Detektivspiel und drittens sollten wir eigentlich aus erlittenem Schaden klug geworden sein", hielt er seinem Gegenüber seinen Gips entgegen.

„Dann eben nicht", sagte Peter Stahl mit einem eigentümlichen Lächeln. „Lassen Sie uns ein Gläschen trinken. Ich habe da noch einen exzellenten Silvaner von Eva Vollmer."

Benno Moser dachte an seinen Chef, der seit über zwei Stunden in der Redaktion auf ihn wartete und ihm bereits zweimal auf der Mailbox seines Handys übermittelt hatte, dass die umgehende Anwesenheit an seinem Arbeitsplatz überaus zuträglich wäre, ihm diesen zu erhalten. Moser wusste, dass Kapp Recht hatte. Schließlich wurde er vom Verlag nicht für private Ermittlungen in einem Kriminalfall bezahlt. Dennoch blieb er – den Wein konnte nur ein

Abstinenzler ablehnen, ohne sich den Ruf einzuhandeln, ein kompletter Narr zu sein. Also frönte er erst der Verlockung, bevor er sich leichten Fußes auf den Weg zur Redaktion machte. Mochte Kapp ihn auch noch so anraunzen, Eva Vollmers Silvaner hatte ihn schon vorab für den Rüffel entschädigt.

**Die Chorprobe**

Am gleichen Abend betrat Moser das Foyer der Hauptschule mit Unbehagen. Letzte Chorprobe der „Harmonie" für die Christmette an Heiligabend. Die nächste Zigarre wartete indes bereits auf Moser. Denn wenn Chorleiter Walter Bingenheimer eines aus der Fassung brachte, dann waren es unpünktliche Sängerinnen und Sänger. Die Zeiger der Uhr passierten die Halb-Neun-Grenze. Die Probe hatte vor einer halben Stunde begonnen. Bevor der Nachzügler die Klinke der Tür herunterdrückte, atmete er noch einmal tief durch. „Benno, trau dich", ermunterte er sich in Gedanken selbst.

Der Versuch, sich möglichst unbemerkt hinter dem Rücken des Chorleiters auf seinen Platz zu stehlen, misslang tüchtig. Den Blick fest auf Bingenheimer geheftet, übersah Moser die hüfthohe Tonsäule, die einen Terrakotta-Topf samt Grünpflanze trug. Mitten in Bruckners Motette „Locus iste" schepperte die zerberstende Keramik. Sekunden unheilvoller Stille folgten. „Das ist ja wohl der Gipfel. Zu spät kommen und dann noch einen Höllenlärm veranstalten. Es tut mir leid, aber so kann ich nicht arbeiten. So geht Kultur kaputt!".

Die Stimme des erzürnten Dirigenten überschlug sich. Nach einigen hilflosen Entschuldigungen des tollpatschigen

Nachzüglers und erfolgreichen Befriedungsbemühungen zweier Vorstandsmitglieder konnte die Chorprobe fortgesetzt werden. Bingenheimer war dennoch außer sich und warf Benno Moser böse Blicke zu. Der bewegte zwar die Lippen und hörte ein fremdes Wesen mit seiner Stimme singen, doch war er in Gedanken weit weg. Zudem schmerzte sein Arm ein wenig.

Seine Gedankenreise führte ihn zurück in seine Kindheit. Achim Sänger und er spielten zusammen Fußball; in der E-Jugend des FSV und nachmittags nach den Schularbeiten auf der Festwiese. Anfangs dienten die alten Pappeln als Tore, später stellte die Stadt zwei richtige Tore aus Metall auf. Keine großen wie auf dem Sportplatz, sondern welche mit jenen Abmessungen, wie sie in der Jugend oder bei Hockey und Handball üblich sind. Obwohl Achim Sänger im Welschdorf, wie der westliche Teil der Oppenheimer Altstadt nach den Hugenotten, die sich hier einst ansiedelten, benannt worden war, aufwuchs und daher naturgemäß eher zu den Feinden der Jungs aus der Siedlung zählte, war er dennoch akzeptiert. Schon damals setzte er jene gewinnende Art, die ihm später einmal den beruflichen Aufstieg sichern sollte, als Trumpf ein.

Achim war Torhüter, im Verein und auf der Festwiese; ein guter dazu. Wer Achim Sänger in seiner Mannschaft hatte, der durfte sicher sein, dass hinten so schnell nichts anbrannte. Sollte das Glück noch dafür gesorgt haben, dass Sänger und Moser – wie im Verein – in einem Team spielten, dann war das mehr als die halbe Miete. Auch wenn man es ihm nicht mehr ansah, war Benno Moser in seiner Jugend ein gefürchteter Mittelstürmer, der seinem Idol Gerd Müller mit Erfolg nacheiferte. In einer Spielsaison traf er sogar 82 Mal.

Und so wurde Moser, obschon seine Mannschaft deutlich hinter den führenden Teams aus der Landeshauptstadt auf einem Mittelfeldrang landete, mit großem Vorsprung Torschützenkönig der E-Jugend. Als Benno und Achim in die D-Jugend aufrückten, kamen beide in die Kreisauswahl – als einzige Spieler ihres Vereins überhaupt.

Es war die Zeit, in der beide das Wäldchen durchstreiften. Ein aus einem Kaugummiautomaten gezogenes Taschenmesser musste dafür herhalten, die Handflächen der Freunde einzuritzen, damit die beiden, den damals populären Winnetou-Filmen folgend, Blutsbruderschaft schließen konnten. Das alles lag gut dreißig Jahre zurück. Es waren mehr als zwanzig Jahre, dass sich die Blutsbrüder aus den Augen verloren. Das Leben stellte die Weichen so, dass die Züge des Torwarts und des Mittelstürmers in entgegengesetzte Richtungen abfuhren und sich nicht mehr kreuzen sollten. Achim wechselte überdies die Sportart und mutierte zum versierten Volleyballspieler.

„Achim, verdammt noch mal, Achim! Ich muss mehr über sein Leben zwischen damals und heute rausfinden“, dachte Benno Moser, als er einen Schatten registrierte, der sich ihm mit bedrohlicher Geschwindigkeit näherte.

„Es wäre schön, wenn auch der 2. Bass mit dem Herzen bei der Sache wäre und nicht Luftschlössern nachhinge.“ Walter Bingenheimer baute sich vor Benno auf.

„Ich glaube, ich gehe besser. Das wird heute nichts mehr“, trat Moser die Flucht nach vorn an.

„Ich bitte darum, vielleicht können wir uns dann endlich unserem Bruckner zuwenden“, bemerkte Bingenheimer spitz.

Die Polizei hatte Lilo Sänger an einen geheim gehaltenen Ort gebracht: Niemand, noch nicht mal Schuster, wusste, wo sie sich aufhielt. Die Vernehmungen der wieder Genesenen ergaben keinerlei stichhaltige Hinweise. Obschon die Sängers nach außen als harmonisches Paar galten, das sich gesucht und gefunden zu haben schien, hatte jeder seine Freiräume, die Achim Sänger offenbar dazu nutzte, sich auf die Spur des Syndikates zu machen. Seine Ehefrau Lilo kannte eigenen Angaben zufolge keinerlei Hintergründe. Auch konnte sie sich keinen Reim auf das machen, was die Unterlagen in der ominösen Mappe zu Tage förderten.

Etwa drei Wochen vor seinem gewaltsamen Tod habe ihr Mann sie auf „seine Lebensversicherung", wie er es nannte, aufmerksam gemacht. Ein Safe in dem Geheimzimmer des Bungalows diente als Depot. Achim Sänger sei sich in Andeutungen ergangen. „Bald hat das Abrackern ein Ende", soll er mit einem vieldeutigen Lächeln gesagt haben. Eine Aussage, die die Polizei auf eine Erpressung schließen ließ. Damit gesellte sich zu der Angst vor der Enttarnung noch ein zweites, wesentlich stärkeres Mordmotiv, das das Syndikat offenbar zum Handeln gezwungen hatte.

Aus den Vernehmungen Lilo Sängers ergab sich dennoch ein Anhaltspunkt. Ihr Mann sei an manchen Tagen erst sehr spät aus der Firma nach Hause gekommen und das vor allem in Zeiten, in denen seinen Erzählungen zufolge eher Flaute im Speditionsgeschäft war. Auch wenn Lilo Sänger keine Eifersucht kannte, interessierte es sie doch, zu wissen, was ihr Mann noch in seinem Büro trieb, wenn alle anderen Kollegen längst am Stammtisch oder vor dem Fernseher saßen. Als sie ihn eines Abends, etwa zwei Wochen vor seiner Ermordung, aufsuchte, lag ein Berg von Akten mit Frachtpapieren auf seinem Schreibtisch. Achim Sänger selbst stand am Kopierer.

„Was machst du denn hier?", fuhr er gleichermaßen erschrocken wie überrascht herum. Erleichterung spiegelte sich in seinen Zügen wider, als er erkannte, dass es sich bei dem abendlichen Besucher um seine Frau handelte. „Wo bleibst du denn?“, fragte Lilo ihn.

„Ich hatte noch was zu erledigen, das ich nur machen konnte, wenn alle anderen weg sind. Wart einen Moment. Ich bin jetzt fertig, dann können wir gemeinsam gehen.“

Es war das letzte Mal, dass Achim Sänger solcherlei Überstunden machte. Wenig später war er tot. Die kopierten Frachtpapiere und Unterlagen blieben verschwunden.

**Selig sind die Armen im Geiste**

Das Weihnachtsfest hüllte die kleine Stadt in Behaglichkeit. Allem Kommerz-Getöse zum Trotz kehrte zumindest für Stunden so etwas wie Beschaulichkeit ein. Als es dann am Morgen des Heiligabend noch zu schneien begann, was in dieser Gegend äußerst selten war, schien die Idylle perfekt.

Nicht so im Pfarrhaus, wo Peter Stahl geschäftig an seinem Schreibtisch saß. Die rechte Hand ließ den Füller über das Papier fliegen. Seine filigrane, eng geführte Handschrift konnte außer ihm kaum jemand entziffern. Gegen Mittag war sein Kollege, der ihn während seiner Genesungsphase vertrat, auf dem glatten Pflaster des Pfarrhofes ausgerutscht und hatte sich dabei einen Bänderriss zugezogen. Also musste der Katharinenpfarrer seine Rekonvaleszenz unterbrechen, denn an Heiligabend war an eine kurzfristige Vertretung nicht zu denken. Zwei Stunden hatte er noch, um den Predigttext zu vollenden, dann würden die Glocken zur Mette rufen. Zum Heiligabend-Gottesdienst drohte die Katharinenkirche stets aus allen Nähten zu platzen. Zumindest einmal im Jahr erinnerten sich die Menschen an ihren Glaubens oder das, was sie dafür hielten.

Viele Gesichter, die Peter Stahl in den vollbesetzten Kirchenbänken sah, erschienen ihm fremd. Nicht wenige kamen aus der weiteren Umgebung, denn die Kathedrale aus rotem Sandstein strahlte als Kleinod gotischer Baukunst und geistliches sowie kulturelles Zentrum in die Region aus. Bei seinen Begrüßungsworten wanderte der Blick Peter Stahls über die festlich gekleidete Menge. Er blieb in der fünften Reihe hängen, denn dort saß Georg Albert Litzius mit seiner Familie. Sieh an, dachte der Pfarrer bei sich, man macht in Frömmigkeit ...

Als Stahl am Ende des Gottesdienstes an der Kirchentür stand, um möglichst vielen Menschen persönlich ein frohes Fest zu wünschen, trat Litzius auf den Geistlichen zu. „Ihre Predigt hat mir heute besonders gut gefallen. Das mit den Pharisäern, die ihren Glauben beim Verlassen der Christmette mit der Kollekte in den Klingelbeutel werfen und ihn auf den Tag genau ein Jahr später erst wieder hervor kramen, also das hatte was. Herr Pfarrer, ich verspreche Ihnen, mit mir werden Sie vorher schon rechnen können."

„Ich weiß, dass mit Ihnen immer zu rechnen ist, ob man will oder nicht."

Litzius lächelte ein wenig irritiert: „Das schätze ich an Ihnen: immer ein Bonmot auf den Lippen, der gute Stahl. Gut. Sehr gut." Der Makler fasste in die Tasche seines dunkelgrauen Lodenmantels, zog einen 100-Euro-Schein hervor und legte ihn mit einer ausladenden Bewegung in den geflochtenen Korb für die Kollekte. „Brot für die Welt ... aber die Wurst bleibt hier, nicht wahr?", startete Georg Albert Litzius im Hinausgehen den Versuch eines Scherzes, über den außer ihm allerdings nur seine Frau Regina lachen konnte. „Matthäus 5, Vers 3", entgegnete Peter Stahl, doch Litzius und sein Anhang durchmaßen bereits den Vorplatz der Kirche.

**Manne**

Das neue Jahr begann. Die Ermittlungen der Polizei in der Mordsache Achim Sänger und den Anschlägen auf seine Frau und Peter Stahl liefen. Greifbare Ergebnisse gab es keine. Lilo Sänger wurde weiterhin an einem unbekannten, sicheren Ort vor dem Zugriff des Syndikates geschützt.

Am Dreikönigstag verabredete sich Benno Moser mit Manfred „Manne" Baumann. Mit dem Junggesellen verbanden ihn gemeinsame Tage in der Fußballjugend des FSV. Seit den Trainingseinheiten auf dem Sportplatz des Gymnasiums und in der alten städtischen Turnhalle in der Emondstraße waren mehr als zwanzig Jahre ins Land gegangen. Dennoch begegneten sich beide ab und an bei einem Bier oder dem Weinfest, das alljährlich im August die Straßen um das Rathaus in eine dichtbevölkerte Freiluft-Straußwirtschaft verwandelte. Seit Hanna ihre Pilsstube in der Mainzer Straße geschlossen hatte, sah man sich nicht mehr so häufig. Manne zeigte sich ein wenig überrascht, als Benno Moser ihn nach Neujahr anrief, um ein Treffen vorzuschlagen, doch willigte der hochgewachsene, muskulöse Endvierziger spontan ein.

Benno hatte im „Grünen Baum" am Fischmarkt einen Tisch bestellt. Nachdem die Rumpsteaks, die beide gewählt hatten, verzehrt waren, meinte der Journalist in beiläufigem Tonfall: „Was macht dein Job bei Reinhardt? Die Sache mit Achim muss bei euch ja mächtig reingehauen haben ..."

„Das kannst du laut sagen“, antwortete Baumann, der in dem Unternehmen das Lager verwaltete, nachdem er über Jahre hinweg der Im- und Exportfirma als Fernfahrer gedient hatte. „Schlimme Geschichte. Vor allem für Lilo, aber das musste ja mal so kommen.“

„Wie meinst du denn das?“

„Na ja“, hielt Manne zunächst inne, fuhr dann aber fort. „Was ich dir jetzt sage, muss absolut unter uns bleiben. Ich möchte meinen Job nämlich noch ein paar Tage behalten, aber ich muss das mal jemandem erzählen.“

Es schien, als habe Benno Moser mit seiner Idee, Manne einmal auf den Zahn zu fühlen, ins Schwarze getroffen. Der Lagerist berichtete von Unregelmäßigkeiten in den Frachtpapieren, denen Achim Sänger offenbar auf die Spur gekommen war. Da er den Papierkrieg des Unternehmens erledigte, waren ihm die Manipulationen, die er vor allem bei Importen aus der Türkei und dem Nahen Osten registrierte, sofort aufgefallen. Einmal habe er zufällig einen Streit zwischen Reinhardt und Sänger mitangehört als er die Heizung im Vorzimmer des Chefs entlüftete. „Seit ich nicht mehr fahre, bin ich in der Firma so'ne Art Mädchen für alles, du verstehst?“

Sänger habe Reinhardt angeschrieen, dass er das nicht auf seine Kappe nehme. Er habe „saubere“ Papiere herausgegeben und im Wortsinn getürkte zurückerhalten. Über den wahren Inhalt der Frachtkisten aus Ankara könne er nur spekulieren, aber der wäre ja unschwer festzustellen, der Container stünde ja noch auf dem Hof. Reinhardt habe zunächst versucht, seinen Prokuristen zu besänftigen, doch als dies nicht fruchtete, sei er laut geworden.

„Manchmal ist es besser, nicht alles zu hinterfragen, denn zuviel Wissen macht den Kopf schwer wie Blei. Man wird krank davon. Machen Sie also weiter Ihre Arbeit und halten Sie sich aus Dingen heraus, die Sie nicht verstehen und die Sie auch nichts angehen."

„Mich als Prokuristen geht nicht an, was hier in dieser Firma passiert? Das kann doch wohl nicht Ihr Ernst sein ...", zitierte Manne die Auseinandersetzung der beiden, die sich etwa drei Monate vor dem Mord in der Ruine abgespielt hatte.

Hermann Reinhardt lebte mit seiner Frau zurückgezogen in einem Bungalow im Niersteiner Baugebiet Roßberg. Er war Mitpächter eines Jagdreviers im Hunsrück und begab sich ein- bis zweimal im Jahr auf Jagdreisen ins Ausland. Die Jagdleidenschaft teilte Reinhardt mit Litzius. Nicht selten gingen beide gemeinsam auf Tour. Reinhardts untersetzte Figur mit dem deutlichen Bauchansatz und das jungenhaft wirkende Gesicht verrieten nichts von dem Durchsetzungsvermögen und der Energie, mit denen der 61-Jährige unbeirrt seine geschäftlichen und privaten Ziele verfolgte. Seine Belegschaft führte er mit harter Hand und war schnell mit Abmahnungen und Entlassungen bei der Hand, folgte einer seiner Leute nicht bedingungslos seinen Anordnungen. Hermann Reinhardt hielt nichts von moderner Unternehmenskultur und Mitarbeiterführung. „Ich bezahle, also schaffe ich an. Basta!", erstickte er Diskussionen im Keim.

„Ich dachte mir schon, dass da bei Reinhardt was nicht ganz sauber läuft. Achim hat mal solche Andeutungen gemacht. Das deckt sich mit deinen Schilderungen", sagte Moser ruhig und trank sein Glas aus. „Ist dir denn irgendetwas Ungewöhnliches in dieser Richtung aufgefallen, ich meine abgesehen von dem Zank zwischen deinem Boss und Achim?"

„Nein. Außer, dass der Chef die Transporte aus der Türkei

und dem Nahen Osten neuerdings immer selbst abwickelt. Die Fahrer der Trucks sind meist Aushilfen. Tschechen, Ungarn, Kroaten, Albaner – nahezu der ganze Balkan ist da vertreten. Die verstehen kaum ein Wort Deutsch, tun ihren Job ohne groß zu fragen, werden unter Tarif bezahlt, kassieren und kümmern sich weiter um nichts – und vor allem halten sie die Klappe."

Moser bestellte zwei Tassen Espresso und flüsterte zu Manne gebeugt: „Hör mal, wann treffen denn die nächsten Transporte aus dem Gebiet ein?"

„Morgen wird ein 30-Tonner mit Textilien und Stoffen aus Istanbul erwartet. Wieso?"

„Hältst du es für denkbar, dass wir mal einen Blick in den Container werfen?"

Baumann schluckte und erinnerte den Journalisten daran, dass er nicht gerne seinen Job aufs Spiel setze. Außerdem stünden die Ladungen nie lange auf dem Firmenhof, würden meist direkt an die Abnehmer weitergeleitet.

„Um der alten Zeiten willen: Tu's für Achim. Wenn's schief geht, wird sich was anderes finden. Ich versprech's dir", versuchte Benno Moser seinen früheren Fußball-Kumpanen zu überreden, wissend, dass er sich mit seinem Versprechen ziemlich weit aus dem Fenster gelehnt hatte. Auch wenn er als Lokalredakteur über zahlreiche Verbindungen in der überschaubaren Welt des kleinen Städtchens verfügte, so gehörte Arbeitsvermittlung nicht zu seinem Metier.

„Na gut. Ich überlege es mir und ruf dich an", entgegnete Manne mürrisch.

„Wollen wir noch auf einen Sprung ins Fässje?", wechselte Moser das Thema. Die beiden zahlten und nahmen den Weg durch die Vorstädter Straße am Uhrturm vorbei in das Weinlokal.

**Cornelius Breuning**

Ein wenig geschafft verließ Peter Stahl zur gleichen Zeit das Martin-Luther-Haus am Fuß der Katharinenkirche. Wieder einmal bestimmten die kostspieligen Restaurierungsarbeiten der gotischen Kathedrale die Diskussionen des Kirchenvorstands. Stahl, der sich zusehends in die Rolle des Bauherrn gedrängt sah, erwies sich über die Jahre hinweg als ein Meister im Auftun von Geldquellen. Die Aalheim-Spende für die Erneuerung der Schutzverglasung war nur ein Beispiel für Stahls erfolgreiches Wirken als Bettelmönch, wie er sich selbst scherzhaft bezeichnete. Indes: Es taten sich immer neue Löcher auf, die es zu stopfen galt. Der weiche rote Sandstein der Fassade hielt den aggressiven Umwelteinflüssen nicht mehr lange stand. Saurer Regen, Abgase und Erosion fraßen sich ins Mauerwerk und machten es mürbe. Es gab kaum eine Woche im Jahr, an der kein Gerüst einen Teil der Kirche verdeckte. Gerüstkosten, ein Thema, dem sich Pfarrer und Kirchenvorstand aktuell zu stellen hatten. Man entschied sich für eine große Stahlrohr-Konstruktion, die nahezu die halbe Südfassade inklusive Vierungsturm umspannen sollte. So konnten verschiedene Arbeiten auf einmal ausgeführt werden, ohne dass weitere Gerüstbaukosten anfielen. Allerdings waren einige dieser Sanierungsposten für einen späteren Zeitpunkt vorgesehen, so dass dafür Mittel vorab verausgabt werden mussten, die eigentlich erst im kommenden Haushalt der Kirchengemeinde eingestellt werden sollten. Peter Stahls Gedanken kreisten noch um Pläne, Zahlen und Angebote, als er die Straße in Richtung Pfarrhaus überquerte.

Er erschrak, als aus dem Dunklen eine Gestalt auftauchte. „Na, Herr Pfarrer, so spät noch unterwegs?“, sprach ihn eine vertraute Fistelstimme an.

„Ach, Dr. Breuning, Sie sind's", erkannte der Seelsorger deren Besitzer. Cornelius Breuning galt trotz seines grotesken Äußeren – bei einer Körpergröße von 1,54 Metern wog er fast zwei Zentner, seine Glatze zierte ein tiefschwarzes Toupet mit grau-melierten Locken an den Schläfen und als Sehhilfe klemmte er sich gerne ein Monokel ins rechte Auge – als brillanter Jurist, dessen Spezialgebiete das Straf- und das Familienrecht waren.

„Wenn ein Gattenmord mit Gift daneben geht, überzeuge ich die geknickte Gemahlin, dass eine Scheidung die bessere Alternative gewesen wäre", pflegte er in glucksendem Falsett sein berufliches Terrain jovial abzustecken, wobei dieser Standardsatz meist in einen prustenden Heiterkeitsausbruch mündete. Breuning war stets tadellos gekleidet, wobei seine Maßanzüge etwas altmodisch wirkten, allzumal er darunter häufig Samtwesten und statt Krawatten Fliegen trug. Auch wenn er abends ausging, lockerte er seine selbst auferlegte Kleiderordnung nicht. Cornelius Breuning lebte als überzeugter Junggeselle in einer Stadtvilla aus dem 18. Jahrhundert. Der Endfünfziger widmete sich in seiner Freizeit der Orchideenzucht im klimatisierten Gewächshaus auf seinem Anwesen und dem Sammeln kostbarer Zeugnisse chinesischer Porzellanmanufakturen alter Dynastien.

„Haben Sie sich denn von diesen schrecklichen Ereignissen schon erholt? Das muss ja alles furchtbar für Sie gewesen sein?", falsettierte er in die Nacht.

Peter Stahl, der innerlich immer amüsiert war über Tonfall und Erscheinungsbild des Rechtsanwaltes, ihn aber ansonsten als angenehmen Zeitgenossen empfand, antwortete augenzwinkernd: „Ich habe schon besser gelacht, aber mein Schutzengel hat mich im letzten Moment noch am Schlafittchen gepackt und aus dem Schlamassel gezogen. Und außerdem: Unkraut wie ich vergeht nicht so schnell."

„Dann bin ich ja beruhigt. Hoffentlich geht Ihnen der Humor nicht mal eines Tages aus. Sie wissen ja, ich habe es beruflich häufiger mit Kunden zu tun, denen ein Menschenleben nicht viel bedeutet. Mit denen ist nicht zu spaßen. Deshalb sollten Sie sich in Acht nehmen."

Der Schein des Hoflichts, das Stahl eingeschaltet hatte, fiel auf das massige Gesicht Breunings. Bei den letzten Worten blitzten seine kleinen Augen hinter den Schlupflidern den Pfarrer an. Gleich darauf verfiel der Jurist in jenes gleichmütige Lächeln, mit dem er selbst hartgesottene Staatsanwälte aus der Ruhe bringen konnte. „Nun ist ja alles vorbei. Besuchen Sie mich doch einmal in meinem Gewächshaus. Meine Orchideen werden Sie auf andere Gedanken bringen. Mord und Verbrechen sind doch nichts für einen Kirchenmann."

Nachdem Stahl ihm versprochen hatte, in den nächsten Tagen auf einen Tee vorbei zu kommen, verabschiedete sich Dr. Cornelius Breuning und watschelte behäbigen Schrittes, gestützt auf einen Spazierstock mit Silberknauf, mit Kurs auf den Marktplatz davon.

„Ein komischer, aber liebenswerter Kauz", dachte Stahl bei sich, als er die Eingangstür aufschloss und sich auf den Spätburgunder von Fritz-Josef Schwibinger und eine gute Zigarre freute.

**Holzkisten**

Noch ein wenig gezeichnet von den Geschehnissen einer kurzen Nacht, die ihm energische Vorhaltungen seiner Frau beschert hatte, betätigte Benno Moser die Klingel des Pfarrhauses. Anneliese Heimbach öffnete und führte ihn in das Vorzimmer ihres Chefs. „Gott zum Gruß", nahm Stahl den Journalisten in Empfang. „Was ist denn mit Ihnen passiert? Haben Sie im Schuhkarton übernachtet?"

Moser berichtete von dem nächtlichen, alkoholschwangeren Ende seines informativen Abends mit Manne Baumann. „Ich erwarte heute Mannes Rückruf wegen der Lieferung", bemerkte Benno, nachdem er den Geistlichen über den Inhalt des Gesprächs beim Italiener unterrichtet hatte.

„So wird ein Saulus zum Paulus", sagte Peter Stahl. Ein Lächeln umspielte seine Gesichtszüge.

„Wie meinen Sie denn das nun wieder?"

„Nun, ich kann mich an einen Lokaljournalisten der hiesigen Zeitung erinnern, der zu Tode erschrak, als ich ihn exakt in diesem Zimmer über meine Recherchepläne in Sachen Sänger-Mord ins Bild setzte. Nun geht der einstige Zauderer in die Offensive. Gefällt mir."

Moser verstrickte sich in wortreiche Erklärungsversuche, die der Geistliche mit einem Wink abtat. „Hören Sie auf. Man muss sich nicht für alles rechtfertigen im Leben. Wichtig ist, dass die Dinge, die getan werden müssen, auch getan werden."

„Gut. Anderes Thema: Sollten wir Schuster nicht einschalten?"

Stahl winkte erneut ab. „Und wenn der Inhalt des Lkw harmlos ist? Wie stehen wird dann da? Ich denke, wir können das eine tun ohne das andere zu lassen, will meinen: Wir werfen einen Blick auf die Ladung, sollte die in irgendeiner Weise verdächtig sein, können wir den Herrn Polizeichef immer noch informieren."

Moser verabschiedete sich, um nicht zu spät zur allmorgendlichen Redaktionskonferenz zu kommen. Kapp legte auf pünktliches Erscheinen großen Wert und auch wenn der Redakteur sich mittlerweile ein dickes Fell zugelegt hatte, was die Rüffel seines Chefs anbetraf, wollte er unnötige Auseinandersetzungen tunlichst vermeiden.

Der Arbeitstag des Lokaljournalisten nahm einen durchaus üblichen Verlauf: E-Mails checken, Texte freier Mitarbeiter redigieren, Termine vereinbaren, Facebook und Twitter mit neuen regionalen Nachrichten füttern, Aufmacher samt Kommentar schreiben. Benno Moser überflog gerade seine Recherche-Ergebnisse zum Sachstand des ebenso dringend notwendigen wie umstrittenen Baus der Niersteiner B9-Umgehung, als das Telefon klingelte. Manne Baumann hielt Wort und informierte ihn über die Ankunft des 30-Tonners aus Istanbul. Der werde entgegen den sonstigen Gepflogenheiten sogar über Nacht auf dem Hof des Im- und Exportunternehmens stehen bleiben. Sie verabredeten sich mit Baumann gegen neun im Tropics.

Als der Journalist dort in Begleitung Peter Stahls auftauchte, verstummten die Thekengespräche für einen Augenblick. Den Pfarrer hatte das Lokal in der Niersteiner Ortsmitte noch nie gesehen, entsprechend verblüfft reagierten die Gäste. Nur Wirt Wilfried bediente weiter ungerührt den Zapfhahn, nickte Moser und Stahl freundlich zu. Die Kneipe lockte mit Billard, Dart und anderen Angeboten, mit denen sich das überwiegend junge Publikum die Zeit vertrieb.

Manne saß vor dem Geldspielautomaten. Er kleidete seinen Ärger über die immer größer werdenden Verluste in markige Worte.

„Die Maschine ist wie viele Menschen auch bloß auf Gewinn eingestellt. Ich denke, das wissen Sie. Also hadern Sie nicht mit dem Schicksal, sondern mit sich selbst.“

„Bitte keine Predigt jetzt, Herr Pfarrer. Wenn ich so was brauche, komme ich sonntags mal hoch in Ihre Kirche", murrte Manne.

„Erstens ist es nicht meine Kirche, zweitens kann ich mich nicht erinnern, Sie jemals in einem Gottesdienst gesehen zu haben."

Manne winkte ab: „Bislang hatte ich es ja auch nicht nötig."

Bevor Peter Stahl zu einer Entgegnung ansetzen konnte, unterbrach Benno Moser die Konversation. „Was soll das werden, ein theologisches Streitgespräch über Sünde und Vergebung? Los jetzt, Manne, trink aus, wir haben noch was vor."

Wenig später erreichte das Trio das Firmengelände im neuen Niersteiner Gewerbegebiet am Bildstock, das sich jenseits der B 420 großzügig auf einer Fläche gegenüber des alten an der Boschstraße erstreckte. Lange hatte das Areal brachgelegen. Als die Gemeinde das Gewerbegebiet erschloss und das Land zum Kauf anbot, griff Hermann Reinhardt zu und verlagerte seinen Betrieb vom ohnehin zu klein gewordenen Stammsitz im Ort dorthin. Als Lagerist hatte Manfred Baumann Schlüssel für das Hoftor und die Hallen, in denen Waren zwischengelagert wurden. Die mächtige Iveco-Zugmaschine mit dem weißen Container stand an der Laderampe. Schnellen Schrittes folgten Stahl und Moser dem Lageristen.

Zwei Neonlampen tauchten das Gelände in fahles Licht. „Gott sei Dank sind die beiden Strahler vorige Woche von irgendwelchen Lausejungs mit Steinwürfen außer Gefecht gesetzt worden, sonst stünden wir hier auf dem Präsentierteller", meinte Manne.

Stahl beschwichtigte: „Wer verirrt sich denn nachts hierher? Hier wohnt doch niemand."

Baumann wies auf ein um die Ecke gelegenes Warenlager hin, das quasi rund um die Uhr von Lastzügen angesteuert werde. Er verschwand in dem Firmengebäude und kehrte wenig später mit einem Schlüsselbund zurück.

Im Sichtfenster des kleinen Plastikanhängers war das Kennzeichen des Lkws notiert. Mit dem Ersatzschlüssel öffnete Manne die Tür des Laderaums. Darin befanden sich gut drei Dutzend große Holzkisten, die in zwei Reihen aufgestapelt waren. Ein schmaler Gang trennte beide Reihen. Geschickt hantierte der Lagerist im Schein einer Stabtaschenlampe und öffnete mehrere Kisten. Neben zu Zehnerpacks gebündelten weißen T-Shirts mit dem Aufdruck eines bekannten Modedesigners fanden sich noch Jeans und Lederjacken sowie Stoffrollen mit gewirkter Kunstseide.

„Prima! Und jetzt?", fragte Benno Moser leicht resigniert. Baumann hatte die Kisten wieder fachgerecht verschlossen. Als die drei den Container verlassen wollten, fiel der Blick des Pfarrers auf ein kleines weißes Kreidekreuz an der Seite einer Kiste im hinteren Ladebereich, auf die der Lichtkegel von Mosers Lampe kurz fiel. „Moment mal. Kommen Sie mal mit dem Brecheisen mit", forderte Peter Stahl Baumann auf.

Die Kiste enthielt weiße Tennissocken. „Wie geschmackvoll. Wer trägt so was denn heute noch?"

Benno Moser wirkte leicht gereizt. Die Einsicht in die Sinnlosigkeit und das Risiko, das man mit dem illegalen Handeln eingegangen war, schien die Oberhand über das entflammte Draufgängertum des Journalisten zu gewinnen.

„Was haben wir denn da?", sagte Peter Stahl. Er blickte auf einen Zwischenboden im unteren Drittel der Kiste. Der ließ sich mit seitlich angebrachten Scharnieren öffnen. Rasch war der Holzdeckel entfernt.

„Da war wohl jemand schneller als wir", durchbrach Peter Stahl die Enttäuschung, die seinen beiden Begleitern, aber auch ihm ins Gesicht geschrieben stand, denn sie blickten in gähnende Leere auf dem Kistenboden.

„Sollen wir nicht doch Schuster einschalten? Ich meine, wenn da noch Spuren von Rauschgift ..."

„Papperlapapp", schnitt der Pfarrer Moser das Wort ab. „Woher wollen Sie wissen, dass da Rauschgift drin war? Was, wenn dort andere Dinge geschmuggelt wurden, die weit weniger spektakulär sind und obendrein keinerlei Spuren hinterlassen? Das Syndikat wäre gewarnt und wir vollends blamiert."

Nachdem auch diese Kiste wieder vernagelt war, verließ das konspirative Trio den Ort des Geschehens. Man einigte sich darauf, die Enttäuschung mit einem Pils im Tropics runterzuspülen.

Dort verließ Manne Baumann jedoch rasch die Gesellschaft seiner beiden Mittäter, um sich zwei Frauen, die auf Barhockern an der Theke saßen, zuzuwenden. Allem Anschein nach kannte Manne die beiden gut. Baumann war eine gepflegte Erscheinung mit sportlicher Figur. Seine braunen Augen blitzten unternehmungslustig, das schwarze, lockige, schulterlange Haar schien ein Relikt aus den 70-er Jahren.

„Sag mal, hast du immer noch so Schlag bei der Damenwelt wie früher?", fragte Benno seinen Jugendfreund auf dem Weg zur Toilette.

„Ach, weißt du, die Frauen und ich – wir scheinen wie füreinander gemacht."

Der Journalist lächelte. „Verlierst du bei dem Verschleiß nicht manchmal den Überblick?"

Manne grinste und meinte: „Setz du dich mal auf eine Kreissäge und sag, welcher Zacken dich geritzt hat …"

„Haben Sie schon gehört, bei dem Reinhardt soll eingebrochen worden sein?", platzte Annliese Heimbach am anderen Morgen in die Zeitungslektüre ihres Chefs.

„'Guten Morgen' sagt man, wenn man hereinkommt", antwortete Peter Stahl lakonisch.

„Guten Morgen, Herr Pfarrer. Letzte Nacht soll es gewesen sein."

„Wetten, dass es schon gestern Abend war?", entgegnete der Pfarrer mit einem verschmitzten Lächeln.

„Woher wollen Sie das denn wissen?"

„Weil ich dabei war."

Der Ausdruck im Gesicht seiner Sekretärin bereitete Stahl sichtliches Vergnügen. „Kennen Sie einen guten Strafverteidiger?", setzte er noch einen drauf.

„Herr Pfarrer, mit so was treibt man keinen Spaß."

„Ich scherze nicht. Aber beruhigen Sie sich. Es hat uns niemand gesehen." Stahl schilderte seiner Sekretärin die Ereignisse im Hof der Firma. „Sie sehen, wir mussten das tun, um Klarheit zu bekommen. Leider trat das gewünschte Ergebnis bei unseren zugegebenermaßen nicht ganz legalen Nachforschungen nicht ein."

Offenbar hatte Manne danach jedoch vergessen, das Büro ordentlich zu verschließen, so dass der neue Prokurist der Firma, der morgens als Erster das Gelände betrat, die Polizei verständigte, was ihm allerdings eine heftige Auseinandersetzung mit Hermann Reinhardt beschert hatte.

**Vater und Sohn**

Zwei weitere Tage vergingen. Der Einbruch war immer noch Stadtgespräch. Anneliese Heimbach hatte wieder mal zusammen mit Selma Maslow „Abonnemang", wie Litzius' Köchin es nannte. Nach dem Genuss von Leo Delibes' Oper „Lakmé" fand man sich, der lieb gewordenen Gepflogenheit folgend, im Fäßje ein, um bei Riesling und Kochkäse den Abend ausklingen zu lassen.

„Mein Jott, was ham die sich wieder jestritten, die ollen Kerls. Der junge und der alte Litzius sind wie der Deibel aufeinander los", schilderte die Köchin im Hause des Immobilienmaklers die Szene, deren unfreiwillige Zeugin sie geworden war, da die beiden Streithähne einmal mehr weder ein Blatt vor den Mund nahmen, noch die Phonstärke ihres Disputs dämpften, der so im ganzen Haus zu hören war. „Du wirst es wirklich noch schaffen, in deiner Gier auch den letzten Rest intakter Natur zu zerstören", habe Albert junior seinen Vater angeschrieen. Gemeint war ein Projekt, das Litzius derzeit plante und das die Besiedlung nahezu des gesamten Unterfeldes einschließlich weiter Teile des Wäldchens beinhaltete. „Wir leben in einem boomenden Wirtschaftsraum. Flughafenausbau und immer neue Gewerbeansiedlung bringen Tausende von neuen Menschen in die Region. Die müssen ja schließlich irgendwo wohnen. Klar, wenn es nach euch Öko-Spinnern ginge, würden wir noch in Höhlen leben und Norweger-Pullover stricken. Nur wer die Zeichen der Zeit erkennt, schwimmt oben. Eins ist sicher: Unterfeld und Wäldchen sind bares Geld. Wenn ich das Projekt nicht durchziehe, tut es eben ein anderer."

Darauf habe Albert junior wütend gebrüllt: „Ist dir denn nichts heilig? Das einzige Waldstück weit und breit kaputt machen und die Leute in einem vom Hochwasser bedrohtes Gebiet siedeln zu lassen?"

Mit lautem Knall habe der Sohn darauf hin die Tür zugeknallt, sei die Treppe herunter gestürzt und aus dem Haus gelaufen. „Die zwei werden sich noch irjendwann die Köppe einschlahjen", stellte Selma Maslow trocken fest.

„Ich denke, Albert junior verkehrt seit dem großen Krach von damals nicht mehr in seinem Elternhaus? Hat ihn der Senior nicht so gar rausgeschmissen und ihm Hausverbot erteilt?", fragte Anneliese Heimbach.

„Ja, mechte wohl so jewesen sein, aber der junge Herr wollte irjendwas von seiner Mutter, jing da wohl um Informationen über die Jeschäfte des Alten. Und da hat ihn der jnädje Herr iberrascht. Was für ein Theater!"

Die Maslow berichtete, dass es nicht das erste Mal war, dass Albert junior in Abwesenheit seines Vaters sein Elternhaus besucht hatte. Bislang gelang es ihm jedoch immer, dem Familienoberhaupt aus dem Weg zu gehen. Die Köchin erzählte Anneliese Heimbach auch, dass Litzius senior sich in letzter Zeit häufiger in seinem Arbeitszimmer einschließe, um alte Schriftrollen und Akten zu studieren. Als er einmal zu später Stunde Tee bei ihr geordert habe, sei es ihr gelungen, einen Blick auf die Papiere zu werfen. „Das war'n olle Pläne von St. Katharinen und Zeichnungen von Heiljenfijur'n", erinnerte sich Selma Maslow.

„Das wird den Pfarrer interessieren", sagte Anneliese Heimbach mehr zu sich selbst, doch die Köchin hörte es dennoch.

„Um Jottes Willen! Sei'n Sie bloß stille. Ich komm in Deijbels Küche."

Nachdem die Heimbach ihrer Gesprächspartnerin zugesichert hatte, Stahl nichts von den Vorfällen im Hause Litzius zu erzählen, wechselte man das Thema, trank noch einen Badener Gutedel und machte sich auf den Heimweg. Die Glocke des nahen Uhrturms schlug gerade Mitternacht.

Am anderen Morgen bekam Anneliese Heimbach ihren Chef nicht zu sehen. Erst gegen Mittag rollte Peter Stahls neuer Meriva auf den Hof des Pfarrhauses. Die 40-minütige Heimfahrt von der Kirchenverwaltung in Darmstadt reichte nicht aus, seinen Ärger über die kirchliche Bürokratie, die ihn ein ums andere Mal auf die Palme brachte, verfliegen zu lassen. „Vor dem Eintritt ins Paradies hat unser Herrgott den Gang durchs irdische Jammertal und den Kampf mit den Paragrafenreitern der Landeskirche gesetzt", pflegte der Seelsorger zu sagen, wenn man ihn auf seinen Arbeitgeber ansprach. Obschon er ein geradezu freundschaftliches Verhältnis zum Kirchenpräsidenten pflegte, lag er mit dem administrativen Apparat im Dauerclinch. Diesmal ging es um die Genehmigung einer zusätzlichen halben Pfarrerstelle für seine Gemeinde, um Stahl zu entlasten. Als Dekan war er für immerhin 24 Kirchengemeinden zuständig, obendrein wuchs der Aufgabenberg in seiner eigenen Pfarrei und schließlich sah er sich zusehends in die Rolle des Kirchenbauherren gedrängt.

Missgelaunt entstieg Stahl seinem Opel. „Hallo, Herr Pfarrer, haben Sie eine Minute für mich?", fragte die Sekretärin vorsichtig. Über die Jahre hatte sie ihren Dienstherren so gut kennengelernt, dass sie wusste, dass man ihn mit Samthandschuhen anfassen musste, wenn er von der Verwaltung jenseits des Flusses zurückkam.

„Gerne, Frau Heimbach, aber lassen Sie mir bitte noch eine Pfeife lang Zeit."

„War es so schlimm?"

„Nein ... schlimmer. Diese Ignoranz ist beispiellos." Der Geistliche schüttelte resignierend den Kopf. „Wissen Sie was? Lassen Sie uns in einer halben Stunde zu Severino gehen. Ich hätte Lust auf Spaghetti Carbonara. Sie können mir dann ja erzählen, was Ihnen auf der Seele brennt. Beim Essen plaudert es sich besser. Einverstanden? Sie sind natürlich eingeladen."

Als der Pfarrer und seine Sekretärin das Restaurant betraten, saßen links neben der Tür an einem großen Tisch Stammgäste, die jeden Mittag ihre Mahlzeit hier einnahmen. Ein Weingutsbesitzer, ein Rentner, ein Blumenhändler und zwei weitere Männer, die Stahl jedoch nicht kannte.

„Na, Herr Pfarrer, macht der liebe Gott auch mal Mittagspause?", empfing ihn der Winzer jovial.

„Gott ist immer und überall. Aber Sie wissen ja: Von Essen und Trinken hat sich schon so mancher ernährt", antwortete Peter Stahl gewohnt schlagfertig und ließ sich vom Ober einen Tisch zuweisen. „Heute haben wir frische Muscheln und auch die Seezunge ist zu empfehlen, Herr Pfarrer", sagte die Bedienung, als er die Speisekarten auf den Tisch legte. „Ich brauche keine Karte. Spaghetti Carbonara und einen Beilagensalat, bitte."

„Da schließe ich mich an", sagte Anneliese Heimbach.

Nachdem der Kellner gegangen war, unterrichtete die Sekretärin ihren Chef über das Gespräch mit der Maslow.

„Interessant", entgegnete Stahl nach einer kurzen Pause. „Ich denke, ich sollte mich einmal mit Litzius junior unterhalten."

Über das Wäldchen-Projekt hatte ihn Moser bereits informiert. Allerdings hatte er ihm die Geschichte noch unter dem Siegel der Verschwiegenheit erzählt, da er selbst außer dem Wink eines Informanten keine Belege dafür hatte. „Viel interessanter scheint mir aber die Sache mit den Heiligenfiguren."

Als Pasta und Salate serviert wurden, verstummte das Gespräch erst einmal.

## Apostelgeschichten

Vom grauen, wolkenverhangenen Himmel fielen dicke weiße Flocken auf die Erde. Der Februar neigte sich dem Ende zu, und die fünfte Jahreszeit strebte ihrem Höhepunkt entgegen. Der Karneval bestimmte das Geschehen in den Gemeinden am großen Fluss. Die nahe Landeshauptstadt Mainz war eine der Hochburgen des närrischen Treibens. In den Sälen wechselten Redner, Sänger und Balletts auf der Bühne in bunter Folge. Spitzenakteure verdienten sich in jenen Tagen eine im Wortsinn goldene Nase. Ganze Karrieren bauten sich im Dunstkreis von Gott Jokus auf.

Auf dem Land war das noch ein wenig anders. Häufig hausgemacht und meist weniger perfekt, war hier die Saalfastnacht, deren begeisterter Anhänger Benno Moser war. Dem Journalisten wurde Ende Januar sein Gips abgenommen. „Endlich!", entfuhr es ihm mit Blick auf seine Aufgaben in der nahenden heißen Phase der Kampagne. Einmal im Jahr konnte er seinen Schalk ausleben, wenn er als „Kerchturmsgickel" beim Carnevalverein 1873 Oppenheim, einer der ältesten Korporationen in der Region, in die Bütt stieg und lokales Geschehen glossierte. Zudem sang er bei den „Krötenbrunnen-Lerchen" mit. Es war eine Zeit, in der der Redakteur mindestens drei Wochen Urlaub nahm, um sich ganz seiner närrischen Ader zu widmen. Während dieser Phase klinkte sich Moser völlig aus dem Alltagsgeschehen aus und war für niemanden zu sprechen. Auch nicht für Peter Stahl. „Herr Pfarrer, ich schreibe noch an meinem Vortrag. Am Samstag ist Sitzung und mir fehlt noch mindestens ein halbes Dutzend Pointen der absoluten Brüller-Qualität. Ich habe wirklich keine Zeit heute Abend. Gehen Sie da bitte alleine hin. Sie können mir ja morgen berichten. Da habe ich sicher ein halbes Stündchen für Sie."

Peter Stahl legte mit einigem Groll den Hörer auf und zog an seiner honduranischen Zigarre.

Drei Stunden später saß er im Beichtstuhl, einer typischen Mainzer Altstadtkneipe, Albert Litzius junior gegenüber. Der Sohn des Immobilienmaklers war das, was man einen schönen Menschen nannte, obwohl er sich alle Mühe gab, auf Äußerlichkeiten keinen Wert zu legen. Doch selbst sein verwaschenes T-Shirt, die abgewetzten schwarzen Lederhosen und eine Jeansjacke, die nur noch von aufgenähten Emblemen zusammengehalten wurde, konnten die auffällige Erscheinung des jungen Mannes nicht überdecken. Von südländischem Typ, zog er die Blicke sofort auf sich, als er das Lokal betrat. Die langen dunklen Haare zum Pferdeschwanz zusammengebunden, suchte der 1,95 Meter große Hüne das vertraute Gesicht des Pfarrers und entdeckte ihn an einem Ecktisch.

Stahl winkte Albert junior zu. Mit blitzend weißen Zähnen lächelte dieser zurück. „Herr Pfarrer, es ist schon eine Ewigkeit her, dass wir uns über den Weg gelaufen sind. Wissen Sie noch, damals in der Konfirmandenfreizeit, als Sie mich wegen der Zahnpasta in Ihrem Schuh heim schicken wollten? Aber deshalb haben Sie mich heute sicherlich nicht hierher bestellt, oder?", begrüßte Litzius den Geistlichen burschikos.

„Da haben Sie recht, mein Bester."

„Am Telefon sagten Sie, es sei etwas Familiäres, weswegen Sie mich dringend sprechen müssten, aber mehr wollten Sie ja nicht rausrücken. Worum geht's denn?"

Peter Stahl räusperte sich und begann vorsichtig. „Man hört, Ihr Vater hat große Pläne. Was halten Sie denn davon?"

„Ach, daher weht der Wind. Wollen Sie sich auf die Seite von uns Umweltschützern schlagen?"

Albert junior wusste, dass der Pfarrer nicht zu jenen Menschen zählte, die seinen Vater schätzten, also berichtete er freimütig über Details des Wäldchen-/Unterfeld-Projektes. Stahl hörte geduldig zu, nippte an seinem Rotwein.

Als sein Gesprächspartner eine kurze Pause einlegte, hakte der Geistliche ein, um das Thema abrupt zu wechseln. „Sagen Sie, was wissen Sie denn eigentlich über das Interesse Ihres Vaters an der Katharinenkirche und den verschwundenen Heiligenfiguren?"

„Woher wissen Sie das denn? Die Sache hütet er wie seinen Augapfel, schließt sich Stunden lang in seinem Arbeitszimmer ein, um alte Pläne und Dokumente zu studieren. Wenn Sie mich fragen, ist das schon eine Manie." Sein Vater sei per Zufall bei der Entrümpelung eines alten Herrschaftshauses, das er millionenschwer restaurierte, um es an einen Musikproduzenten zu veräußern, auf Planzeichnungen des Kirchenbaus gestoßen. Gleichzeitig seien ihm handschriftliche Aufzeichnungen in die Hände gefallen, die über die näheren Umstände des Verschwindens der silbernen Heiligenfiguren Auskunft gaben.

Die Figuren sollen einst auf den Podesten der Strebepfeiler im Langhaus der Kathedrale gestanden haben. Doch schien das eher Legende denn Tatsache, denn es waren bislang keinerlei Dokumente und Aufzeichnungen bekannt, die das Existieren der sagenumwobenen silbernen Apostel belegte. Das, was man über die Figuren zu wissen glaubte, fußte auf mündlicher Überlieferung. Die besagte, dass in den Wirren des pfälzischen Erbfolgekrieges, in dem die Stadt am 31. Mai 1689 vom französischen General Melac und seinen Truppen auf Geheiß Ludwig XIV. angegriffen und in Schutt und Asche gelegt wurde, die Kirchenoberen die Figuren in Sicherheit gebracht hatten. Sie sollen damals im Umfeld der Kirche vergraben worden sein. Eine wenig wahrscheinliche Theorie, wie Grabungen und Bautätigkeit in den folgenden Jahrhunderten beweisen sollten. Andererseits hielt sich hartnäckig das Gerücht, die Apostel befänden sich nach wie vor in der Unterwelt.

Damit waren nicht etwa kriminelle Kreise gemeint, sondern jenes weitläufige unterirdische Gang- und Hohlraumsystem, das die gesamte Altstadt durchzog. Entstanden im Mittelalter, nutzten es Händler und Geschäftsleute der seinerzeit bedeutenden freien Reichsstadt als Lager für ihre Waren und die Bürger als Vorratsspeicher. Unter den 500 Grundstücken der Oppenheimer Altstadt gibt es teilweise bis zu 20 Keller. Der ganze Hang ist durchlöchert wie ein Schweizer Käse. In Zeiten der Belagerung diente das Labyrinth der teilweise in mehreren Stockwerken ungeordnet neben- und übereinander verlaufenden Keller und Gänge natürlich auch als Rückzugsgebiet und Fluchtpunkt. Ein den Blicken der oberirdischen Welt verborgenes Terrain, das reichlich Stoff zur Legendenbildung bot. So hielt sich hartnäckig das Gerücht, dass es von der Ruine Landskrone Gänge zur Stadt und hinunter zum Fluss gegeben habe, deren genaue Lage zwar niemandem mehr bekannt sei, aber die gewiss existierten. Auch diese, einem verklärten

Geschichtsbild entsprechende Hypothese erhielt durch die historischen Fakten keinerlei Nahrung, denn die Bürger der Stadt selbst griffen die einstige Burg mehrfach an und zerstörten sie sogar. Für Historiker und Heimatkundler galt es daher als wenig wahrscheinlich, dass die Burgherren solch eine unterirdische Verbindung zuließen, die den zuweilen aufmüpfigen Einwohnern der Stadt den Zugang zur Burg erleichtert hätte.

„So, so, da ist Ihr alter Herr also möglicherweise auf einen echten Schatz gestoßen," sagte Peter Stahl, während er der Bedienung kopfnickend für das Servieren des Stadecken-Elsheimer Spätburgunders vom Hedesheimer Hof dankte.

„Wissen Sie, Herr Pfarrer, ich denke, er hat sich da in was verrannt. Meinen Vater und mich trennen Welten. Eigentlich habe ich sogar Hausverbot. Wohlgemerkt: Hausverbot in meinem Elternhaus! Aber zum einen habe ich nach wie vor einen Schlüssel, auch wenn der Alte ab und an die Schlösser auswechseln lässt, und zum anderen hält meine Mutter, die dem Alten ansonsten fast hündisch ergeben ist, zu mir. Von ihr habe ich auch die Schlüssel. Meine Mutter ist nicht sehr klug und mit den Jahren in ihrem Verhalten so etwas wie die weibliche Kopie meines Vaters geworden, aber sie liebt mich eben. Mich, den verlorenen Sohn, das schwarze Schaf."

Albert junior erzählte einige Episoden aus der an Konflikten reichen Vater-Sohn-Beziehung. Die Härte und Verachtung, die der junge Mann für seinen Erzeuger hegte, veranlasste Stahl, deutlicher zu werden. Er schilderte die Geschichte von Anfang an – den Mord in der Ruine, die Anschläge im Krankenhaus und in der Nähe des van Aalheim'schen Gutes, die schwarze Limousine, das Syndikat und die Schlüsse, die er und Moser aus all dem zogen.

Der Sohn des Immobilienmaklers atmete tief durch. „Sie glauben also, dass mein Alter etwas mit diesen Gräueln zu tun hat?“ Er legte eine kurze Pause ein und räusperte sich. „Ich traue dem Alten wirklich ’ne Menge zu. Geschäftlich lässt er sicherlich keine Schweinerei aus, solange die Peseten in seinem Beutel klingeln, aber Mord ... ich weiß nicht.“

„Wer traut einem Menschen denn schon einen Mord zu? Erst recht nicht dem eigenen Vater. Aber erstens muss er die Tat ja nicht selbst ausgeführt haben und zweitens steckt in vielen eine Bestie. Dass sie nicht zum Ausbruch kommt, liegt an vielfältigen Gründen. Doch nach Lage der Dinge erscheint Ihr Vater nun mal verdächtig, zumindest in einige der mysteriösen Geschehnisse verwickelt zu sein.“

Stahl sah, dass sein Gegenüber angestrengt nachdachte. „Also gut, was schlagen Sie vor?“

„Wir sollten uns den Aposteln zuwenden. Vielleicht bekommen wir auf diese Weise einen Mosaikstein in die Hand, der hilft, das verwirrende Puzzle zusammenzufügen.“

Man verabredete sich für das kommende Fastnachtswochenende, an dem Albert und Regina Litzius sich ganz dem Mummenschanz des Straßen- und Saalkarnevals hingaben. Eine günstige Gelegenheit, sich den Geheimnissen zu widmen, die da offenbar im Schreibtisch von Litzius senior schlummerten.

**Morgengrauen**

„Jetzt nicht“, grunzte Benno Moser, den das Telefon gegen fünf Uhr aus Narrenträumen riss. Die Generalprobe zur bevorstehenden Karnevalssitzung hatte in der Rathofkapelle bis spät in die Nacht ihre feuchtfröhliche Fortsetzung gefunden. Benno lag erst gut eine Stunde im Bett, als das Telefon auf seinem Nachttisch seinen promillegeschwängerten Schlaf störte. „Bin nicht da", unternahm der Lokalredakteur noch einen letzten, hilflosen Versuch, die Störung zu ignorieren. Doch es nützte ihm wenig, denn sein Anrufer zeigte Ausdauer. „Moser", murmelte er schließlich verkatert in den Hörer. „Kommen Sie schnell. Sie kennen doch die kleine Brücke zwischen Bogenschießplatz und Hafenspitze. Ich warte dort, aber seien Sie vorsichtig und kommen Sie allein."

Der Schlaftrunkene erkannte die Stimme Horst Magers nicht gleich und fragte: „Wer ist denn da überhaupt?"

„Mager. Quatschen Sie nicht lange rum, sonst könnte es zu spät sein für uns beide."

Eine Viertelstunde später fuhr Moser Richtung Rhein. Er kannte den Treffpunkt nur zu gut, war er doch als Jugendlicher hier häufig mit seinen Freunden herumgestreunt. Unter dem Steg hatte er als 14-Jähriger seine erste Zigarette gepafft. Der Steg führte über ein nur bei hohem Wasserstand geflutetes Verbindungsstück zwischen dem angrenzenden Naturschutzgebiet Eiskarbe und dem Rhein. Das großflächige Feuchtbiotop bot seltenen Pflanzen und Tieren eine Heimstatt und bewahrte sie so vor dem Aussterben. Im Winter, wenn eine dicke Eisschicht die Fläche bedeckte, übte sich die Jugend der Stadt damals im Schlittschuhlauf und veranstaltete Eishockeymatches der rustikalen Art, die für einige Akteure nicht selten beim ortsansässigen Unfallchirurgen endeten. Benno Mosers Gedanken wanderten in jene Zeit, als er selbst dem aus einem quadratischen Holzstück bestehenden Puck mit einem aus einer Astgabel gefertigten Schläger nachgejagt war, als sein Wagen auf der rückwärtigen Seite des Gymnasiums zu St. Katharinen von der Fährstraße in den Waldweg abbog. Der Weg war schlammig und aufgewühlt und mündete in den alten Leinpfad am Fluss.

„Stockfinster. Ich muss verrückt sein", schüttelte der Journalist den Kopf über sein Verhalten, zumal ihm mit jedem Meter, dem er seinem Ziel näher kam, die Gefahr, die dieses mysteriöse Treffen in sich bergen konnte, bewusster wurde. Er stellte seinen Opel Corsa bereits am Bogenschießplatz ab und ging die letzten150 Meter zu Fuß. Im fahlen Mondlicht spiegelte sich das Wasser des großen Flusses, in den die Kribben wie steinerne Finger ragten. Das kahle Geäst der Kopfweiden wiegte sich im auffrischenden Nachtwind. Benno Moser umklammerte den Elektroschocker, den er sich vor einigen Wochen zu seinem Selbstschutz gekauft hatte, und sah nach, ob das Handy eingeschaltet war.

„Mager?", rief er mit unterdrückter Stimme in die Nacht, als er die Brücke erreichte. Keine Antwort. Er stieg die Böschung hinab und sah im Schein seiner Taschenlampe unter dem mit Holzplanken bedeckten Steg nach. Nichts. Plötzlich raschelte es im Gebüsch. „Hallo? Mager, sind Sie's?"

Benno Mosers Puls raste. Er näherte sich dem abgestorbenen Schilfrohr, aus dem das Geräusch kam, die Eisenstange im Anschlag. Er leuchtete ins Schilf. Plötzlich schoss etwas über seinen Kopf hinweg. Mit lautem Quaken stob eine Stockente aus dem Gebüsch in die Luft.

„Mach das nicht noch mal", schnaufte Moser zu Tode erschrocken, aber dennoch erleichtert.

Er ging über den feinen Sandboden in Richtung Fluss, auf dem ein Schubverband tuckernd talwärts fuhr. Mosers Blick schweifte das Ufer entlang, an dem sich angeschwemmte Äste, Kanister, Coladosen und anderer Unrat sammelte, bis er an der zweiten Kribbe unweit der Hafeneinfahrt stehen blieb. Es schien, als sei ein dicker Ast der Kopfweide an der Spitze der Buhne abgebrochen. Der Journalist steuerte auf den Steindamm zu. Mittlerweile war er hellwach. Sein Puls hämmerte erneut, denn er erkannte, dass es sich bei dem vermeintlichen Ast um den leblosen Körper eines Menschen handelte. Würgreiz schüttelte Moser beim Anblick des grausam verstümmelten Toten, dem man die Zunge herausgeschnitten hatte, bevor man die blutüberströmte Leiche, um deren Hals sich eine dünne Drahtschlinge spannte, mit einem Tau an einen starken Ast der Weide festgemacht hatte. Aus der Blutlache auf den Basaltbrocken schimmerte es metallisch. Benno Moser richtete den Kegel seiner Taschenlampe auf den Gegenstand – Magers Handy.

Er musste sich übergeben.

„Warum hatten Sie uns denn nicht benachrichtigt?“, fragte Stefan Schuster vorwurfsvoll den in eine Wolldecke gehüllten Journalisten, der im Sand des Ufers saß. Um ihn herum tauchten wattstarke Lichtmasten der Feuerwehr die Szenerie in grelles Licht, bevor die Sonne des anbrechenden Tages das Gewimmel von Kriminal- und Schutzpolizisten samt den Leuten von der Spurensicherung beschien. Die friedlich schlummernde Kleinstadt war erneut Schauplatz eines Mordes geworden. Ein Mord an einem Polizisten, denn der Tote war Horst Mager. Daran bestand kein Zweifel. Der Leichenwagen bahnte sich einen Weg auf dem schmalen Leinpfad.
„Ich weiß auch nicht. Es ging zunächst alles wie in Trance. Erst als ich hier war, ist’s mir mulmig geworden, aber dann war es eh zu spät.“

Schuster stöhnte. „Auch für Sie hätte es leicht zu spät sein können“, entgegnete der Polizeichef gereizt. Als Moser ihm den Hergang der Nacht, soweit es seinen Part betraf, geschildert hatte, sagte Schuster mit gesenkter Stimme: „Das passt ins Bild. Offensichtlich wollte Mager reinen Tisch machen. Wir waren ihm nach Ihrem Hinweis auf der Spur."

Stefan Schuster unterrichtete Moser über die Ermittlungen gegen den Kriminalkommissar. Die Anti-Korruptionsabteilung des Präsidiums durchleuchtete das Privatleben des 43-Jährigen. Dessen Tochter Susanne litt an einer schweren Stoffwechsel-Krankheit. Würde sie nicht bald operiert, musste sie sterben. Der Haken: Eine solche Operation konnte bislang nur an einem Hospital in den Staaten durchgeführt werden und kostete Unsummen. Nachdem Susannes Mutter wenige Wochen nach der Geburt an den Folgen der komplizierten Entbindung verstorben war, lebte Horst Mager nur noch für seine Tochter und seinen Beruf. Vor etwa einem Jahr stellten Mediziner dann die heimtückische Krankheit fest, was den Kripobeamten in Depressionen stürzte. Wochenlang erschien er damals nicht zum Dienst, ließ sich krankschreiben. Als er dann wieder auftauchte, zeigte er sich völlig verändert. Aus dem offenen, sympathischen Beamten war ein verschlossener, verbissen wirkender Workaholic geworden, der sich bärbeißig in die Arbeit stürzte. „Seit zehn Monaten zahlte Mager regelmäßig größere Summen, 1000, 2000, 5000, einmal sogar 15 000 Euro in bar auf sein Konto ein. Kein Mensch weiß, woher er das Geld hatte. Nach Ihrer Mitteilung konnten wir es nur vermuten, aber keinesfalls beweisen. Der Verdacht liegt allerdings nahe, dass er geschmiert wurde. Irgendjemandem war er nützlich."

„Sie meinen das Syndikat, oder nicht?", warf Moser ein.

„Kann sein. Das würde einige Ungereimtheiten wie den ominösen Drohbrief an den Pfarrer erklären, denn den konnte nur jemand geschrieben haben, der den Stand der Ermittlungen im Fall Sänger und die Rolle des Pfarrers dabei kannte."

Schuster geleitete Moser in den auf dem Parkplatz des Bogenschießplatzes stehenden Kleinbus der Polizei, wo ihn Lothar Ebert in Empfang nahm und Schuster anwies, draußen zu warten. „Sie haben hier wohl alle das Gefühl, unsere Arbeit machen zu müssen. Zuerst der Pfarrer und dann Sie", gab sich Ebert unwirsch. „Jetzt aber mal Schluss mit lustig", sagte der Kahlkopf mit den fleischigen Händen und dem zerknitterten Anzug. „Falls Sie es nicht bemerkt haben, heißt dieses Spiel hier nicht ‚1,2,3 – wer fängt den Dieb', sondern Mord und womöglich auch Organisierte Kriminalität. Wir werden uns jetzt unterhalten und ich rate Ihnen dringend, die Hosen runterzulassen und alles zu sagen, was Sie wissen, sonst werde ich dafür sorgen, dass Sie in Zukunft noch nicht einmal mehr die Leserpost der Tierheim-Rundschau bearbeiten werden. Geht das in Ihren Schädel rein?"

Lothar Ebert baute sich mit seinen gut hundert Kilogramm Lebendgewicht bedrohlich vor dem Journalisten auf und blitzte ihn aus zu einem Sehschlitz verkniffenen Augen an.

Moser sprach ruhig: „Ich bin sehr beeindruckt. Aber mal im Ernst: Was glauben Sie damit zu bewirken? Ich mache Ihnen einen Vorschlag. Wir unterhalten uns jetzt über die Sache unter vier Augen. Das heißt, Ihre beiden Leute verlassen den Bus, einverstanden?"

Ebert zuckte zusammen, seine Augen funkelten bedrohlich. „Herr, Sie sind nicht in der Position, Forderungen zu stellen. Ich buchte Sie ein, bis Sie schwarz werden, kapiert?"

„Dann tun Sie das."

Stille. Der Chef von Soko und Mordkommission schnaufte tief durch und nickte den beiden Beamten zu, woraufhin diese den Bus verließen und ihre Funkgeräte mitnahmen. „Ihres sollten Sie übrigens auch ausschalten", sagte Benno Moser, der sich in diesem Moment über sich selbst und sein Auftreten wunderte. Eigentlich fühlte er sich nur noch müde und matt, ob der schrecklichen Erlebnisse, doch die Borniertheit Eberts machte ihn wütend. Ihn, der von Hause aus alles andere als ein Held war, aber seit dem Mord an Achim Sänger schien sein Rückgrat Zug um Zug an Stabilität zu gewinnen.

Als beide allein waren, griff Ebert in die Innentasche seines zerknautschten Sakkos und holte einen silbernen Flachmann hervor. Er schenkte in die Verschlusskappe ein, reichte sie dem Redakteur und nahm dann selbst einen Zug aus dem Behälter. „Okay, versuchen wir es eben anders. Wichtig ist das Ergebnis. Also hören Sie zu: LKA und BKA haben schon seit geraumer Zeit Hinweise auf eine im Rhein-Main-Gebiet operierende Vereinigung mit Verbindungen zur Russen-Mafia, die ihre Hände in vielen Geschäften hat – legalen, weniger legalen und ausgesprochen schmutzigen. Seit dem Mord an Sänger und den Ihnen zugespielten Unterlagen wissen wir ein wenig mehr über das Syndikat, wie sich die Gruppe selbst nennt, können Geschehnisse zuordnen. Nach unserem Erkenntnisstand handelt es sich überwiegend um Persönlichkeiten aus der Region, die gemeinsame Sache mit einigen uns wohlbekannten Leuten aus der Drogen-, Waffenschieber- und Menschenhandel-Szene machen. Was uns wütend macht, ist, dass einige von uns, aber auch Politiker, Staatsanwälte und vermutlich sogar Richter auf ihrer Gehaltsliste stehen. Das Syndikat ist eine mafiose Krake, von der wir bislang nur einige Tentakel, nicht aber das Gehirn kennen. Jetzt sind Sie dran."

Benno Moser legte Ebert seinen Wissensstand dar, inklusive der nächtlichen Eskapade bei Reinhardt, ohne allerdings Manne und Stahl zu verpfeifen. „Wir haben Litzius, van Aalheim und Reinhardt überprüft. Es gibt Anhaltspunkte, dass sie in die Sache verwickelt sein könnten, mehr aber nicht, schon gar nicht verwertbare Beweise. Wir gehen auch nicht davon aus, dass einer von ihnen das Gehirn ist, das die Knoten des Syndikates knüpft."

Bevor der Journalist den Kleinbus verließ, meinte Ebert in einem eher beiläufigen Tonfall: „Wenn ich von alledem in Ihrer Zeitung oder einem anderen Käseblatt auch nur eine Zeile lese, haben Sie einen Freund fürs Leben gewonnen. Wünschen Sie sich das nicht." Wieder blitzten die Augen des Kripomannes auf.

„Ich bin nicht vergnügungssüchtig", hörte Moser jemanden mit seiner Stimme sagen.

Draußen wartete Schuster, um ihn ebenfalls zur Verschwiegenheit zu verdonnern. „Ihnen ist hoffentlich klar, dass ich Ihnen die Sache mit Mager nur erzählt habe, weil Sie es waren, der uns den Tipp gegeben hat. Die Informationen sind ausschließlich für Ihren Hintergrund bestimmt."

„Sie brauchen mir nicht meinen Beruf zu erklären. Natürlich werde ich das, was ich selbst heute Nacht erlebt habe, veröffentlichen. Den Rest speichere ich in meiner privaten Ablage. Ich habe Ihnen schon mal gesagt, dass ich die Kuh, von der ich auch künftig Milch haben will, nicht schlachten werde. Habe ich Sie in dieser Beziehung jemals enttäuscht?"

Benno Moser stampfte wie ein trotziges Kind mit dem Fuß auf. Er war müde und verärgert.

„Nein, das nicht, aber in diesem Fall liegen die Dinge etwas anders, vor allem was die Begehrlichkeiten Ihrer Kollegen von dem Blatt mit den Balken-Überschriften angeht. Die zahlen ganz gut für Informationen, wie Sie sie besitzen."

Moser drehte sich um und verschwand grußlos in seinem Wagen.

Die Nachricht vom Mord an der Hafenspitze fegte wie ein Lauffeuer durch die Kleinstadt. Pfarrer Stahl erfuhr davon, als er sich im kleinen Shop in der Krämerstraße eine neue Dose Plumcake und die FAZ holte. „Stellen Sie sich vor und er soll sich ja so rührend um seine Tochter gekümmert haben. Überhaupt die Tochter! Was passiert mit dem armen Ding denn jetzt ...", plapperte eine Kundin im aufgesetzten Mitleidston. „Der Redakteur, der Benno, soll ihn gefunden haben. Schrecklich, gell? Was der wohl um diese Uhrzeit da zu suchen hatte? Direkt unheimlich. Am Ende war er's selbst."

Der Geistliche fand es an der Zeit, sich in das Gespräch einzuschalten. „Versündigen Sie sich nicht, gute Frau. Solange man nichts Genaues weiß, sollte man sich mit derlei waghalsigen Spekulationen zurückhalten."

Die Angesprochene blickte verschämt zum Boden, zahlte und verließ das Geschäft.

Der Abend hatte sich über die Stadt gesenkt, als es an der Tür des Pfarrhauses klingelte.

„Moser. Ich habe Sie schon erwartet." Peter Stahl geleitete den Lokalredakteur in sein Arbeitszimmer.

„Immerhin wissen wir jetzt, dass wir nichts wissen – so gut wie nichts", bilanzierte der Seelsorger, nachdem Benno Moser einen lückenlosen Bericht der Ereignisse und des

Gesprächs mit der Kripo gegeben hatte. „Wieso denn? Ich finde, manche Dinge sind jetzt doch schon klarer."

Peter Stahl winkte ab. „Wir haben einige Fäden in der Hand, können aber kein Netz daraus knüpfen, wenn Sie verstehen, was ich meine. Was haben wir denn? Zwei Morde, die offenbar in einem Zusammenhang stehen. Anschläge auf Lilo Sänger und mich. Eine kriminelle Vereinigung, die für alles verantwortlich scheint. Hinweise auf einzelne verdächtige Personen, allesamt angesehene Mitglieder der Gesellschaft. Was wir nicht haben, sind konkrete Beweise. Die Polizei weiß zwar von einer kriminellen Vereinigung, tappt aber ansonsten im Dunkeln und auch unsere Recherchen führten bislang nicht weiter. Jetzt diese brutale Tat, kurz bevor Mager Ihnen vielleicht den entscheidenden Hinweis hätte geben können", schloss der Pfarrer seine Auflistung und hüllte sich in den süßlich duftenden Rauch seiner Pfeife ein, um dann mit belegter Stimme fortzufahren: „Das mit der herausgeschnittenen Zunge ist ein Ritual. Omertà – so heißt das eiserne Schweigegebot der Mafia. Wer redet, stirbt. Ein Prinzip, das auch bei anderen kriminellen Organisationen gilt."

Moser starrte in seine Teetasse.

„Grenzerfahrungen sind etwas Schlimmes, aber auch wichtig. Sie helfen, den Alltag einzunorden, den Blick wieder fürs Wesentliche zu schärfen", versuchte Stahl, die Gedanken des Journalisten zu deuten.

„Ja, so wird's wohl sein. Ich weiß nicht, wie ich mit alledem im Moment fertig werden soll. Kapp hat mir Urlaub gegeben, obwohl er selbst sonst immer an Fastnacht weg ist. Aber besondere Umstände erfordern nun mal besondere Reaktionen. Ich werde mit meiner Familie wegfahren. An die See oder in die Berge. Erst mal Ruhe."

„Und der Karneval? Sie sind doch einer der Hauptakteure."

Moser schüttelte den Kopf, sein Körper bebte. Eine Träne rann über seine Wange. Das Rinnsal wurde zum Sturzbach, es brach hemmungslos aus dem Journalisten hervor. Die Geschehnisse hatten ihn in diesem Moment eingeholt, zerrissen sein Nervenkostüm. Stahl ließ ihn gewähren. Schließlich sagte er, als sich Moser etwas beruhigt hatte: „Manchmal tut weinen gut. Wenn es so weit ist, soll man's nicht zurückhalten. Geht es Ihnen jetzt besser?"

Der Journalist nickte. „Scheiß Grenzerfahrungen", sagte er mit tränenerstickter Stimme.

Wie ein Schleier senkte sich in den folgenden Tagen die Bedrückung über das neuerliche Verbrechen über die Stadt, durchzog die sich an den Hang schmiegenden Gassen, bestimmte die Gespräche der Menschen. Das nahende Karnevalswochenende, die so genannten „tollen Tage", versprach Zerstreuung, auch wenn der CVO unter dem Eindruck der Ereignisse seine beiden Prunksitzungen in der Landskronhalle abgesagt hatte. Man lebte in einer kleinen Stadt und da gab es selbst in einer Zeit fortschreitenden Werteverfalls noch so etwas wie Anstand und Rücksichtnahme. Dass ihre Vorbereitungen vergebens waren, weil übergeordnete Einflüsse das Possenspiel verhinderten, hatten die Narren zuletzt 1991 erlebt. In der damaligen Kampagne hatte der erste Golfkrieg die Knittelverse der Karnevalisten verstummen lassen.

**Fastnacht**

Moser hatte seine Ankündigung wahr gemacht und war mit Frau und Tochter auf die Nordseeinsel Föhr gefahren, wo es in diesen Tagen heftig stürmte. „Winterliche Grüße aus Utersum" erreichten den Katharinenpfarrer einige Tage später.

Im Hof des Pfarrhauses ertönte eine Autohupe. Er blickte aus dem Fenster und sah den Pferdeschwanz von Albert Litzius junior, der dem ehemaligen Krankenwagen entstieg, den der Musiker und Öko-Aktivist vor einiger Zeit gekauft und in schreiendem Pink lackiert hatte. „Ein praktisches Gefährt für meine Zwecke. Passt viel rein und man kann auch drin wohnen, wenn es sein muss", erläuterte er Anneliese Heimbach, die aus dem Pfarrbüro im Nebengebäude geeilt war, um entrüstet den vermeintlichen Störenfried in die Schranken zu weisen. „Was wollen Sie überhaupt hier?"

Litzius junior amüsierte die Aufgeregtheit der Sekretärin. „Zu Ihrem Chef, Sie Schönste der Schönen. Regen Sie sich aber bitte nicht auf, denn das schadet Ihrem Teint und das wollen wir doch beide nicht, oder?", ließ der hochgewachsene junge Mann die verdutzte Heimbach stehen und steuerte aufs Pfarrhaus zu.

Litzius junior und Stahl verabredeten sich für den folgenden Abend, an dem die Eltern des Maklersohns in der Mainzer Rheingoldhalle auf einem Maskenball sein sollten. „Meist übernachten sie danach im Hilton und kommen erst gar nicht nach Hause. Günstige Gelegenheit, nicht wahr?"

Albert junior bat den Geistlichen, an der rückwärtigen Seite des Gebäudes zu warten, wo eine Falltür in den Weinkeller führte. Dieser Weg sollte das konspirative Pärchen vor den Blicken des Personals verbergen. „Vor allem dem Slotnikow sollten wir nicht begegnen. Der hätte mir bei einem meiner letzten heimlichen Besuche in meinem Elternhaus beinahe den Arm gebrochen, das brutale Schwein. Mein Vater hatte ihm Anweisung gegeben, dass er mich ,entfernen' solle, falls er mich auf dem Grundstück antreffe."

Bei dieser Gelegenheit erfuhr Peter Stahl, dass Slotnikow nicht der einzige Russe in Diensten des Immobilienmaklers war. Gärtner, Hausmeister und andere Dienstboten stammten ebenfalls aus Staaten der ehemaligen Sowjetunion.

Während rings herum die Welt an jenem Fastnachtsamstag Kopf zu stehen schien, blieb es in der kleinen Stadt ruhig. Die Beerdigung Horst Magers war auf Aschermittwoch terminiert. Normalerweise zog der Carnevalverein an diesem Tag schwarzgewandet und lamentierend vom Krötenbrunnen in der Mainzer Straße zum alten Zollpfortenkeller, um dort die Fastnacht zu Grabe zu tragen. Dieses Ritual verbot sich heuer von selbst.

Bei Einbruch der Dämmerung machte sich Peter Stahl auf den Weg zu Litzius' Wohnsitz. An der verabredeten Stelle angekommen, öffnete sich plötzlich die metallene Bodenklappe knarrend.

„Machen Sie nicht solch einen Lärm", zischte Stahl, der erschrocken herumfuhr. Albert junior führte ihn durch mehrere Gewölberäume, in denen große, allerdings leere 1200-Liter-Weinfässer sowie mehrere hundert Flaschen mit erlesenen Rebensäften lagerten. Eine Wendeltreppe aus Metall führte in den Küchentrakt des Anwesens.

„Die Nachschubwege mussten schon damals stimmen", flüsterte Albert junior mit Blick auf die auf Funktionalität abgestimmte Architektur des aus dem Mittelalter stammenden Gebäudes. Über einen Treppenturm, der ehedem und auch jetzt noch dem Gesinde zur Bedienung der Herrschaft in den beiden oberen Geschossen vorbehalten war, gelangten die Eindringlinge in den ersten Stock, wo sich das Arbeitszimmer des Hausherren befand.

„Sie warten hier und passen auf, ob jemand kommt“, wies Albert junior den Pfarrer an, bevor er sich am Schloss der Zimmertür zu schaffen machte. „Ich habe mir vor Jahren schon einen Nachschlüssel anfertigen lassen“, sagte er beim Betreten des Raumes, von dessen herrschaftlichem Ausmaß Stahl aufgrund der Dunkelheit nur einen schemenhaften Eindruck bekam. Litzius zog die schweren, blickdichten Vorhänge zu und knipste seine Taschenlampe an. „In dieser Schublade muss es sein. Wundert mich ein wenig, dass er die Unterlagen nicht auch in den alten Safe dort eingeschlossen hat. Dann müsste ich nämlich passen. Dafür habe ich keinen Schlüssel.“

„Haben Sie denn einen für den Schreibtisch?“

„Das nicht, aber so etwas ähnliches“, antwortete Stahls Begleiter und zog einen spitzen, metallenen Gegenstand aus der Tasche. Kurz darauf sprang die Schublade auf.

Auf einer großen weinroten Sammelmappe, die mit einem schwarzen Band verschlossen war, stand in antiquierter Schrift „St. Katharinen – Anno Domini 1616“.

„Das ist ja unglaublich. Wenn die Unterlagen echt sind, gehören sie in unser Kirchenmuseum in der Michaelskapelle und nicht hierher“, bemerkte der erstaunte Geistliche. Albert junior war gerade dabei, die Schleife zu lösen, als eine krächzende Stimme aus der Kaminecke „Schluss jetzt, alter Halunke“ in die Stille rief. Litzius fiel die Taschenlampe aus der Hand, Stahl fasste sich an die Brust und taumelte gegen die Wand.

„Dieser blöde Vogel! Eines Tages drehe ich ihm den Hals rum“, fand der Sohn des Hauses als erster seine Fassung wieder. Stahl atmete schwer, Schweißperlen überzogen seine Stirn.

„Normalerweise steht der Beo in der Halle unten. Warum der Alte ihn jetzt hier platziert hat, weiß ich nicht."

„Vielleicht, um ungebetene Gäste zu erschrecken?", meinte Stahl trocken, der sein nervliches Gleichgewicht ebenfalls wieder erlangt hatte. Doch dieser Zustand sollte nicht lange anhalten, denn der Vogel fühlte sich animiert, weitere Kostproben seines Sprachgenies zu geben. Parolen wie „Alle Mann an Deck. Hängt die Halunken" wechselten mit den üblichen andressierten Sätzen wie „Bist du mein Guter?" oder „Gib Küsschen".

Stahl und Litzius entschieden sich, das Vorhaben abzubrechen. Zu spät, denn auf dem Gang ertönten schwere Schritte. „Slotnikow!", raunte Albert junior dem Pfarrer zu und verschloss die Schublade wieder ordnungsgemäß. „Schnell", winkte er Stahl zu sich, öffnete eine in die Wandvertäfelung eingelassene Tür.

Sie hatte sich gerade mit einem leichten Knarren wieder geschlossen, als der Russe den Raum betrat und das Licht anmachte. Sein Blick wanderte durch das Zimmer. Keine Auffälligkeiten, alles schien unberührt. „Dämliches Vieh. Wenn der Chef nicht so an dir hängen würde ...", sagte er verächtlich, machte eine eindeutige Handbewegung, löschte das Licht und verließ das Zimmer.

Stahl und Litzius gelangten über einen muffig riechenden, schmalen Gang in den Weinkeller und verließen das Gebäude über die eiserne Klappe, durch die der Pfarrer gekommen war.

„Mist!", schimpfte Albert junior, als beide im Pfarrhaus angekommen waren. „Das war unsere günstige Gelegenheit. Und jetzt?" Stahl beschwichtigte ihn. „Immer mit der Ruhe.

Es muss uns gelingen, den Vogel vor unserem nächsten Besuch aus dem Zimmer zu bekommen und dann auf ein Neues."

Der Pfarrer dachte bei diesen Worten an Selma Maslow. Da war einmal mehr die Verbindung seiner Sekretärin zur Köchin gefragt.

Karneval ging vorüber. Die Beerdigung Magers sorgte für großen Medienauftrieb auf dem Friedhof oberhalb des früheren Amtsgerichtes. Mehrere hundert Menschen gaben dem Ermordeten das letzte Geleit, darunter hochrangige Polizeivertreter und Politiker. Es gelang der Polizei, die Hintergründe der Tat geheim zu halten. Benno Moser hatte sich an die Absprachen gehalten und befand sich zudem nach wie vor rund 850 Kilometer nördlich auf Föhr. Für die Menschen der Region war und blieb Horst Mager ein anständiger Polizist und treusorgender Vater, der einem brutalen Verbrechen zum Opfer gefallen war. „Ich bin überzeugt, wenn das mit seiner Tochter nicht gewesen wäre, Mager wäre nie auf solche Abwege geraten", hatte Moser vor seiner Abreise zu Stahl gesagt. „Die Araber nennen es Kismet – Schicksal. Wir Menschen können als Gottes Geschöpfe nur beten, dass uns ein so schreckliches Schicksal wie jenes der Familie Mager erspart bleibt."

Die Tochter Horst Magers erlitt am Morgen der Beerdigung einen Schwächeanfall und nahm deshalb an der Trauerfeier nicht teil. „Es war wohl auch besser so. Wer weiß, ob sie das verkraftet hätte. Außerdem blieb ihr so die fotografierende Meute zweibeiniger Hyänen erspart", sagte Peter Stahl zu seiner Sekretärin bei der Rückkehr vom Friedhof.

In seiner Ansprache während des Trauergottesdienstes hatte er zuvor die ruchlose Tat gegeißelt. „Die Feigen aber und

Ungläubigen und Frevler und Mörder und Unzüchtigen und Zauberer und Götzendiener und alle Lügner, deren Teil wird in dem Pfuhl sein, der mit Feuer und Schwefel brennt; das ist der zweite Tod", zitierte Peter Stahl Vers 8 aus dem 21. Kapitel der Offenbarung und blickte dabei Albert Litzius senior fest in die Augen. Der zweite Tod, das letzte, das göttliche Gericht wird die Täter zur Verantwortung ziehen, dessen war sich der Pfarrer sicher, gleich, ob die Mörder vor ein irdisches Gericht gestellt würden oder nicht.

„Wann gehen Sie das nächste Mal mit der Köchin ins Theater?", fragte er Anneliese Heimbach beim Betreten des Pfarrbüros.

„Nächste Woche. ‚Nabucco' steht auf dem Programm." Die Sekretärin wusste Bescheid und hatte sich auf das Gespräch mit Selma Maslow bereits vorbereitet. „Herr Pfarrer, glauben Sie, dass Sie da alles richtig machen? Wäre es nicht besser, die Polizei einzuschalten?", fragte die zierliche Rotblonde besorgt. Eine Besorgnis, die Stahl eher zu belustigen schien. „Ja. Wir sagen Herrn Schuster, dass er einen Beamten für einen Einbruch im Hause Litzius abstellen soll, es gibt auch was zu trinken und der Vogel wird ausgeschaltet. Hatten Sie sich das so vorgestellt?"

„Nein, natürlich nicht. Sie wissen schon, was ich meine. Was haben Sie denn davon, wenn Sie alte Pläne von der Katharinenkirche einsehen und möglicherweise etwas über die Figuren erfahren? Das hilft Ihnen doch bei den schrecklichen Verbrechen nicht weiter."

Peter Stahl nickte. „Da haben Sie leider recht, aber ich will wissen, wonach der alte Litzius, den Moser und ich für hochverdächtig halten, mit so viel Inbrunst sucht."

**Müller-Heine**

Krokusse und Osterglocken kündigten das Nahen des Frühlings an. Wenige Tage nach Aschermittwoch erlebte die Stadt einen der wärmsten März-Tage nach dem Zweiten Weltkrieg. Pfarrer Stahl nutzte die ersten Sonnenstrahlen nach einer langen Periode von Kälte, Schnee und Regen, um einen seiner ausgedehnten Spaziergänge in die erwachende Natur zu unternehmen. Zwei Krankenbesuche hatte er bereits hinter sich, bis zum Konfirmandenunterricht und den anschließenden Bibelkreis blieben ihm noch gut zwei Stunden.

Sein Weg führte ihn an der Ruine Landskrone vorbei zum Turnacker, wo er auf einer Bank eine ältere Dame sitzen sah. Als der Geistliche näher kam, erkannte er Friedchen Bernsdorff, die in einen Lodenmantel gehüllt die Frühjahrssonne genoss. „Sieh an, der Herr Pfarrer. Auch unterwegs, um Meister Lenz zu begrüßen? Ist es nicht zu schön, nach all dem Schmuddelwetter mal wieder im Freien durchatmen zu können, ohne Angst haben zu müssen, sich eine Erkältung einzufangen?“

„Das stimmt, meine Beste. Die Wege rund um die Stadt sind so schön, da braucht man eigentlich gar nicht in Urlaub zu fahren, um zu wandern und ein wenig abzuschalten.“ Peter Stahl setzte sich zu ihr auf die Bank.

„Herr Pfarrer, ich wollte mich schon die ganze Zeit bei Ihnen melden, denn mir ist noch etwas eingefallen in Bezug auf Herrn Hansmann.“

Friedchen Bernsdorff erzählte dem aufmerksam zuhörenden Seelsorger, dass Hansmann häufiger Anrufe von Katharina van Aalheim erhalten habe. „Ich hatte den Eindruck, das war sehr vertraulich. Nicht selten hat Herr Hansmann danach alles stehen und liegen gelassen und ist aus dem Haus.“

Einmal habe ihr ehemaliger Arbeitgeber nach einem solchen Anruf äußerst verärgert reagiert. Dem „feinen Herrn", so habe Paul Hansmann seinerzeit gebrüllt, werde er noch mal „aufs Dach – oder besser in den Keller – steigen" und dann wäre die „Gutsherren-Herrlichkeit" am Ende.

„Was hat er denn damit gemeint? Kam es zu einem Zerwürfnis zwischen ihm und van Aalheim?"

Friedchen Bernsdorff winkte ab: „Wissen Sie, derlei Ausbrüche waren bei ihm an der Tagesordnung. Er war Choleriker. Ich stellte dann meist die Ohren auf Durchzug, brühte einen starken Mokka auf und nahm eine Tafel Trauben-Nuss-Schokolade aus dem Kühlschrank. Das beruhigte ihn meist. Er liebte beides, wobei er die Schokolade nur gekühlt zu sich nahm. Ich sagte Ihnen ja schon, er hatte so seine Marotten ..."

Peter Stahl erhob sich, dankte für das Gespräch und nahm Kurs auf den alten Steinbruch.

Das Areal war seit Jahren stillgelegt, die Natur deckte Zug um Zug den Mantel über die Wunden, die Sprengstoff, Bagger und Laster Jahrzehnte zuvor in die Landschaft geschlagen haben. Das ehedem reichhaltige Kalksteinvorkommen diente einem großen deutschen Bauunternehmen als Rohstoffquelle zur Zementproduktion. Jahrzehnte gab der Steinbruch einer stattlichen Anzahl von Bediensteten Lohn und Brot, bis der Abbau in den 80-er Jahren gestoppt wurde. Letztlich war es eine Frage der Wirtschaftlichkeit, die das Signal auf Rot stellte. In den Jahren danach bis in die Gegenwart hinein wirbelten einzelne Sprengungen und der Abtransport von Material Staub auf.

Über die Jahre hatte sich der alte Steinbruch zu einem ebenso reiz- wie wertvollen Biotop entwickelt, in dem sich viele Pflanzen- und Tierarten ansiedelten, die es andernorts entweder gar nicht mehr oder nur in äußerst geringer Zahl gab. Steinschmätzer, Fledermäuse wie der Große Abendsegler und andere seltene Tierarten fühlten sich in dem von Menschenhand unberührten Kalksteinareal wohl. Ab und an rückte der Steinbruch ins Blickfeld, weil die Politik mehr oder minder ehrgeizige Projekte diskutierte, die eine Nutzung des Steinbruchs betrafen – unter anderem gab es Pläne, die Niersteiner B9-Umgehung durch den Bruch zu führen. Auch sollte er als Open-Air-Bühne zu genutzt werden. Doch bislang blieb es bei Ideen und teils hochtrabenden Vorstellungen.

Pfarrer Stahl tauchte unter der Absperrung hindurch, das Schild „Betreten verboten! Privatgelände“ übersah er geflissentlich. Zwei Schmetterlinge torkelten in der von der März-Sonne sanft erwärmten Luft, aus den knospenden Bäumen und Büschen drang verhaltenes Vogelgezwitscher. Stahl sog die Frühjahrsluft in sich ein, genoss die landschaftlichen Reize der wild wuchernden Natur. Doch war der Katharinenpfarrer nicht nur zur Erbauung in den Bruch gekommen. Er wusste, dass sich der „Müller-Heine“, wie er im Volksmund genannt wurde, hier öfter aufhielt. Heinrich Müller zählte zu den letzten Originalen der Stadt. In einer Zeit, in der die Menschen vor allem nach ihrer Funktionalität bewertet wurden, in der Leistung und Produktivität gefragt waren, gab es keinen Platz mehr für verschrobene Typen, die ihre Grillen auslebten wie dies noch vor einigen Jahrzehnten der Fall war. Menschen wie der Müller-Heine hatten schon immer am Rande der Gesellschaft gestanden, dennoch waren sie aber in ihrer Rolle akzeptiert, gehörten irgendwie dazu und prägten das menschliche Gesicht des städtischen Miteinanders.

Der Heine kannte sich wie kein Zweiter in Weinbergen,

Wald und Flur aus, sammelte er doch nahezu alles, was er draußen an Verwertbarem fand. Zudem hörte der frühere Weinbergsarbeiter auch in gesellschaftlichen Dingen das Gras wachsen, bekam auf seinen weitverzweigten Wegen durch Stadt und Gemarkung allerhand zu hören. Der Müller-Heine, in dessen kleinem Häuschen in der Vorstadt sich ein wildes Sammelsurium an Gegenständen stapelte, die andere achtlos weggeworfen hatten, galt mithin als Umschlagbörse neuester Gerüchte, aber auch durchaus brauchbarer Informationen.

Peter Stahl erklomm den Hang mit der großen Lkw-Rampe aus Beton. Von hier oben hatte er nicht nur einen glänzenden Überblick über das Steinbruchgelände, sondern er erspähte auch das, wonach er suchte: Heinrich Müller war gerade damit beschäftigt, Steine in einen mitgeführten Handwagen zu legen. Stahl stieß einen schrillen Pfiff aus. Heine blickte hinauf zu ihm. Der Pfarrer winkte und deutete an, dass er zu Müller hinab steigen wolle. Ein beschwerliches und nicht ganz ungefährliches Unterfangen, mussten doch seine Hosen daran glauben, als er am steilen Hang abrutschte und in einen stacheligen Schlehenbusch kugelte.

„Nanu, Herr Pfarrer, was machen Sie denn hier?“, fragte Heine erstaunt und kratzte sich mit einer seiner imposanten Pranken am unrasierten Kinn. Die gedrungene Gestalt im verwaschenen Blaumann war gezeichnet von den Spuren eines arbeitsreichen Lebens.

„Sie sehen es ja, meine Gesundheit und Kleidung ruinieren.“

„Dazu hätten Sie nicht herzukommen brauchen. Worum geht's denn wirklich?“

Peter Stahl steuerte einen länglichen Brocken gelblichen Kalksteins an. „Kommen Sie, setzen Sie sich zu mir“, lud er Müller ein. Ohne lange Umschweife kam der Seelsorger dann auf den Punkt. „Sagen Sie mal, was wissen Sie denn von dem Paul Hansmann und seinen Kontakten zum Weingut van Aalheim?“

Damit löste er beim Müller-Heine großes Erstaunen aus. „Der Hansmann ist doch schon tot, hat damals doch auf freier Strecke seinen Wagen gegen einen Baum gesetzt, der Idiot“, antwortete der Rentner barsch.

„Sicher. Ich bezog meine Frage ja auch auf die Zeit, als der selige Hansmann noch lebte.“

Heinrich Müller kratzte sich erneut am Kinn. „Wozu wollen Sie das denn wissen? Ist doch schon alles verjährt“, versuchte Müller auszuweichen. „Wozu ich das wissen möchte, ist doch wohl meine Sache. Können Sie mir jetzt etwas dazu sagen oder nicht?“

Heinrich Müller wiegte seinen unförmigen Kopf mit dem runden Mondgesicht ein wenig, als ob er erst seine gedanklichen Schubladen nach den benötigten Informationen durchsuchen müsse. „Der Hansmann und die Katharina van Aalheim hatten was miteinander. Das wussten alle, nur der van Aalheim nicht. Dieser Großkotz hat sowieso nur Augen für seinen Wein und die jungen Polinnen, die er auf seinem Gut und im Haushalt beschäftigt.“

Heinrich Müller war nicht gut auf den Herren vom Drei-Lilien-Hof zu sprechen, denn Gero van Aalheim war es, der Müller wegen Diebstahls angezeigt hatte, als dieser einen völlig verrosteten alten Pflug aus einem Ackerrain zog und mit nach Hause nahm, um ihn an einen Antiquitätenhändler zu verschachern. Das Problem dabei war, dass Acker und Pflug zu van Aalheims Besitz zählten. Zwar schlug das Gericht die Angelegenheit nieder, da Heine die Sache wieder in Ordnung brachte und den von ihm restaurierten Pflug zurückgab, doch erzeugte die Anzeige des Gutsbesitzers damals einigen Wirbel. Van Aalheim sorgte zudem dafür, dass Müller seine Arbeit in einem angesehenen Weingut verlor.

„Sobald der van Aalheim außer Haus war und davon auszugehen war, dass er nicht so bald zurückkehrt, ließ die schöne Winzerin den Hansmann antanzen. Für mich völlig unverständlich, denn der wäre doch die Hauptattraktion jeder Geisterbahn gewesen."

Peter Stahl unterbrach Müller nicht, dachte allerdings bei sich: „Offenbar hat Heine bei sich Zuhause keine Spiegel hängen. Denn das mit der Geisterbahn könnte er auch von sich behaupten."

Er habe erfahren, so fuhr Heine fort, dass Katharina van Aalheim mit Paul Hansmann ins Ausland gehen wollte. Doch dazu sei es nicht mehr gekommen, weil „Hansmann, der verdammte Idiot, doch gegen den Baum geknallt" sei.

„Danke für die Informationen, mein Bester. Wenn Sie mir noch eine Bemerkung erlauben: De morituri nihil nisse bene. Daran sollten Sie sich künftig halten."

Peter Stahl ließ einen verstörten Heinrich Müller zurück, der sich mit beiden Händen durch seinen rötlich-grauen Haarschopf fuhr und dann meinte: „Manchmal spinnt der auch, der Himmelskomiker."

Der Pfarrer war schon zu weit weg, um den letzten Satz hören zu können.

**Tränen**

„Ich muss mich noch wegen meines Verhaltens, als Sie das letzte Mal auf Drei Lilien waren, bei Ihnen entschuldigen. Wissen Sie, es geht mir schon einige Zeit miserabel. Depressionen, Störungen des vegetativen Nervensystems, Schlaflosigkeit. Über Wochen ernährte ich mich seinerzeit von Alkohol und Tabletten. Eine beinahe tödliche Mischung, ich weiß, aber ich bin jetzt in Behandlung“, sagte Katharina van Aalheim mit gedämpfter Stimme, aus der Schuldbewusstsein klang. Sie und Pfarrer Stahl saßen sich im Mainzer Dom-Café gegenüber. Dort hatten sich beide auf Bitten des Pfarrers verabredet. „Ich war damals bestürzt, denn ich kannte Sie so überhaupt nicht. Ich wollte Ihnen helfen, aber dann erlitt ich ja selbst den schweren Unfall. Apropos. Ich wollte auf einen anderen Unfall und dessen Hintergründe zu sprechen kommen, nämlich jenen, bei dem Paul Hansmann ums Leben kam.“

Katharina van Aalheims Augenlid zuckte kurz, als hätte sie einen schmerzhaften Stich erhalten.

Peter Stahl brauchte nicht lange zu bohren. Katharina van Aalheim schien froh, jemanden gefunden zu haben, dem sie ihr Herz ausschütten konnte. Paul Hansmann und sie waren sich am Rande eines Balls auf dem Gutshof näher gekommen. Hansmann war ohnehin häufig auf Drei Lilien zu Gast, da sich hier mindestens einmal im Monat ein „erlauchter Kreis aufgeblasener Gernegroße“, wie Katharina van Aalheim die Clique sarkastisch nannte, traf.

Als der Geistliche hier einhakte, berichtete die um Selbstbeherrschung ringende Frau: „Paul war der einzige Mensch in dieser Horde von Eisblöcken. Bei den Anderen sitzt dort, wo andere Gefühle und Empfindungen haben, eine Geldbörse. Der Mammon, das war es, was Gero, Litzius, Steinmann, Rickert, Färber, Reinhardt, Fattoni und die anderen interessierte. Statussymbole, Aufschneidereien, Weibergeschichten – da war einer wie der andere, nur Paul eben nicht. Er zeigte Gefühle. Auch wenn er häufig aufbrausend war, blieb er doch immer ein Mensch zum Anfassen und Liebhaben."

Es folgte die ausladende, bittersüße Schilderung der gescheiterten Geschichte des Zusammenlebens zweier Menschen, die einst einander liebten und achteten. Nach 18 Jahren blieb zwischen Gero und Katharina van Aalheim nur noch Lieblosigkeit und Verachtung. „Ich weiß selbst nicht, wie es passiert ist. Langsam, ganz langsam wurde es kälter. Das Feuer erlosch und daraus erwuchs eine Schattenwelt, in die wir, Gero und ich, uns zurückzogen. Nach außen hielten wir die Fassade des angesehenen Gutsbesitzerehepaares aufrecht, doch hinter verschlossenen Türen spielten sich Szenen ab, die ich schon längst vergessen wollte und doch nicht vergessen kann."

„Warum haben Sie nicht längst Ihren Mann verlassen?"

„Die Angst vor der Konsequenz. Die Angst davor, in ein schwarzes Loch zu fallen. Also blieb mir die Wahl zwischen Teufel und Beelzebub. Paul Hansmann schien mein Strohhalm zu sein. Wir wollten ins Ausland, neu anfangen. Eine Woche, nachdem wir den Entschluss gefasst hatten, war Paul tot."

„Wusste denn Ihr Mann von der Beziehung?"

„Nein. Ich hatte Angst, es ihm zu sagen, wollte ihm bei meiner Flucht einen Brief hinterlassen. Wissen Sie, einen van Aalheim verlässt man nicht, das ist gegen die Familienehre. Gero hätte es nie zugelassen. Ich weiß nicht, was er getan hätte, aber er hätte es gewiss nicht einfach so hingenommen."

Stahl kam nochmals auf den Kreis der Gernegroße zurück. „Wussten Sie, worum es bei diesen Treffen ging?"

„Nicht genau. Die Abende liefen nach einem bestimmten Muster ab – immer gleich. Nach einem Stehempfang in der

Halle zog man sich ins Herrenzimmer zurück. Dort redete man über Geschäfte und Projekte, traf bei konkurrierenden Auftragsbewerbungen Preisabsprachen und feixte über geglückte Schwarzgeldtransfers nach Luxemburg, Liechtenstein oder sonst wohin. Paul hat mir erzählt, wie ihn das alles anöde, aber er sagte auch ‚Besser, du weißt nicht alles, es geht nämlich noch um einige unappetitliche Dinge, über die ich selbst mit dir nicht sprechen möchte'. Mir war das auch egal, denn ich hatte ja den Traum von einem neuen Leben an der Seite von Paul, also dachte ich nicht lange darüber nach. Doch jetzt ..."

Die Gesichtszüge der einst so hübschen Frau schienen zu erstarren. Tränen füllten ihre Augen. Sie erhob sich, ging eiligen Schrittes zur Toilette und kehrte erst nach gut zehn Minuten wieder zurück.

„Entschuldigen Sie. Ich dachte, ich hätte mich jetzt besser im Griff", hauchte sie und blickte den Pfarrer mit geröteten Augen an.

„Ich muss um Vergebung bitten. Es war sicher ungehörig, den Bodensatz Ihres Seelenlebens aufzuwirbeln."

Katharina van Aalheim winkte ab. „Es tut gut, außerhalb der Therapie einmal über all das zu sprechen."

Nach einer guten Stunde rief Stahl die Bedienung zum Zahlen. „Sagen Sie, befindet sich in Ihren Kelleranlagen noch etwas anderes als Wein?", fragte Stahl im Hinausgehen.

„Nein, Wein in Fässern und Flaschen sowie die nötigen Kellereigerätschaften und Utensilien. Wieso?"

„Man erzählte mir, es gäbe da noch etwas anderes."

„Nein, in den Kellern nicht. In unserer alten Remise haben wir neuerdings eine hauseigene Druckerei untergebracht, da mein Mann es leid war, Unsummen für Etiketten, Formulare, Preislisten und andere Drucksachen auszugeben. Außerdem hat Litzius ihm einen arbeitslosen Drucker aus dem Osten besorgt, einen Tschechen oder Bulgaren, glaube ich. Jedenfalls meint Gero, dass sich Investitionen in Maschinen und Arbeitslohn mit der Zeit amortisieren werden. Ich glaube das nicht, aber meine Meinung ist da nicht gefragt."

Peter Stahl begleitete Katharina van Aalheim noch ins Parkhaus und verabschiedete sich.

**Zugriff!**

„Und wie is et? Noch'n lecker Pilsken?"

Jupp, der Wirt des Bistros im Gewerbegebiet, machte keine Anstalten, seine niederrheinische Herkunft zu verbergen. Benno Moser mochte ihn, denn er nahm kein Blatt vor den Mund, nannte die Dinge beim Namen und verstand es, seine Gäste bei Laune zu halten. Sein augenscheinlich angeborener Mutterwitz und die Gabe, sich im richtigen Moment entweder zurückzuziehen oder geduldig zuzuhören, ließen ihn zu einer Institution in der gastronomischen Szene der Kleinstadt werden. Dazu trugen auch seine Schnitzel bei, die aufgrund ihrer immensen Größe in der ganzen Region bekannt waren. Nachdem die Pilsstube geschlossen war, sah man Moser wieder häufiger im Bistro.

„Na, alter Schwede, lange nich hier gewesen. Lecker Alt gefällig? Geht auf meine Rechnung", begrüßte der Wirt den Journalisten seinerzeit bei dessen Heimkehr in den Kreis der Stammgäste.

Nun saß Benno Moser an der Theke und nahm das frisch gezapfte Alt in Empfang. Die Tür ging auf und Manne Baumann trat ein. „Hi, Benno. Hab dich schon gesucht. Wollte mal wieder ein Bier mit dir trinken. War ja einiges los seit unserem letzten Treffen. Wie geht's dir denn jetzt?"

Benno Moser freute sich, Manne zu sehen. Den Mord an Horst Mager hatte er noch nicht verdaut. Er schilderte dem Jugendfreund die Geschehnisse jener schrecklichen Nacht an den Kribben. „Die Drahtschlinge um Magers Hals soll von jener Machart gewesen sein, wie sie KGB-Agenten seinerzeit in ihrem Reisegepäck mitführen", sagte Moser kopfschüttelnd. „Sind wir in einem James-Bond-Film oder in der Provinz? Unbegreiflich, je länger man darüber nachdenkt."

„Ja, das ist es wohl. Benno, ich bin hier, weil morgen wieder ein Transport aus der Türkei erwartet wird. Seit dem sogenannten Einbruch hat Reinhardt die Lkws umgeleitet und auf dem Gelände einer Frankfurter Spedition ent- bzw. umladen lassen. Morgen soll jedoch wieder eine Fracht zu uns kommen. Der Lkw wird am Nachmittag erwartet. Was sollen wir tun?"

„Wir gar nichts. Ich habe dem Boss der Mordkommission versprochen, dass ich mich bei ihm melde, sobald es etwas Neues gibt. Seit der Sache mit Mager habe ich vorerst vom Detektivspiel die Nase voll." Benno ließ sich von Jupp das Telefon geben, zog sich an den Ecktisch am Fenster zurück und wählte Eberts Nummer.

Peter Stahl feilte an seiner Predigt, umhüllt vom Qualm des Pfeifentabaks. Er hörte Schritte im Pfarrhof und ging ans Fenster. Im matten Schein des Hoflichtes erkannte der Pfarrer die Gestalt seiner Sekretärin. „Frau Heimbach, was treibt Sie denn um diese Uhrzeit noch auf die Straße?"

„Heute hatte ich Abonnement, Sie wissen doch. Ich habe mit Selma Maslow gesprochen und bei ihr wohl offene Türen eingerannt. Sie will kündigen und weg von Litzius."

„Kommen Sie doch erst mal rein und legen ab. Dann alles der Reihe nach."

Anneliese Heimbach nahm in einem Sessel Platz und setzte ihren Bericht fort. Albert Litzius habe Selma Maslow vor drei Tagen wegen eines nach seinen Worten ungenießbaren Desserts eine fürchterliche Szene gemacht und sie vor den Gästen, die an diesem Abend geladen waren, bloßgestellt. So etwas könne sie ihren „Rucksackdeutschen" aus dem Osten vorsetzen, aber nicht ihm. „Marjellche, einmal is auch bei der Maslow'schen Matthäus am Schluss. Soll der olle Kerl seine Mischpoche selbst bekochen." Die Maslow sei bei diesen Worten völlig außer sich gewesen. Sie habe Kontakt zu ihrer Nichte aufgenommen, die in der Nähe von Hamburg lebe. Die arbeite in einem Seniorenstift und wolle ihr dort einen Platz vermitteln. Sie zähle sich zwar noch nicht zum alten Eisen, doch habe sie sich genügend zusammengespart, um einen gedeihlichen Lebensabend verbringen zu können. „Am Montag will sie Litzius ihre Kündigung übergeben. Sie rechnet damit, dass er sie fristlos rausschmeißt. Doch zuvor will sie noch dafür sorgen, dass der Beo aus Litzius' Arbeitszimmer ausquartiert wird. Übermorgen, am Samstag, sei eine gute Gelegenheit, da Litzius und seine Frau übers Wochenende nach München fahren."

„Dann sagen Sie unserer gemeinsamen Freundin Bescheid. Ich werde Albert junior anrufen."

Die dunklen Wolken, die am anderen Morgen ihre Schleusen über der Stadt öffneten, hüllten das Niersteiner Gewerbegebiet in einen Regenschleier. Gegenüber von Reinhardts „Trans-Imex" begannen Arbeiter damit, eine Baustelle einzurichten und ein Zelt zu errichten, das den Straßenaufbruch vor eindringendem Regen schützen sollte. An der

Einmündung der Zufahrtsstraße machten sich Bedienstete der Telekom an einem Schaltkasten zu schaffen, während zur gleichen Zeit ein blauer Kleinbus der Stromversorgung am Transformatorenhäuschen neben Reinhardts Firmengelände anhielt. Lothar Ebert und Stefan Schuster saßen in einem vor einem Geschäftshaus geparkten Lieferwagen mit getönten Scheiben. „Einsatzleitung für SEK, bitte kommen", testete der Kripobeamte die Funkverbindung zu den vermeintlichen Bauarbeitern. Beim Blick aus dem Fenster konnte Ebert sehen, wie einer der „Arbeiter" ins Zelt ging, um zu antworten. „So, hier steht also alles. Warten wir der Dinge, die da anrollen. Hoffentlich hat uns der Schreiberling nicht verkohlt."

„Das denke ich nicht, denn ich glaube, er hat seine Lektion gelernt", entgegnete Schuster.

Stunden vergingen. „Die Hälfte seines Lebens wartet der Polizist vergebens", meinte Ebert lakonisch, als der weißblaue Transporter um die Ecke bog und Kurs auf das Betriebsgelände nahm. Der Fahrer parkte den 40-Tonner mitten auf dem Hof, was ihm erboste Zurufe des Disponenten einbrachte. „Nicht hier. Fahr vor an die Rampe. Das soll gleich ausgeladen werden", wies der Büroangestellte den Brummilenker an. Kaum hatte dieser den Lkw an die beschriebene Stelle manövriert, drückte Lothar Ebert auf die Sprechtaste seines Funkgerätes: „Zugriff!"

Bis der Fahrer und die Lagerarbeiter begriffen, was um sie herum geschah, waren sie bereits umringt von den vermummten Polizisten des Spezialeinsatzkommandos. Mehrere Einsatzwagen mit Blaulicht rollten auf das Firmengelände. „Hier spricht die Polizei. Das Gelände ist umstellt. Jeder bleibt auf seinem Platz", schnarrte Eberts Stimme aus dem Trichter eines Megaphons. Die Versuche des Disponenten, gegen das Vorgehen zu protestieren, erstickte Ebert im Keim, indem er ihm den richterlichen Durchsuchungsbeschluss unter die Nase hielt. „So und jetzt stören Sie uns nicht weiter, sonst nehme ich Sie wegen Widerstand gegen Ermittlungsbehörden fest. Das wird nicht spaßig, kapiert?"

„Herr Hauptkommissar, kommen Sie doch bitte mal", winkte ein SEK-Mann den Einsatzleiter zu sich in den Laderaum des Lkws. „Scheint, dass Ihr Journalist diesmal richtig lag", hielt Ebert kurz darauf Schuster ein in Plastik eingeschweißte, pulverige Masse unter die Augen. Er schlitzte die Verpackung mit der Klinge eines Schweizer Armeemessers auf und probierte den Inhalt. „Da wollte uns wohl jemand den Winter wieder ins Land bringen. Genügend Schnee hätten wir jedenfalls." Die Polizisten förderten insgesamt 150 pfundschwere Päckchen aus den doppelbödigen Transportkisten zu Tage.

Der Auslöser von Hoffmanns Kamera klickte, als Benno Moser, den Schuster im Moment des Zugriffs verabredungsgemäß informiert hatte, Block und Kugelschreiber zückte, um sich von Ebert den Ablauf der spektakulären Polizeiaktion und deren Ergebnis schildern zu lassen. „Rund 75 Kilogramm sauberes, also unverschnittenes Heroin, Marktwert über zwei Millionen Euro – ein dicker Brocken. Das Dreckszeug hätte ausgereicht, um Hunderte von Süchtigen zu versorgen. Doch der Bär ist noch nicht ganz erlegt. Reinhardt ist uns, wie es aussieht, durch die Lappen gegangen. Offenbar konnte ihn jemand warnen, denn als meine Leute ihn bei sich zu Hause festnehmen wollten, war das Nest leer. Die Fahndung läuft bereits. Den kriegen wir."

Als Benno Moser in die Redaktion zurückkehrte, flogen seine Finger über die Tastatur des Computers. Zunächst bediente er die Kollegen der Online-Redaktion und machte sich an den Aufmacher für die Titelseite der Print-Ausgabe. Ein Aufmacher, der am nächsten Tag in der gesamten Region für reichlich Gesprächsstoff sorgen sollte. Die Polizei wurde bei Reinhardts Im- und Exportfirma indes nur bedingt fündig. Hintergründe, Drahtzieher und Details über den augenscheinlich groß angelegten internationalen Rauschgiftschmuggel blieben vorerst im Dunklen. Aus der Belegschaft war wenig Greifbares herauszubekommen. Der Schmuggel war so organisiert, dass nur jene, die an den Fäden zogen, über alles informiert waren, und alle anderen nur ahnungslose Rädchen im Getriebe waren. Kurz: Das Syndikat arbeitete wie andere kriminelle Vereinigungen auch. Für die Polizei zählte Hermann Reinhardt zu den Wissenden. In seiner Festnahme sahen Ebert und Schuster denn auch die Chance, einen Ansatzpunkt zur Vernichtung des Syndikates zu finden, auch wenn Reinhardt nicht der „Big Boss“ war, so viel ging aus den aufwendigen Ermittlungen hervor, in die auch das Landeskriminalamt eingeschaltet war.

## Drahtschlingen

„Geben Sie mir doch bitte ein Bund Schalotten, zwei Knollen Knoblauch, ein Pfund Tomaten, frisches Basilikum, Oregano und einen schönen Kopfsalat. Ach ja, und packen Sie noch zwei Stangen Lauch und ein Pfund Möhren dazu.“

Pfarrer Stahl liebte es, samstags über den Wochenmarkt vor dem Rathaus zu schlendern – auch wenn die Zahl der Stände sich auf drei reduziert hatte. Doch die angebotenen Waren überzeugten in punkto Frische und Qualität und es ergab sich immer eine Gelegenheit zum gemütlichen

Plausch, denn es verging kein Markttag, an dem der Pfarrer der Katharinenkirche nicht jemanden traf, der bei ihm stehen blieb. An warmen Sommertagen gönnte er sich zur Abrundung des Marktbummels gerne auch ein Glas Wein im Winzerausschank des Rathauses.

Als er seinen Korb gerade mit dem Gemüse gefüllt hatte und zum Fischstand weitergehen wollte, zupfte ihn eine Hand am Ärmel seiner Jacke. Stahl drehte sich um und blickte in das grinsende Gesicht Dr. Cornelius Breunings. „Na, Herr Pfarrer, auch etwas für die gesunde Ernährung tun? Gesundheit ist ja etwas Wichtiges. Allzu schnell setzt man Gesundheit und Leben aufs Spiel wie die Beispiele aus jüngster Vergangenheit zeigen. Mager und Reinhardt – der eine wird ermordet, der andere von der Polizei gejagt. Man kann ja froh sein, dass man selbst noch unbehelligt seiner Wege gehen kann, nicht wahr, mein Bester?"

Der Rechtsanwalt kniff seine Augen zusammen, als werde er von den durch die Wolkendecke brechenden Sonnenstrahlen geblendet. Sein unförmiger, untersetzter Körper beulte einen Samtanzug in dunklem Violett aus. Weiße Gamaschen überzogen die schwarzen Lackschuhe und ein schwarzer Bowler bedeckte das tiefschwarze Toupet. Erst jetzt sah Stahl das Monokel, das in Breunings rechtem Auge klemmte.

„Die wandelnde Groteske", dachte der Pfarrer bei sich, antwortete seinem Gegenüber aber freundlich: „Man sollte jeden Tag loben, den unser Herrgott werden lässt, ohne dass ein Schurke sein übles Spiel treibt."

„Recht haben Sie, aber von was sollte unsereins sonst leben, wenn es nicht jene verirrten Geschöpfe gäbe, die mit dem Gesetz in Konflikt geraten?", gluckste Cornelius Breuning. „Ich warte immer noch auf Ihren Besuch. Meine Orchideen sollten Sie sich nicht entgehen lassen."

So skurril die äußerliche Erscheinung des Juristen auch war, so entwaffnend kindlich wirkte sein Charme auf Peter Stahl, der seine Zusage, bald einmal in Breunings nobles Anwesen zu kommen, erneuerte.

Ins Pfarrhaus zurückgekehrt, bereitete der Hobbykoch aus den frischen Zutaten vom Markt eine Minestrone, die jedem Küchenchef zur Ehre gereicht hätte. Litzius junior hatte sich zum Essen angesagt. Man wollte nochmals den abendlichen Besuch in dessen Elternhaus durchgehen. „Noch einen Reinfall können wir uns nicht leisten", mahnte Stahl. „Die Maslow hat heute morgen noch mal bei Anneliese Heimbach angerufen. Der Vogel steht nun wieder in der Halle, wo er hingehört. Ihr Vater habe der Umsiedlung sogar zugestimmt. Zwar hänge er sehr an dem, wie er selbst sagt, verdammten Vieh, aber es störe ihn doch in seinem Arbeitszimmer. Was wollen wir also mehr?"

„Vergessen Sie Slotnikow nicht", warf Albert junior ein. Er verabschiedete sich nach dem Mittagessen und meinte im Hinausgehen: „Also, dann bis acht Uhr heute Abend."

Benno Moser murrte. Normalerweise war der Samstag sein arbeitsfreier Tag, der einzige in der Woche, denn sonntags musste er zumindest zweimal im Monat in der Redaktion antreten, um die Montagsausgabe zu „basteln", wie er es nannte. Nun aber durfte er auch am geheiligten Samstag ran. „Schuster hat angerufen. Sie haben Reinhardts Wagen gefunden", rief er seiner Frau zu, schnappte Arbeitsmappe, Jacke und Regenschirm, gab seiner Tochter einen Kuss und machte sich auf den Weg.

In der Nähe des Flusses, zwischen Haupt- und Sommerdamm, lag der Segelflugplatz. Am Deichfuß blockierte ein schräg stehender dunkelblauer BMW der 7-er-Reihe einen Feldweg. Um ihn herum wuselten Beamte der Spurensicherung und der Soko. Was Benno stutzig machte: neben den Polizeiautos hielt ein Leichenwagen. „Reinhardt ist nicht mehr unter uns", empfing ihn Ebert trocken. Moser zuckte kurz, weniger wegen der neuerlichen Bluttat, sondern die Art, in der Chef der Mordkommission darüber redete, störte ihn. „Ein Landwirt, der zu seinem Zuckerrübenacker wollte, konnte wegen des quer gestellten BMW nicht weiter und verständigte Schusters Leute. Als klar war, wem der Wagen gehört, packten wir das große Besteck aus. Irgendjemand kam auf die Idee, den Kofferraum zu öffnen – und darin lag Reinhardt zusammengeschnürt wie ein Paket. Der Mann ist höchstens acht Stunden tot, sagt der Arzt."

„Wie ist er denn gestorben?", fragte Benno. Ebert druckste herum.

„Tja also, er wurde umgebracht. Mit ... mit einer Drahtschlinge erdrosselt."

„Wie der arme Mager."

„Sie sagen es. Aber schüren Sie jetzt nur keine Panik vor dem Schlingen-Killer oder so. Ich kenne euch Brüder."

Benno winkte ab. „Langsam sollten Sie mich doch wirklich kennen. Und wenn nicht, dann fragen Sie eben Schuster oder Stahl."

Mittlerweile war Hoffmann eingetroffen und machte sich an die Arbeit. „Wie viele Motive brauchst du denn?", fragte er Moser.

„Halt mal drauf. Vergiss aber bitte nicht, dass man die Kamera auch hochkant halten kann. Und schick das bitte gleich an die Onliner. Du weißt, die brauchen das immer schnell, zumal wir hier gleich ne Menge Kollegen rumspringen haben werden. Meine Kurzmeldung haben die schon“, dozierte er.

Wenn Hoffmann eines nicht leiden konnte, war es, von den Redakteuren über seine Arbeit aufgeklärt zu werden. „Wenn du's so gut kannst, dann mach dir deine Bilder nächstens doch selbst. Kannst uns blöde Knipser dann einsparen und das Geld auch noch kassieren“, spielte Hoffmann den Ball zurück und wandte sich seiner Aufgabe zu.

Er handelte sich dabei aber sofort einen Rüffel ein. „Trampeln Sie hier doch nicht durch die Gegend wie ein Elefant im Mistbeet. Schon mal was von Spuren gehört?“, raunzte Kriminalhauptkommissar Ebert. Im nächsten Moment schlug er die Hände vors Gesicht. „Auch das noch“, stöhnte er beim Anblick eines Kamerateams des Regionalsenders. „Woher wissen die denn immer gleich, wo's brennt?“, fragte Ebert den amüsiert in sich hinein grinsenden Lokaljournalisten.

„Eingebung, alles Eingebung“, meinte Benno Moser ironisch. „Im Ernst: Professionelles Interesse und gute Beziehungen sind das A und O. Oder warum, glauben Sie, bin ich hier? Und abgesehen davon lesen die auch regelmäßig unsere Homepage.“

„Bei Ihnen ist das ja was anderes. Sie gehören quasi zum Inventar. Das habe ich mittlerweile wirklich gelernt – wie Sie eben so schön sagten. Auf dem Land herrschen halt andere Sitten. Aber wehe, Sie brechen die Spielregeln ...“

„Wenn Sie drohen, sind Sie mir am sympathischsten“, entgegnete der Journalist unbeeindruckt. In den Wortwechsel platzte Schuster, der dem Leichenwagen einen Weg bahnte. „Gehen Sie doch mal einen Schritt zur Seite.“

**Angekreuzt**
Mit einem Quietschen fiel das große eiserne Hoftor ins Schloss. Andrej Slotnikow hatte den Landrover in der alten Gutsremise geparkt und absolvierte seinen Rundgang. Wie immer zum Abschluss des Tages kontrollierte der Russe, ob die Türen verschlossen und alle Dinge an ihrem Platz waren, bevor er sich in seine Wohnung im Gesindetrakt des herrschaftlichen Anwesens zurückzog. Der rote Splitt knirschte unter seinen Füßen, als er mit festen Schritten den alten Adelshof durchmaß. Aus dem Augenwinkel beobachtete er zwei Tauben, die auf einem Ast der mächtigen Rotbuche saßen. Slotnikow holte aus der Tasche seines Parkas eine Schleuder, kramte aus seiner Weste ein Röhrchen mit Stahlkugeln hervor. Er visierte die Vögel an. Im nächsten Moment stob eine Taube unter lautem Flügelschlag in den abendlichen Himmel, während die andere leblos zu Boden fiel. Andrej Slotnikow hob sie auf und murmelte „Drecksvieh!“ Mit einer ausladenden Bewegung schleuderte er sie über die Mauer ins angrenzende Waldstück, das zwischen den Häusern der Vor- und jenen der Altstadt den Hang bedeckte.

Zur selben Zeit näherte sich auf der Rückseite des Anwesens Albert junior, den Katharinenpfarrer im Gefolge, einer dunkelgrünen Holztür mit der arg verwitterten Lackfarbe. „Durch diese Tür kommen wir in einen Gang, der am Kellertrakt vorbei ins Herrenhaus führt“, flüsterte Litzius seinem Begleiter zu, der auf die Falltür im Boden sah und an einen der aufregendsten Augenblicke seines Lebens erinnert wurde. Wenigstens ist der Vogel heute aus dem Weg geräumt, dachte Peter Stahl bei sich. Doch zum Nachdenken blieb in den folgenden zwölf Minuten kaum Zeit. So lange dauerte es, bis sie ins Arbeitszimmer gelangt waren, dort jene weinrote Kladde an sich brachten und wieder zu ihrem Ausgangspunkt zurückkehrten. „Jetzt ins Pfarrbüro", gab Stahl die Richtung vor.

Kaltes Neonlicht beschien die historischen Dokumente, Handschriften, Planzeichnungen und Faksimiles, die sich im Pfarrhaus auf Anneliese Heimbachs Schreibtisch ausbreiteten. „Wenn die Gute wüsste, dass ihr Arbeitsplatz Ort einer kriminellen Handlung ist", bemerkte Stahl mit süffisantem Lächeln. „aber sie weiß es ja nicht."

„Herr Pfarrer, Sie sollen mir die Unterlagen geben und hier keine philosophischen Betrachtungen anstellen", mahnte Albert Litzius junior den Geistlichen zur Eile. Litzius bediente den Kopierer und Stahls Aufgabe war es, die einzelnen Blätter in einer genau definierten Reihenfolge anzureichen, damit die Sammelmappe später wieder so gefüllt und verschnürt werden konnte, ohne dass jemand merkte, dass sie vorübergehend ausgeliehen war. Gut eine halbe Stunde später löschte Peter Stahl das Licht und schloss die Tür des Pfarrbüros von außen ab. Weitere zwanzig Minuten danach war die Sammelmappe wieder an Ort und Stelle im Schreibtisch von Litzius senior.

„Den Pettenthal-Riesling von Kai Schätzel haben wir uns jetzt redlich verdient", sagte Stahl, als er die Gläser füllte. Er und Litzius junior saßen sich in Stahls Arbeitszimmer gegenüber, stießen zunächst mit dem fulminanten Riesling an, bevor sie sich in die kopierten Unterlagen vertieften. „Sieh an", sagte der Pfarrer nach einer Weile, „die silbernen Apostelfiguren sind wie es scheint doch keine Legende. Wenn ich den Lageplan richtig deute, muss es früher einen alten Gang unterhalb von St. Katharinen gegeben haben, der unter dem von Ihrer Familie bewohnten Adelshof vorbei in Richtung Stadtzentrum führte und der sich unter der Steckengasse in ein großes Gewölbe öffnete. Von dort gingen insgesamt sechs Gänge aus, die fast alle in der Altstadt endeten. Nur einer reichte bis in die Vorstadt. Der Gang, der in den Plänen rot schraffiert ist, mündet in einen großen Hohlraum, der auf den Plänen mit einem Kreuz und einem große A gekennzeichnet ist. Hier ist offenbar nach den Aposteln zu suchen. Doch wie die Planskizzen auch belegen, sind einige Gänge nur noch unzusammenhängend erhalten, wenn nicht gar ganz verschüttet. Der Zugang zu dem großen Gewölbe unter der Steckengasse ist von Kirchenseite her ganz abgerissen. Dafür scheint es eine Art Umleitung zu geben vom Hohlraum unter dem Adelshof zum Gang in die Vorstadt. Interessant, interessant ", fasste Peter Stahl sein Studium der Unterlagen in Worte.

„Aus den handschriftlichen Anmerkungen meines Vaters lässt sich jedoch schließen, dass er dem Geheimnis auf der Spur war und einen Großteil der Hindernisse bereits aus dem Weg geräumt hat", warf Litzius ein. „Aber dazu hätte er aufwändige Erdarbeiten unter Tage leisten müssen", entgegnete Stahl.

„Überzeugen wir uns doch selbst davon. Wir wissen ja jetzt, wo wir den Eingang in den Schatztunnel zu suchen haben", schlug Litzius vor.

„Hinter der Katharinenkirche, neben der Steinmetzwerkstatt muss der Einstieg sein", wies Stahl mit dem Finger auf den markierten Punkt auf der Karte. „Aber es muss auch über unseren Keller gehen. Entweder im Original oder nachträglich angelegt, jedenfalls ist in Höhe des Adelshofes ebenfalls ein Kreuz vermerkt, aus dem man schließen könnte, dass es sich um einen Zugang zum unterirdischen Labyrinth handeln könnte“, gab Litzius zu bedenken.

Der Riesling ging zur Neige. Man verabredete sich für den kommenden Tag, spätnachmittags. Zu dieser Zeit waren die vielen Wochenendtouristen, die das Städtchen, die „unterirdische Stadt“ und die Katharinenkirche zu allen Jahreszeiten besuchten, in den Lokalen rings um den Marktplatz oder bereits wieder auf dem Nachhauseweg. „Vergessen Sie die Sachen nicht“, ermahnte Stahl den hoch aufgeschossenen jungen Mann mit dem Pferdeschwanz.

„Maglite, Seil, Pfadfindermesser und Klappspaten. Aye, aye Sir!”, salutierte Litizus junior lächelnd. Stahl winkte ihm nach, als er mit seinem unförmigen Gefährt vom Pfarrhof rollte.

Die Predigt!, schoss es ihm durch den Kopf. Über all den aufregenden Ereignissen der letzten Stunden hätte er beinahe seine eigentliche Aufgabe und Berufung vergessen. Zwar hatte er den Predigttext, der sich um die biblischen Gebote und die Fehlbarkeit des Menschen drehte, nahezu abgeschlossen, dennoch fehlte ihm noch ein Schluss, der einerseits die getroffenen Aussagen auf den Punkt brachte und andererseits Perspektiven eröffnete. „Darf ein Christ, noch dazu ein Pfarrer, stehlen, wenn es einem höheren Ziel, sagen wir Recht und Gerechtigkeit, dient?“, fügte er mit schwarzer Tinte in der nur von ihm entzifferbaren Handschrift dem bestehenden Text hinzu. „Das ist der Anfang vom Ende“, stellte Peter Stahl mit einem ironischen Lächeln fest und trank den Rest des Rieslings.

**Stromausfall**

Für Benno Moser begann ein arbeitsreicher Sonntag mit einem Stromausfall. Über eine Stunde blieben die Leitungen in den Gemeinden der Region tot. Das Telefon funktionierte zum Leidwesen des Journalisten noch. „Die halbe Straße hat angerufen und wollte wissen, ob wir auch keinen Strom haben und was denn los sei", redete Bennos Frau aufgekratzt auf den dösenden Journalisten ein und versuchte ihn wachzurütteln. „Straßen können nicht telefonieren", seufzte der um seine von ihm so geschätzte ausgedehnte Aufwachphase Beraubte. Seinen Frühstückskaffee konnte er ebenfalls nicht genießen. Max Volke, zweiter Tenor im Gesangverein und wie Benno im Festausschuss für das anstehende Jubiläum, hatte es sich in den Kopf gesetzt, seinen Freund Benno heimzusuchen. „Oh, Maaschter, wie dann? Heer, mer misse mol ibbers Plakat redde", ließ Vollmax, wie der 28-jährige Junggeselle aufgrund seiner intensiven Beziehungen zu den Rebensäften des Anbaugebietes im Verein genannt wurde, den Journalisten über den Grund seines Besuches nicht im Unklaren. Dazu noch in einem Platt, das in der Region von keinem Zweiten derart breit gesprochen wurde. „Vollmax, ich glaub', du hast nicht mehr alle Tassen im Schrank – und wenn doch, dann nicht in der richtigen Reihenfolge. Erstens hat ausgerechnet dieses Thema noch jede Menge Zeit, zweitens muss ich gleich in die Redaktion. Arbeiten, falls du das Wort schon mal gehört hast. Drittens will ich jetzt frühstücken und viertens mag ich dich wirklich ... aber nicht jetzt." Bennos Frau nahm sich seines Sangesbruders an und verwickelte ihn in ein Gespräch über den Stromausfall. „Sieh zu, dass du ihn los wirst. Und wenn du ihm schon Wein anbieten solltest, dann aus dem Plastikregal, rechts neben dem Schrank im Keller. Du weißt schon, der Fusel zum Verschenken, Kochen oder für Gäste wie ihn“, flüsterte Moser seiner Frau ins Ohr, bevor er das Haus verließ.

In der Redaktion erwarteten ihn neben einem Berg voll Post und einem überquellenden E-Mail-Account ein halbes Dutzend Anrufe. Unter den Anrufern befanden sich auch drei seiner Lieblinge, die nicht nur in den Kommunalparlamenten sich und anderen mit Endlos-Tiraden die Zeit stahlen, sondern sich dies an diesem verregneten Vormittag auch bei Benno Moser vorgenommen hatten. Als der Redakteur den letzten seiner schwierigen „Patienten“ verarztet hatte, läutete das Telefon erneut. „Wenn das so weitergeht, komme ich hier heute erst gegen Mitternacht raus“, stöhnte Moser und nahm unwirsch den Hörer ab. „Ach Sie sind's, Herr Pfarrer“, atmete er auf. „Ich komme gerade vom Gottesdienst und wollte es nicht versäumen, Ihnen mitzuteilen, dass es spannende Neuigkeiten gibt. Können Sie auf einen Sprung ins Pfarrhaus kommen?“, fragte Peter Stahl.

„Ausgeschlossen. Heute nicht. Sie können sich ja denken, dass es nach den beiden letzten Tagen im Fall Reinhardt einiges zu schreiben gibt.“

„Stimmt es, dass man ihn ermordet am Segelflugplatz aufgefunden hat?“, fragte der Pfarrer.

„Ja. Sagen Sie bloß, Sie haben davon nichts gehört?“

„Doch, schon. Aber erst eben, als ich aus der Kirche ging und von einigen Leuten darauf angesprochen wurde. Hatte gestern weder Radio noch Fernseher an und auch heute Morgen nicht. Schrecklich das. Wo führt das noch hin?“, meinte Stahl nachdenklich. „Jedenfalls müssen wir uns dringend treffen. Der neuerliche Mord soll nicht das einzige Thema sein. Ich habe Ihnen eine Apostelgeschichte zu erzählen. Was halten Sie von morgen Abend?“

Von den Sonnenstrahlen der letzten, für die Jahreszeit zu warmen Wochen war an diesem Sonntag nichts zu spüren. Aus einem bleiernen Grau regneten dicke Tropfen auf die Kleinstadt herab. Peter Stahl studierte die Kopien der Litzius-Unterlagen. Sie ergaben zwar insgesamt ein nur unscharfes Bild der Situation, doch fielen bei näherem Hinsehen immer neue Details ins Auge, die die Legende bestätigten, dass die Figuren in den Wirren des pfälzischen Erbfolgekrieges an einem sicheren Ort in der „Stadt unter der Stadt“ versteckt worden waren. Warum sie nach jenem 31. Mai 1689, als die Franzosen die Stadt zerstörten, niemand wieder an ihren angestammten Platz zurück gebracht hat, blieb rätselhaft. „Vielleicht überlebte keiner der Eingeweihten den Feuersturm oder aber die Gänge wurden durch die damaligen oder spätere Kampfhandlungen verschüttet. Aber dann müsste es doch wenigstens Aufzeichnungen geben, die über Existenz und Verbleib der Figuren Auskunft geben. Andererseits sind ja alle Kirchenbücher und Urkunden aus jenen Tagen den Flammen zum Opfer gefallen“, sinnierte der Katharinenpfarrer und zog an seiner Pfeife.

**Augenblicke**

Die Türklingel beendete die Überlegungen des Geistlichen. „Ja, Frau Heimbach, was verschafft mir denn die große Ehre Ihres ebenso unverhofften wie lieben Besuches? Dazu noch am Sonntag und um diese Uhrzeit. Wollen Sie Überstunden machen?“, fragte Peter Stahl, indem er ihr den feuchten dunkelblauen Nylon-Regenmantel abnahm. „Sie kommen gerade recht. Der Tee ist fertig und wartet nur darauf, getrunken zu werden“, brachte Stahl seine Sekretärin ins Arbeitszimmer und nahm eine zweite Tasse aus der Vitrine.

„Herr Pfarrer, ich bin hier, weil ich mir Sorgen mache. Sie werden jetzt denken, dass ich womöglich hysterisch bin, aber ich bin froh, Sie lebend anzutreffen, nach dem, was gestern und in den letzten Monaten alles geschehen ist, habe ich einfach Angst um Sie, zumal Herr Schuster auch den Polizeischutz für Sie abgezogen hat."

Die Wangen der zierlichen Person waren gerötet, die Hände umkrampften den Bügel ihrer Handtasche. Das Sprechen fiel ihr nicht leicht. „Setzen Sie sich erst einmal. Sie sind ja völlig durch den Wind."

Als sich die beiden in den behaglichen Sesseln gegenüber saßen, hob Stahl mit seiner dunklen, ein wenig belegten Stimme zu einem Monolog an: „Ich habe Ihnen schon mal gesagt, dass Unkraut nicht so schnell vergeht. Hätte das Syndikat mich ausschalten wollen, hätte es dies längst tun können. Mit oder ohne Polizeischutz. Sicher, man wollte mich wohl aus dem Weg räumen, aber als der erste Versuch schief ging, hat man sich offenbar eines anderen besonnen. Das muss nicht heißen, dass es dabei bleibt, aber deshalb in Panik zu verfallen, halte ich für den falschen Weg. Ich möchte auch nicht so leben wie die arme Lilo Sänger, die mit neuer Identität an irgendeinem Ort dieser Republik versucht, mit dem fertig zu werden, was sie erlebt hat. Alleine und ohne Freunde, sehen wir von dem Polizei-Psychologen einmal ab. Schuster hat mir mal erzählt, dass selbst er dies nicht wisse. Wenn schon Zeugenschutz, dann eben richtig. Zurück zu mir. Ich lebe mit der Situation, denn ich vertraue auf Gott, der uns Menschen die Nüsse des Lebens in die Hand gibt. Knacken müssen wir sie allerdings selbst. Und dazu war und bin ich bereit. Ich freue mich, dass es offenbar Menschen gibt, die Anteil an meinem Schicksal nehmen. Das bestärkt mich, meinen Weg weiter zu gehen. Sie wissen, ich habe keine Familie, besser gesagt meine nächsten Verwandten leben nicht hier."

„Haben Sie denn nie daran gedacht, zu heiraten?", unterbrach ihn Anneliese Heimbach, war im selben Moment über ihre Frage erschrocken und fügte rasch hinzu: „Verzeihen Sie. Das geht mich ja wirklich nichts an."

„Doch. Es geht Sie etwas an. Wirklich. Von Beginn an waren Sie mir schon eine äußerst zuverlässige Sekretärin, doch in den letzten Monaten habe ich gemerkt, dass Sie darüber hinaus ein wertvoller Mensch sind, auf den man sich gerade in schwierigen Zeiten verlassen kann. Haben Sie Dank dafür. Um Ihre Frage zu beantworten: Ich bin kein Anhänger des Zölibats, dem sich meine katholischen Amtsbrüder unterwerfen müssen, dennoch habe ich für mich entschieden, allein zu bleiben. Ich bin ein Workaholic und kann auch egoistische Züge nicht verbergen. Das möchte ich keiner Frau zumuten. Abgesehen davon hat sich bislang keine Gelegenheit ergeben."

Die Blicke der beiden begegneten sich. Peter Stahl sah Anneliese Heimbach an und merkte, wie verwirrt sie war. Die Sekretärin nahm einen großen Schluck Tee. Beide schwiegen. Dann erzählte Stahl Anneliese Heimbach von den Apostelfiguren, die sich vielleicht doch noch in der Unterwelt befanden. Seine Verabredung mit Litzius junior jedoch verschwieg er ihr wohlweislich.

**Verhaftet**

Ein mächtiger Wasserstrahl tratschte auf den Bürgersteig. In der Dachrinne des viergeschossigen Mietshauses klaffte ein faustgroßes Loch. Albert Litzius junior wohnte in der Mainzer Neustadt in einer in die Jahre gekommenen Mietskaserne aus der Gründerzeit. Erst in jüngster Zeit wurde damit begonnen, die mächtigen Bauten mit den verwitterten Fassaden zu renovieren. Alberts Unterkunft war noch nicht an der Reihe gewesen. Das hatte für ihn den Vorteil, weiter relativ günstig in einer großen Wohnung leben zu können. Im Gegenzug musste er die Unannehmlichkeiten einer Kohleheizung und veralteter sanitärer Anlagen hinnehmen. Litzius lag auf einer Biedermeier-Recamiere, die er einst im Sperrmüll gefunden hatte und von einem befreundeten Polsterer hatte aufarbeiten lassen. Er hörte über Funkkopfhörer eine CD, bei der er selbst drei Stücke auf dem Bass eingespielt hatte. Eine Fusion-Band mit vollem Bläsersatz, die sich stilistisch zwischen Blood, Sweat & Tears, Weather Report und Ethno-Pop bewegte. In einer Stunde wollte er aufbrechen, um pünktlich zum verabredeten Treffen mit Peter Stahl zu gelangen. Immerhin waren rund zwanzig Kilometer zurückzulegen. Doch er wollte noch in Ruhe die CD zu Ende hören. Versunken in die Musik, bekam er nicht mit, dass vor dem Haus zwei Polizeiautos vorfuhren. Ihnen entstiegen sechs Männer, die mit schnellen Schritten das Treppenhaus hoch stürmten. Im dritten Stockwerk blieben sie vor der Tür mit dem Milchglaseinsatz und dem Namensschild Litzius stehen. Die Polizeibeamten zückten ihre Dienstwaffen. Einsatzleiter Gerd Kramer, ein untersetzter Schwarzhaariger, klingelte. Litzius hörte nichts, hing weiter den pulsierenden Rhythmen nach. „Offenbar ausgeflogen, der Vogel“, flüsterte der Schwarzhaarige nach einer Weile und dem vierten Klingeln. Die Beamten wandten sich schon zum Gehen, als sie in der Wohnung Schritte hörten und durch das Milchglas der Tür die Umrisse einer Gestalt sahen. „So ist das also. Eintreten“, zischte der Einsatzleiter.

Die Tür flog krachend auf. Albert Litzius, der gerade mit einem Glas Buttermilch aus der Küche kam, starrte völlig perplex in Pistolenmündungen. Kramer riss ihm den Kopfhörer vom Haupt und herrschte ihn an: „Glas hinstellen, umdrehen, Hände an die Wand und Beine auseinander.“

Litzius zögerte und wehrte sich, als zwei Polizisten ihn an den Armen packten. „He, was soll denn das?“, schrie er.

„Tun Sie, was ich Ihnen sage. Wird's bald“, entgegnete Kramer schroff. Einer seiner Beamten durchsuchte Litzius nach Waffen. „Sauber“, stellte er knapp fest.

„Sie können sich wieder umdrehen“, sagte der Einsatzleiter und hielt ihm zwei amtliche Formulare unter die Nase – einen richterlichen Durchsuchungsbeschluss und einen Haftbefehl.

„Spinnt ihr?“, platzte es aus dem jungen Mann heraus.

„Langsam, langsam. Wenn Sie nicht möchten, dass Ihrem Konto auch noch Beamtenbeleidigung und Widerstand zugefügt werden, dann sollten Sie jetzt den Mund halten. Sie werden der Mitgliedschaft in einer kriminellen Vereinigung, des Landfriedensbruchs und der vollendeten und versuchten Sachbeschädigung am Kernkraftwerk Biblis beschuldigt. Ich denke, das genügt vorerst. Sie müssen jetzt dazu nichts sagen. Sollten Sie es dennoch tun, muss ich Sie darauf aufmerksam machen, dass dies in einem juristischen Verfahren gegen Sie verwendet werden kann. Es steht Ihnen frei, einen Anwalt anzurufen.“

Litzius junior dachte angestrengt nach. „Die blöde Geschichte mit dem Anketten an den Kühlwasserauslauf des AKW. Aber das ist doch schon vier Jahre her“, murmelte er.

„Aha, sehen Sie. Langsam dämmert es Ihnen. Sie wollen doch nicht bestreiten, Mitglied der Green Warriors zu sein?“

„Doch und zwar entschieden."
„Und wieso tauchen Sie dann auf einer von uns sichergestellten Namensliste dieser militanten Öko-Terroristen auf?"
„Das weiß ich auch nicht. Ich bin Mitglied bei Robin Wood und nehme hier gesellschaftspolitische Verantwortung wahr – und das friedlich."
„Das können Sie dann alles dem Haftrichter erzählen."
Während des Dialogs zwischen Kramer und dem Beschuldigten nahmen die Beamten die Drei-Zimmer-Wohnung gründlich unter die Lupe. In mitgebrachten Waschkörben transportierten sie Akten, Unterlagen und andere Dinge ab, von denen sie glaubten, es sei Beweismaterial. In Handschellen wurde Albert Litzius junior durchs Treppenhaus geführt. „Albert, Junge, was ist denn los?", fragte eine Nachbarin bestürzt, als sie ihre Wohnung im Erdgeschoss verließ und den netten jungen Mann aus dem dritten Stockwerk umringt von Polizeibeamten die Treppe herunterkommen sah. „Nichts. Ein Irrtum. Unser Staat schießt mal wieder mit Kanonen auf Spatzen."

**Alleingang**

Der Regen hatte nachgelassen, als Peter Stahl das Pfarrhaus im Arbeitsoverall und mit einem Rucksack verließ. Das Gespräch mit Anneliese Heimbach hatte ihn nachdenklich gestimmt. Er ging an der frisch sanierten Kirchenmauer entlang und betrat den Kirchhof vom gusseisernen Seitenportal aus. Sein Blick fiel auf die Steinmetzwerkstatt, unter deren Vordach er Schutz vor dem Regen suchte. „Eigentlich müsste er schon hier sein", dachte der Pfarrer beim Blick auf seine

Uhr. Er wartete eine halbe Stunde, zückte dann sein Handy und wählte Litzius' Nummer. Es nahm niemand ab. „Dann bilde ich eben die Vorhut", sagte er halblaut zu sich.

Vor der rund einen Meter breiten und gut zwei Meter hohen Öffnung in der Mauer neben der Steinmetzwerkstatt stand ein Busch. Peter Stahl vergewisserte sich zuerst, ob auch niemand in der Nähe war, dann setzte er sich den Helm mit der Grubenlampe auf. Ein Geschenk der in der Stadt wirkenden Bergbauexperten aus dem Ruhrgebiet. Er griff die Stabtaschenlampe, schob das Geäst beiseite und drang in den Stollen vor. Das erste Stück des Rundbogenganges war fachmännisch abgemauert. Dann gingen sowohl Fußweg als auch Wände und Rundbogen in gelblich-braunen Lehm über. In Nischen hingen Mausohr-Fledermäuse in ihrer typischen Schlafposition an der Decke.

Nach gut 50 Metern machte der Gang, wie in der kopierten Karte beschrieben, einen scharfen Rechtsknick. „Verdammt", entfuhr es dem Pfarrer, als er direkt nach der Biegung mit dem Helm gegen Felsgestein stieß. Der Weg schien hier zu Ende. Der Lichtschein seiner Taschenlampe fiel auf ein etwa 80 Zentimeter breites, nahezu kreisrundes Loch im Fels. Stahl zog seinen Rucksack ab, schob ihn durch die Öffnung und kroch dann kopfüber hinterher. „Millimeterarbeit", keuchte er, als er diese Hürde genommen hatte. Er leuchtete mit der Taschenlampe den weiteren Verlauf des Ganges aus. „Oh Gott, sag, dass das nicht wahr ist", stöhnte er beim Anblick der vor ihm liegenden Strecke. In feuchtem Lehm schob der Geistliche sich auf dem Bauch liegend durch eine niedrige, rund 50 Meter lange Röhre, an deren Ende ein Lichtschein aufflackerte. Peter Stahl ächzte bei jeder Bewegung seines schweißnassen Körpers; die Strecke bis zum Lichtschein schien endlos lang. Auch wenn die Luft in diesem unterirdischen Stollen muffig roch, enthielt sie doch genügend Sauerstoff. Zwischen beiden Öffnungen zirkulierte die Luft wie in einem Kamin.

Als Peter Stahl das Ende des Engpasses erreicht hatte, traute er seinen Augen nicht. Er sah in einen durch elektrisches Licht erleuchteten Gang, der ihn an Besuche in Bergwerken erinnerte. Mit seinem Pickel, den er als passionierter Bergsteiger einst im Stubaital erworben hatte, musste er den Durchlass vergrößern, um in den Gang zu gelangen. „Nicht schlecht, Herr Specht. In der Tourist Info bieten sie Tickets für die beiden öffentlichen Kellerlabyrinthe an und hier im Verborgenen befindet sich eine private Untergrund-Autobahn", dachte der Pfarrer angesichts des unerwarteten Anblicks, der sich ihm bot. Gut drei Meter breit und 2,50 Meter hoch entfaltete sich ein gewölbter Tunnelgang, der professionell mit einer Balkenkonstruktion, Stempeln und Türstöcken abgefangen war. Im Abstand von rund sechs Metern spendeten umgitterte Kellerlampen genügend Licht. Auf dem Boden liefen Schienen entlang. Ein so genannter „Luten", wie er im Bergbau Verwendung findet, sorgte für Belüftung. „Das kann nichts mit der städtischen Untergrundsanierung zu tun haben", murmelte Stahl kopfschüttelnd. „Wenn das Litzius junior sehen könnte. Na, den knöpf ich mir vor. Mich einfach sitzen zu lassen", grollte er und nahm die Karten aus dem Rucksack.

Der Pfarrer versuchte, seinen Standort zu bestimmen. Er musste sich unweit des Litzius'schen Herrenhauses befinden, schloss er nach eingehendem Studium der Aufzeichnungen. Mit der Karte in der Hand schritt er in südwestlicher Richtung. Nach einer Linksbiegung und fünf Treppenstufen gelangte Stahl an eine Abzweigung. Hier war das Gewölbe komplett mit gelben Klinkersteinen ausgemauert. „Der Einstieg vom Litzius-Haus“, überlegte er, bevor seinen Weg fortsetzte.

Im nächsten Moment durchzuckte es ihn. Wortfetzen in russischer Sprache durchdrangen die Stille. Die Stimmen näherten sich von vorne. Vier Meter von ihm entfernt ragte ein Mauervorsprung hervor. Stahl erreichte die Nische, als die beiden Russen um die Ecke bogen. Er presste sich gegen die Wand. Sein Herz raste und der Puls in seiner Schläfe pochte wie in jenem Augenblick, als der Papagei in Litzius' Arbeitszimmer sein „Schluss jetzt, alter Halunke“ in die Dunkelheit gekrächzt hatte. Die beiden, in olivgrünem Militärdrillich gewandeten Männer erweckten den Eindruck, als kehrten sie von der Schicht im Schacht zurück. Zwei Pickel auf der Schulter, Helme auf dem Kopf, lehmverschmierte Kleidung. Ein Detail störte das Bild vom Feierabend machenden Kumpel: an der Gürtelschlaufe hingen bei beiden Russen Pistolentaschen mit alten Armeerevolvern. „Я надеюсь, что пахоте здесь скоро конец придет“[1], raunte der größere der beiden Männer seinem korpulenten Gefährten zu.

Am Mauervorsprung blieben die Männer stehen. Der Große fasste sich an die Hüfte. „Gott, oh Gott, verlass mich nicht. Nicht jetzt“, richtete Stahl den Blick nach in Richtung Gewölbedecke. Der Russe bückte sich und hob eine Zigarettenschachtel auf, die ihm aus der Gürteltasche gerutscht und zu Boden gefallen war. „Хочеш тоже одну?“[2], fragte er. Umständlich fingerte er zwei Zigaretten aus dem hellroten Karton, gab eine seinem Begleiter und zündete

1 „Ich hoffe, dass die Schufterei hier bald ein Ende hat.“

2 „Willst du auch eine?“

sich die andere an. Nach dem ersten genüsslichen Zug ertönte ein harscher Schrei.

Andrej Slotnikow stand im Bogen der Abzweigung und fuhr seine Landsleute an. „Ihr wisst genau, dass ihr hier unten nicht rauchen dürft." Ansatzlos fuhr seine Rechte aus und streckte den Russen mit der Zigarettenschachtel nieder. Die Schachtel fiel erneut aus ihrem Behältnis. Slotnikow zertrampelte sie und trat dem am Boden liegenden Mann in die Seite. „Вставай и вали в свою будку!"[3], herrschte der Verwalter ihn an. Teilnahmslos half der zweite Arbeiter dem Misshandelten auf. Zu dritt verschwanden sie in der Abzweigung. Wenig später hörte Peter Stahl Schritte auf einer Steintreppe. Der Zugang zum Anwesen Litzius musste also ganz in der Nähe sein. „Puh, das war knapp", seufzte der Seelsorger erleichtert.

Er schnaufte schwer, als er sich aus seinem Versteck hinter dem Mauervorsprung wagte. Zügigen Schrittes ging er in die Richtung, aus der die beiden Russen gekommen waren. Auf einer Länge von rund 150 Metern nahm der Gang mehrere Wendungen, nachträglich angelegte Steintreppen überbrückten Abbrüche und führten in tiefer liegende Geschosse. An der ersten größeren Treppe endeten die Schienen, auf denen eine mit Geröll gefüllte Lore stand. Das Gewölbelabyrinth befand sich über die gesamte Strecke, die Stahl bislang zurückgelegt hatte, in tadellosem Zustand. „Eine irre Leistung. Titanisch", sinnierte der Pfarrer. Tonnenweise Abraum musste abtransportiert oder in offene Untergrundnischen gekippt worden sein. Verschalung und Stromversorgung zeugten von fachmännischer Arbeit. Stellenweise tropfte Bergwasser von der Decke oder trat aus winzigen Kapillaren in der Lehmwand. Auf einer Felsaufwölbung ließ sich Peter

3 „Steh' jetzt auf und dann ab in deine Bude!"

Stahl nieder, um aus seiner Feldflasche zu trinken. „Es gibt kein Zurück. Ich muss weiter. Wenn Litzius junior doch nur hier wäre“, sprach er sich Mut zu und drückte gleichzeitig seinen Ärger über den vermeintlich unzuverlässigen Kompagnon aus. „Jetzt müsste es nicht mehr weit zum in der Karte verzeichneten großen Gewölbe sein“, schlussfolgerte er nach einem erneuten Kartenstudium. Der Pfarrer blickte die an dieser Stelle abschüssig verlaufende Tunnelröhre entlang, die in gut zehn Metern Entfernung eine Linksbiegung nahm. Stahl packte wieder alles zusammen, nahm die Karte in die Hand und schritt voran. Nach der Biegung blickte er in einen großen, kreisrunden Hohlraum mit fünf Öffnungen zur Seite. In die mittlere führte der Lichtstrang an der Decke, die restlichen erschienen Stahl wie vier hohle Augen, die ihn anstarrten. Als er den etwas niedrigeren Durchlass hinter sich gelassen hatte, sah er, dass es hier nicht mehr weiter ging. Lehmhaufen türmten sich auf. In den Seitenwänden klafften Nischen, in die die Russen den mühsam abgetragenen Schutt füllten. Am Ende des Ganges waren einzelne Steine einer Mauer zu erkennen. Offenbar war er an der entscheidenden Stelle angelangt. Stahl sah auf die Karte und stellte fest, dass hinter dieser Mauer sich jener Raum befinden musste, der mit einem großen A gekennzeichnet war. Der Pfarrer klopfte mit seinem Pickel gegen das Mauerwerk. „Klingt hohl“, stellte er befriedigt fest. „So, jetzt ist meine Expedition beendet. Ich weiß, was ich wissen wollte. Nun muss die Sache in andere Hände übergeben und in die richtigen Kanäle gelenkt werden“, dachte Stahl bei sich, als er den Rücktritt antrat.

Er bückte sich, um durch den niedrigen Türstock wieder in den kreisrunden Hohlraum zu gelangen. Als er sich wieder aufrichtete, blickte er in die Augen eines unrasierten

Russen, der eine Maschinenpistole im Anschlag hielt. „Stoj“, blaffte er Peter Stahl an, der gelähmt vor Schrecken war. Offenbar hatte Litzius senior einen Wachdienst eingesetzt, obwohl es nahezu ausgeschlossen war, dass ein Fremder in das von Slotnikow und Co freigelegte unterirdische Gangsystem eindringen konnte, denn von den über Keller zugänglichen Bereichen des Untergrundes gab es bis auf das Schlupfloch hinter der Katharinenkirche keinerlei Verbindung. Und selbst diese undichte Stelle galt in den Augen Slotnikows eigentlich als sicher, da seiner Meinung nach niemand so verrückt sein würde, 60 Meter auf dem Bauch liegend durch feuchten Lehm zu robben, ohne zu wissen, was ihn am Ende des flachen finsteren Hohlraums erwartet. Aber Peter Stahl widerlegte die Theorie des Sicherheitsexperten.

Der Unrasierte ging rückwärts, Stahl nicht aus den Augen lassend, zu einem grauen, in die Lehmwand eingelassenen Kasten, den der Pfarrer erst jetzt bemerkte. Sein Bewacher öffnete den Kasten und nahm den Hörer eines Grubentelefons in die Hand. Er stellte sich dabei ungeschickt an, so dass ihm der Hörer entglitt. Stahl, dessen Lähmung nur Sekunden gedauert hatte, und der jetzt hellwach jede Bewegung seines Gegenübers verfolgte, nutzte die Chance. Er stürzte sich auf den Russen und versetzte ihm mit seiner Stabtaschenlampe einen Schlag auf den Kopf. Der Russe taumelte und fiel betäubt zu Boden. Der Katharinenpfarrer rannte los. Kaum hatte er einige Treppen überwunden, hörte er erneut Stimmen. Er duckte sich hinter die Lore am obersten Treppenabsatz. Zwei weitere Russen kamen den Gang entlang. Sie schienen allerdings keine Eile zu haben, sondern schlenderten ins Gespräch vertieft in Richtung Lore.

„Ich muss wieder zurück“, entschied sich Stahl, nachdem er festgestellt hatte, dass es in direkter Nähe keinerlei

Mauervorsprünge oder Nischen gab, die als Versteck dienen könnten. Flugs bewegte er sich in jene Richtung, aus der er gerade gekommen war. Kalter Schweiß rann ihm von der Stirn, als er die Biegung vor dem großen Hohlraum erreichte. Er spähte um die Ecke und sah den Russen regungslos auf dem Boden liegen. Er hatte keine Zeit, sich über die Folgen der von ihm angewandten körperlichen Gewalt Gedanken zu machen. Die Stimmen kamen näher. Stahl leuchtete kurz in die vier dunklen Öffnungen und entschied sich schließlich für den rechten äußeren Gang. Im Schein seiner Helmlampe und der Taschenlampe gelang es ihm, im dunklen, unwägbaren, da mit Steinbrocken übersäten Gewölbe voran zu kommen. Dennoch sahen die beiden Russen, die ihren Kollegen aus seiner Ohnmacht zurückgeholt hatten, den Lichtschein und setzten Stahl nach. „Stoj, stoj", riefen sie. Sie machten Boden gut, denn sie waren jung und durchtrainiert.

Als Stahl nur noch gut zwanzig Meter entfernt war, entsicherte einer der Verfolger seine Kalashnikov und feuerte dem Flüchtenden eine Salve hinterher. Es folgte ein bedrohliches Knirschen. Die Einschläge der Patronen hatten die Deckenkonstruktion zum Einsturz gebracht. Die herabfallenden Erdmassen und Steine verschütteten den Gang und begruben einen der beiden Russen unter sich. Peter Stahl spürte beim Feuerstoß aus der Maschinenpistole einen stechenden Schmerz in seinem Rücken – er hatte eine Kugel abbekommen. Er hetzte weiter, wenn ihm nun auch jede Bewegung wehtat. Felsgestein und gestampfter Lehm wechselten mit abgemauerten Spitzbogengängen und halbverfallenen Gewölben. Die Szenerie wirkte gespenstisch, denn Stahl realisierte trotz seiner Schmerzen und der schwindenden Kraft, dass er ins Ungewisse lief, aus dem es kein Zurück mehr gab.

Glücklicherweise waren die Batterien seiner Taschenlampe noch nahezu unverbraucht. Stahl stolperte über Steine am Boden und erschrak, als er plötzlich vor einer Mauer mit roten Klinkersteinen stand, die neueren Datums sein musste und die sein Schicksal zu besiegeln schien. Der Pfarrer leuchtete in alle Richtungen – kein Ausweg tat sich auf. Er fühlte, wie es dunkel um ihn herum wurde. Geschwächt glitt er zu Boden und blieb regungslos liegen. Aus dem lehmverschmierten Overall sickerte Blut.

**Verschollen**

Im Hof des Pfarrhauses hielt ein Streifenwagen. Stefan Schuster saß im Pfarrbüro Anneliese Heimbach gegenüber. „Ihm ist etwas zugestoßen. Ich weiß es genau. Ich spüre es. Oh Gott, hoffentlich lebt er noch ..." Tränen erstickten den Redefluss der Sekretärin.

„Beruhigen Sie sich. Und erzählen Sie mal der Reihe nach."

Gerötete Augen blickten den Ersten Polizeihauptkommissar an. „Ich wunderte mich, als ich heute morgen den Hof betrat schon, dass das Tor nicht verschlossen war und auch kein Licht im Pfarrhaus brannte. Auf mein Klingeln rührte sich nichts. Ich holte den Schlüssel aus dem Büro, schloss die Eingangstür des Pfarrhauses auf und rief den Pfarrer. Aber nichts, keine Antwort. Ich ging in alle Räume – niemand da, das Bett unberührt, in der Spüle noch die Teetassen, die wir gestern Nachmittag benutzt hatten. Das machte mich noch mehr stutzig. Wissen Sie, mein Chef ist ein sehr ordentlicher Mensch, der Geschirr nicht eine Nacht lang stehen lässt."

Schuster legte den Kugelschreiber zur Seite. „Frau Heimbach, all das ist zweifelsohne ungewöhnlich. Auch wissen wir beide, dass es da eine Organisation gibt, die sich Syndikat nennt und auf Herrn Stahl alles andere als gut zu sprechen ist. Doch es gibt für uns aktuell keine Anzeichen, dass das Syndikat es wieder auf Stahl abgesehen hat. Was macht Sie also so sicher, dass Ihr Chef einem Verbrechen zum Opfer gefallen ist? Sie verschweigen mir doch etwas!"

Die rotblonde Frau hielt inne, räusperte sich und fuhr fort. „Ja, Herr Schuster, da gibt es noch etwas, das Sie wissen sollten." Anneliese Heimbach berichtete Schuster von Litzius senior und den Apostelfiguren. „Ich fürchte, dass sein Verschwinden damit zu tun hat", schloss sie.

„Donnerwetter", platzte es aus Schuster heraus, als die Pfarrsekretärin ihren Bericht beendet hatte. „Wenn die Menschen doch ein wenig mehr Vertrauen zu uns hätten, bräuchten wir sie nicht aus Situationen zu retten, in die sie sich selbst durch die Angst, sich zu blamieren, oder – und das ist der schlimmere Fall – falsch verstandene Abenteuerlust hinein manövrieren."

Unablässig tönten an diesem Montagvormittag Martinshörner durch die engen Gassen und Straßen der Altstadt. Im Pfarrhaus hatten Schuster und Ebert ihre provisorische Einsatzzentrale eingerichtet. Fahnder befragten Nachbarn. Zwei Diensthundeführer entstiegen einem Opel-Kombi, der im Hof des Pfarrhauses hielt. „Da sind Sie ja endlich", begrüßte Lothar Ebert die Kollegen von der Hundestaffel unwirsch. Anneliese Heimbach hatte Peter Stahls graue Strickjacke, die er gestern noch trug, bereitgelegt wie von Schuster gefordert. Die beiden Schäferhunde tauchten ihre Schnauzen in die Jacke, schnüffelten aufgeregt daran. Dann nahmen sie Witterung auf. Verfolgt von ihren Ausbildern,

Schuster, Ebert und zwei weiteren Beamten liefen sie an der Kirchenmauer entlang und bogen durch das Seitenportal auf den Kirchhof. Zunächst nahmen die Hunde Kurs auf die Steinmetzwerkstatt, um dann jedoch, die Schnauze unablässig in Bodennähe, auf den Busch zuzusteuern, der die Maueröffnung verdeckte. Vor dem Eingang des Stollens blieben sie stehen und schlugen an. „Schuster, fordern Sie ein paar Mann und technisches Gerät an. Wir müssen in diesen verdammten Stollen, notfalls mit der Hilfe von Feuerwehr und Technischem Hilfswerk."

„Das wird nicht nötig sein. Wir bitten den Untergrund-Trupp der Stadt und die Bergbaufirma, die die Stadt bei der Sanierung des unterirdischen Labyrinths berät, um Unterstützung", antwortete Schuster.

Der weiße Mercedes-Bus war vollgestopft mit High-Tech-Messgeräten und Werkzeugen, die man zur Erkundung unterirdischer Hohlräume braucht. Diplom-Ingenieur Reinhard Adamek zögerte keinen Augenblick, als Schusters Anruf ihn erreichte. Mit zwei Mann, Stablampen und Spezialausrüstung ging der Ingenieur in den Stollen. Nach einer halben Stunde kehrte er zurück. „Da muss direkt vor uns jemand entlang gekrochen sein. Die Spuren sind noch frisch. Aber der Gang ist nach etwa 30 Metern verschüttet. Wenn Pfarrer Stahl da drinnen war, ist er nicht weit gekommen. Ohne Räumgerät ist da nichts zu machen."

Die Hundeführer versuchten, ihre Schützlinge nochmals auf die Fährte zu setzen, indem sie ihnen erneut Stahls Strickjacke unter die Nase hielten und sie im Umkreis des Stolleneingangs schnüffeln ließen, doch die Vierbeiner gelangten immer wieder an die mannshohe Öffnung in der Mauer zurück, an der sich Stahls Spur verlor. Schuster und

Ebert sahen einander an. „Auf zu Litzius", entschied Ebert. „Was ist eigentlich mit dem jungen Litzius? Hat man den endlich ausfindig gemacht?" Schuster schüttelte mit dem Kopf. „Der ist ebenfalls spurlos verschwunden. Das passt ins Bild."

Benno Moser erschien im Torbogen, als Ebert und Schuster zu ihrem Wagen wollten. „Schön, dass Sie uns diesmal so prompt Bescheid gesagt haben. Mein Freund, der Pfarrer, ist verschwunden, eine groß angelegte Suchaktion läuft und ich muss das beim Bäcker erfahren – rein zufällig, versteht sich", zeterte Moser in Richtung Schuster.

„Jetzt hören Sie einmal gut zu. Sie wissen, dass wir ein gutes Verhältnis zueinander pflegen. Aufgrund ermittlungstaktischer Erfordernisse, die allemal über Ihr an sich durchaus berechtigtes berufliches Interesse zu stellen sind, konnten wir Sie in diesem Fall noch nicht benachrichtigen. Dass ich Ihnen, obwohl wir in Eile sind, diese Erläuterung gebe, mag Ihnen bedeuten, dass ich auch weiterhin an einem vernünftigen Umgang mit der Presse interessiert bin, aber irgendwo hat alles seine Grenzen. Guten Tag", ließ Schuster den verdutzten Moser stehen.

In diesem Moment traf Hoffmann ein. „Und Benno, was hast du dir vorgestellt?"

„Dass mir jemand rechtzeitig Bescheid sagt. Nimm diese Maueröffnung auf. Da scheint was im Gange zu sein", entgegnete der Redakteur doppeldeutig. Mit seiner Einschätzung lag Moser richtig, denn auf Eberts Geheiß arbeiteten sich die Bergbauexperten weiter in den Stollen vor.

Lothar Ebert und Stefan Schuster brauchten nur wenige Meter zu gehen, um des imposanten Anwesens ansichtig zu werden. „Sieh an, so lebt also ein Immobilienmakler", entfuhr es dem Chef der Mordkommission. „Sollten vielleicht doch den Job wechseln", raunte Ebert seinem Kollegen zu. „Ich für meinen Teil tauge nicht zum Mörder, Drogen- und Menschenhändler."

„Vorsicht: Noch ist nichts bewiesen. Noch haben wir den Bären nicht erlegt. Und das wird schwer genug, denn wir haben keinerlei eindeutige Beweise gegen Litzius in der Hand. Die Aussage von Anneliese Heimbach reicht nicht. Wir bräuchten schon den Pfarrer und Litzius junior selbst. Selbst dann ist nicht klar, ob wir die Spinne aus dem Netz locken könnten. Immerhin ist der Öko-Heini bei seinem eigenen Vater eingebrochen – und das mit geistlichem Beistand. Unglaublich, oder?"

Bevor Schuster darauf etwas antworten konnte, durchschritten die Polizisten den Torbogen des alten Rittergutes. Der rote Porsche Boxster von Regina Litzius parkte unter der alten Kastanie, daneben stand der dunkelgrüne Land-Rover, den Slotnikow üblicherweise fuhr. Zu sehen war niemand.

Ebert klingelte energisch. Eine dunkelhaarige Frau in einem schwarzen Kleid und weißer Trägerschürze öffnete. „Herr Litzius ist nicht da", sagte die Bedienstete. „Dann melden Sie uns der gnädigen Frau", sagte Ebert gereizt.

Regina Litzius empfing die Beamten in der Halle mit der beeindruckenden Deckenmalerei und der schweren Ebenholzvertäfelung. „Mein Mann ist heute am frühen Morgen zu einer Dienstreise ins Ausland aufgebrochen. Slotnikow hat ihn zum Flughafen gebracht", entgegnete die verschlafen wirkende Hausherrin.

„Wo ist er jetzt genau? Wir müssen ihn dringend sprechen", hakte Schuster nach. „Frankreich oder Luxemburg, vielleicht auch Belgien. Weiß nicht. Interessiert mich ehrlich gesagt auch nicht wirklich. Er spricht mit mir selten über seine Geschäfte und seine Reisen, da ich nichts von diesen Dingen verstehe. Wenn wir zusammen sind, haben wir Besseres zu tun, als unsere Zeit mit Geschäftsgerede zu vertun, das können Sie mir glauben."

Ebert wurde unruhig: „Ihr Mann hat doch bestimmt ein Handy. Wie ist die Nummer?"

Regina Litzius zögerte. „Ich weiß nicht, ob ich sie herausgeben kann. Albert ist da sehr eigen."

Das war zuviel für Ebert, in dessen Augen wieder jenes Funkeln aufblitzte, das nicht Gutes ahnen ließ. „Verehrte Dame, Sie können nicht nur, Sie müssen sogar, wenn Sie sich eine Menge Unannehmlichkeiten ersparen wollen. Wir sind nämlich nicht zu unserem Vergnügen hier."

Ins Pfarrhaus zurückgekehrt, wählte Ebert Litzius' Nummer. „Das darf doch nicht wahr sein. Nur die Mailbox", stöhnte der Erste Kriminalhauptkommissar. Er hinterließ dem Makler eine Nachricht. „Moosmann, checken Sie mal, ob ein Herr namens Litzius heute Morgen auf Rhein-Main abgeflogen ist. Und wenn ja, wohin", wies er einen seiner Mitarbeiter an. Um den runden Tisch im Vorraum des Arbeitszimmers versammelten sich neben Ebert und Schuster weitere fünf Beamte. „Was sagen die Nachbarn?", fragte Lothar Ebert die Fahnder. „Nicht viel. Einer will den Pfarrer gestern am späten Nachmittag in Arbeitsklamotten und einem Rucksack gesehen haben. Er sei angeblich Richtung Kirche gegangen."

„Was heißt denn hier angeblich? Das macht doch Sinn. Wenn Stahl in diesem vermaledeiten Stollen war, dann doch sicher nicht im Talar. Nur, wo ist er jetzt? Die von der Bergbaufirma wühlen sich durch den verschütteten Gang, haben aber bislang nichts gefunden."

Zwei Fliegen umkreisten die Deckenlampe. In der Ecke ein Kleiderschrank aus hellgrauem Resopal. Gegenüber ein heller Holztisch mit Stuhl. Neben der Tür ein Waschbecken und eine Toilette. Durch ein schmales, vergittertes Fenster unter der Decke fiel das Licht eines grauen Regentages in die Zelle des Untersuchungsgefängnisses. Albert Litzius junior lag auf dem Bett und starrte gegen die graugrün getünchte Wand. Das Schließgeräusch riss ihn aus seinen Gedanken. Die Zellentür öffnete sich quietschend.

„Litzius, kommen Sie. Ihr Anwalt ist da", sagte der Vollzugsbeamte, der ihn ins Sprechzimmer führte. Der Schließer nahm auf einem Stuhl neben der Tür Platz.

„Was machen Sie denn für Sachen? Kaum lässt man die jungen Leute mal aus den Augen, schon machen sie Unsinn", nahm Cornelius Breuning den Untersuchungshäftling in Empfang.

Eigentlich erschien Albert Litzius der verschrobene Rechtsanwalt mit seiner exaltierten Art sich zu kleiden, suspekt, aber von seinem Vater wusste er, dass Breuning ein Winkeladvokat par exellence und mit allen juristischen Wassern gewaschen war. Also hatte er ihn benachrichtigen lassen. „Konnten Sie nicht früher kommen? Ich bin schon seit gestern Nachmittag hier und werde noch verrückt. Dürfen die mich denn einfach so einsperren? Ich meine, ich hau' doch nicht ab. Und für die Sache am Kernkraftwerk stehe ich gerade. Da käme mir ein Prozess sogar gerade recht, um die skandalösen Machenschaften der Atomwirtschaft vor Publikum und Presse anzuprangern. Was soll das also?", empörte sich Litzius.

„Langsam, langsam. Ich habe eben die Akten eingesehen und mit dem Ermittler gesprochen. Die Sache mit dem Kraftwerk ist tatsächlich zu vernachlässigen. Das gibt eine

Verurteilung zur Bewährung oder eine Geldstrafe. Doch dass Ihr Name bei den Green Warriors auftaucht, das ist schon eine ernstere Angelegenheit. Sie wissen, seit den Anschlägen in den Staaten gehen auch hiesige Behörden gegen jegliche Form von Extremismus unerbittlich vor. Und die Green Warriors werden nun mal zur Terrorismus-Szene gezählt, wenn auch von religiösem Wahn weit entfernt, ist ihr Vorhaben, ein Atomkraftwerk hochgehen zu lassen, um der Welt die Folgen atomarer Verseuchung vor Augen zu führen, unter dem Strich nicht minder bedrohlich. Doch keine Angst, da haben wir schon ganz andere Nüsse geknackt. Dass Ihr Name auf einer Liste steht, ist noch längst kein Beweis, dass Sie auch tatsächlich etwas mit diesen Spinnern zu tun haben. Morgen früh ist Haftprüfungstermin – und danach sind Sie ein freier Mann. Dann laden Sie mich zu einem sündhaft teuren Essen bei Bruno ein und ich präsentiere Ihnen meine Rechnung zum Nachtisch", ließ Breuning wieder seinen Falsett erklingen. Sichtlich belustigt über seine letzten Worte, nahm der Rechtsanwalt seinen Aktenkoffer und zog einen grauen altmodischen Kleppermantel über seinen weißen Anzug mit den grauen Nadelstreifen. Aus der Kragenöffnung des schwarzen Seidenhemdes lugte ein schwarzweiß kariertes Halstuch hervor. Er setzte seinen schwarzen Bowler auf und zwinkerte seinem Mandanten zu: „Delektieren Sie sich heute noch mal an den Köstlichkeiten des hiesigen Etablissements. Das wird Ihnen bei Bruno nicht geboten, dafür meine werte Gesellschaft und die gibt's auch noch gratis dazu. Gott befohlen, also. Mögen Sie eigentlich Orchideen? Ich liebe sie."

Breuning verließ das Sprechzimmer und ließ einen verstörten Häftling zurück.

**Ein später Gast**

Mit zittrigen Händen stellte Anneliese Heimbach das Teeglas auf den Tisch. Sie zündete die Kerze des Stövchens an und ging in die Küche, um die Keramikkanne mit dem Malventee zu holen. Die Pfarrsekretärin lebte seit dem Tod ihres Mannes in einem kleinen Häuschen unweit des Gautors. Beim Blick vom Dachbalkon sah sie den großen Vierungsturm von St. Katharinen. Ihr Wohnzimmer strahlte Behaglichkeit aus. Anneliese Heimbach liebte alte Stilmöbel, Antiquitäten und die Malerei des 19. Jahrhunderts. Ein raumgreifender Sekretär aus Kirschholz war ihr ganzer Stolz. Auf ihm befanden sich allerlei nostalgische Utensilien, die die Pfarrsekretärin im Laufe der Jahre auf Flohmärkten, bei Händlern, Auktionen und Messen zusammengetragen hatte. Besonders angetan hatte es ihr eine Tänzerin aus Meissener Porzellan, die sie nach langem Bemühen einem Bekannten abhandeln konnte. Über dem Sekretär hing ein großflächiges Ölbild, das eine dunkelhaarige Südländerin zeigte, daneben mehrere kleine sowie die auf einer Malerpalette verewigte Miniatur einer stickenden Frau. Alte Familienfotografien in Holzrahmen vervollständigten den Wandschmuck. Ein lederüberzogener Ohrensessel lenkte die Blicke auf sich. Einzig die Couchgarnitur und der extravagante Tisch aus Murano-Glas waren neueren Datums, fügten sich aber gut in die übrige Möblierung des Zimmers ein.

Dampfend floss der Tee in das feuerfeste Henkelglas. Anneliese Heimbach setzte sich auf die Couch, griff nach der Fernbedienung und schaltete den Fernseher ein. Schlürfend trank sie den ersten Schluck und verbrannte sich am heißen Tee die Zunge. Bunte Bilder flimmerten über den Fernsehschirm, doch weder sie noch die Dialoge nahm die sichtlich erschöpfte Sekretärin wahr. In ihrem Kopf lief ein ganz anderer Film. „Wo mag er nur sein? Lebt er noch? Wenn ja, warum meldet er sich nicht? Bestimmt ist ihm etwas Schlimmes zugestoßen. Oh Gott, lass ihn noch am Leben sein. Warum hat er sich nur auf diese Sache mit dem ‚Syndikat' eingelassen? Wofür haben wir denn eine Polizei? Musste er denn auch den ominösen Apostelfiguren selbst nachjagen? Und ich habe noch die Vorarbeit geleistet." Fragen und Vorwürfe schürten ihre Verzweiflung. Sie gab sich ganz ihren Gedanken hin und nahm nichts um sich herum wahr. Auch nicht die Türklingel. Erst als diese energisch im Dauerton erklang, schreckte Anneliese Heimbach auf. Sie streifte sich den fliederfarbenen Hausmantel über ihren weißen Schlafanzug und ging in den Flur. Durch den Spion in der Haustür erkannte die Pfarrsekretärin eine Frauengestalt, die sie als Katharina van Aalheim identifizierte.

„Kommen Sie doch herein. Was führt Sie um diese Uhrzeit denn hierher?", fragte Anneliese Heimbach die vom Regen durchnässte Frau. Katharina van Aalheim legte den schwarzen Trenchcoat ab, stellte eine Reisetasche auf den Boden und fuhr sich durch die Haare. „Entschuldigen Sie, dass ich Sie hier so überfalle. Ich wollte eigentlich zu Herrn Pfarrer Stahl, aber der war nicht da und ich wusste sonst nicht, wohin. Bitte ... bitte ..." Die Stimme der Gutsherrin von Drei Lilien versagte. Sie schlug die Hände vors Gesicht, begann zu schluchzen. Ein Weinkrampf schüttelte den Frauenkörper. Anneliese Heimbach nahm Katharina van Aalheim in die Arme. Vergessen war ihre eigene Verzweiflung. „Was ist denn geschehen? Kommen Sie erst mal mit ins Wohnzimmer und ziehen Sie um Himmels Willen die nassen Sachen aus." Der Schein der Flurlampe fiel auf einen roten Striemen, der sich quer durch das Gesicht der Gutsherrin zog.

Die mütterliche Art der Sekretärin und ihre menschliche

Wärme verfehlten ihre Wirkung nicht. Langsam kam Katharina van Aalheim wieder zur Ruhe. Wenig später saßen die beiden Frauen einander im Wohnzimmer gegenüber. Der wohlproportionierte Körper der Gutsherrin steckte im cremefarbenen Frottee-Bademantel ihrer Gastgeberin. Um ihre kastanienbraunen Haare hatte sie ein Handtuch zum Turban geschlungen. Sie trank einen Schluck Tee und erzählte mit gefasster Stimme. „Mein Mann ist ... ein Krimineller. Ich hielt es an seiner Seite einfach nicht mehr aus, wollte ihn verlassen. Als er mich beim Kofferpacken erwischte, drehte er durch. Er schlug mir mit seiner Reitpeitsche ins Gesicht und sperrte mich im Ankleidezimmer ein." Anneliese Heimbach war eine geduldige Zuhörerin, wenngleich die Erzählungen ihres späten Gastes sie zutiefst schockierten.

„Kann ich bei Ihnen bleiben, bis ich etwas anderes gefunden habe?", fragte Katharina van Aalheim.

Anneliese Heimbach nickte.

„Mein Bruder lebt als Betriebsleiter eines Weingutes in Südafrika", fuhr Katharina van Aalheim fort. „Ich habe mich ihm vor drei Monaten anvertraut. Er wollte mich damals schon zu sich holen und mit Gero abrechnen – er ist sehr impulsiv. Damals lehnte ich noch ab, aber jetzt ..."

**Kellerloch**

Das Schließgeräusch riss Albert Litzius junior aus dem Schlaf.

„Kommen Sie. Ihr Typ wird verlangt", sagte der Vollzugsbeamte harsch. Auf dem Gang wartete Lothar Ebert auf ihn. „Wir haben Sie gesucht wie einen kleinen Kreuzer. Wer konnte denn auch ahnen, dass Sie einsitzen. Wenigstens leben Sie, was bei Ihrem Freund, dem Pfarrer, leider noch ungewiss ist."

Litzius erschrak. „Was soll denn das heißen?"

Ebert winkte ab. „Erzähle ich Ihnen unterwegs. Bilden Sie sich aber keine Schwachheiten ein. Sollten Sie an einen Fluchtversuch denken, vergessen Sie's. Das spart Ihnen eine Menge Ärger. Wie die Sache aussieht, können Sie eh damit rechnen, bald aus dem Kahn wieder rauszukommen."

Als Ebert und Litzius durch das graue Gefängnistor gingen, klickte eine Handschelle an Litzius' linkem Handgelenk. „Sicher ist sicher. So bleiben Sie mir verbunden", bemerkte der Chef der Mordkommission knapp und stieg mit der hünenhaften Gestalt an seiner Seite in den Fond des Dienstwagens, auf dessen Vordersitzen zwei weitere Beamte auf Eberts Rückkehr gewartet hatten. Während der Fahrt schilderte der Hauptkommissar Litzius die Situation.

„Jetzt sind Sie dran", forderte er seinen Begleiter auf. „Wo sind die Pläne jetzt? Haben Sie Kopien?", fragte der Kripomann. „Ja. Bei mir zu Hause. Das heißt, wenn Sie Ihre diensteifrigen Kollegen nicht mitgenommen haben."

Sein Kopf dröhnte, als er die Augen aufschlug. Dunkelheit. Ein Fiepsen durchdrang die Stille. „Ratten", hauchte Peter Stahl tonlos ins Dunkel. Seine rechte Hand tastete an die linke Brust, in der er einen stechenden Schmerz spürte. Umständlich und unter lautem Ächzen gelang es ihm, sich aufzurichten. Im Sitzen suchte er nach seiner Taschenlampe. Als Stahl das Bewusstsein verloren hatte, fiel die Lampe zu Boden; dabei zerbrach zwar das Schutzglas des Reflektors, doch blieb sie funktionstüchtig. Der Lichtkegel fiel auf seinen lehmverschmierten Overall. Die rotbraune Flüssigkeit auf dem Boden erinnerte Stahl an jenen Augenblick, als er den toten Achim Sänger in der Ruine entdeckt hatte. „Ich lebe, ich will leben, ich muss leben", hämmerte es in seinem Kopf. Er leuchtete Wände und Decke ab. Schräg über ihm erspähte er eine etwa 30 Zentimeter breite Öffnung. Stahl zündete ein Feuerzeug an und hielt die Flamme in das kreisrunde Loch. Sie begann zu flackern. „Raus komme ich so nicht, aber wenigstens ist für Sauerstoff gesorgt", sprach sich der Geistliche in seiner aussichtslos erscheinenden Lage Mut zu und betete in der Stille.

Er schraubte seine Feldflasche auf und trank einen Schluck, was ihm höllische Schmerzen verursachte. Auch das Atmen fiel schwer. Die Kugel steckte ja noch in seinem Körper. Er schnaufte dennoch durch und griff nach dem Pickel. Zunächst zaghaft, dann immer beherzter traf der Stubaistahl auf die rote Klinkermauer. Die erwies sich als harter Brocken. Dennoch gelang es dem durch seine Verletzung Geschwächten Zug um Zug, den Widerstand des Mauerwerks zu brechen. Er setzte die Schläge, so gezielt es seine Verfassung und die äußeren Umstände zuließen. „Die Fugen. Ich muss die Fugen treffen", gab er sich gedanklich das Ziel vor. Nach einer Weile gelang es, den ersten Stein heraus zu lösen. Stahl ließ erschöpft den Pickel fallen und leuchtete mit der Taschenlampe durch die schmale Öffnung. Der Lichtstrahl fiel auf ein Regal mit in Holzkisten gestapelten Weinflaschen. Als er den Pickel wieder aufnahm, um sein Werk fortzuführen, taumelte er zur Seite. „Durchhalten. Jetzt durchhalten. Herr, gib mir Kraft." Sein unbändiger Wille ließ ihn wieder und immer wieder auf die rot-graue Steinmasse einschlagen. Ein zweiter Stein folgte, dann ein dritter. Völlig erschöpft brach Stahl schließlich den elften Stein aus der Mauer. Das Loch schien groß genug. Beim Versuch, seinen Körper durch die Öffnung zu zwängen, verließen ihn vollends die Kräfte. Leblos ragte der Oberkörper des Pfarrers durch das Loch in der Kellerwand.

„Saubere Arbeit“, lobte Kapp in der Redaktionskonferenz Benno Moser. „Das meint übrigens auch die Chefredaktion.“ Lokal und überregional hatte der Redakteur mit Unterstützung des Polizeireporters aus der Zentrale über die Ereignisse des Wochenendes berichtet. Kamerateams, Rundfunkreporter und Mosers Kollegen anderer Printmedien belagerten das Pfarrhaus, in dem die Polizei ihre provisorische Einsatzzentrale eingerichtet hatte. „Moser, Sie gehen selbstverständlich nachher zur Pressekonferenz ins Rathaus. Mal hören, was Ebert und Co. uns Neues zu sagen haben“, entschied der Redaktionsleiter.

„Geben Sie mir noch den Steffen mit, der kann sich mal bei den Leuten auf der Straße und in der Nachbarschaft des Pfarrhauses umhören. Wie ich ihn kenne, kommt dabei bestimmt was Verwertbares bei raus.“

Benno Moser wirkte übernächtigt, dennoch hielten ihn die Geschehnisse weiter auf Trab. Die Ringe unter den geröteten Augen waren jedoch nicht nur das Ergebnis der enormen beruflichen Anstrengungen, die er in den letzten Tagen zu schultern hatte. Das nach wie vor ungewisse Schicksal Peter Stahls hatte ihm die Nachtruhe geraubt.

Karl Mathes stieg die Treppe zu seinem Weinkeller hinab. Der einstige Seemann, der an Bord von Schiffen der Handelsmarine die Weltmeere befahren hatte, holte Nachschub für den Abend. Charlie, wie ihn seine Freunde nannten, trug ein Drahtgestell, in dem sechs Flaschen Platz fanden, die steile Holztreppe hinab. Unten angekommen, stellte er den Träger erst einmal ab, um sich an die steil nach oben gezwirbelten Enden des grauen Schnurrbarts zu fassen. Eine Angewohnheit, die bei dem 67-Jährigen über die Jahre zum Ritual geworden war. Sodann schritt er zielgerichtet durch das verzweigte Labyrinth des Gewölbekellers. Dessen Wände waren zu weiten Teilen von Regalen mit Weinkisten verdeckt, in denen flüssige Schätze nationaler und internationaler Winzer schlummerten. Charlie hatte neben der Seefahrt eine große Passion: den Wein. Er sammelte edle Tropfen rund um den Erdball. Ein besonderes Faible hatte er natürlich für die Weine seiner rheinhessischen Heimat. Und er liebte es, seine Entdeckungen seinen Freunden bei privaten Verkostungen in seinem Haus vorzustellen. „Heut' gönnen wir uns mal den Riesling vom Rotliegenden von Christine und Fritz-Ekkehard Huff", sagte Charlie Mathes, der abends wieder einmal Gäste erwartete. Die Skatrunde tagte einmal in der Woche bei ihm. Er kannte die Vorlieben seiner Skatbrüder und handelte danach. Als er um die Ecke des Seitengangs bog, in dem das Regal mit den Rieslingen vom Roten Hang stand, blieb er wie angewurzelt stehen. Im Halbdunkel des Kellerlichtes blickte er auf den Oberkörper eines Menschen, der leblos in einer Öffnung der Wand hing. Nach der Schrecksekunde näherte er sich der regungslosen Gestalt. „Das ist ja ... der Pfarrer!", sagte Charlie Mathes mit matter Stimme. Der Rentner besann sich auf seine Ausbildung zum Sanitäter. Er fasste Peter Stahl an den Hals und spürte ein schwaches Pulsieren der Schlagader. Mathes rannte durch die verwinkelten Kellergänge zurück, stolperte auf der Treppe und erreichte sein Wohnzimmer mit schmerzverzerrtem Gesicht. Er griff sich das schnurlose Telefon. Seine zitternden Finger tippten drei Ziffern – 110.

**Schutzengel**

„Nein, der Patient ist nicht vernehmungsfähig. Er schwebt in akuter Lebensgefahr“, blockte Joachim Bloch das Begehren Lothar Eberts ab. Der Chirurg wirkte erschöpft. Zwölf Stunden ununterbrochen am Operationstisch hinterließen ihre Spuren. Er hatte den grünen OP-Kittel noch an, als er mit dem Polizisten im Gang der Intensivstation sprach. Auf Eberts hartnäckiges Nachfassen reagierte Bloch energisch. „Stop. Bis hierher und nicht weiter. Es ist nicht allzu lange her, dass ich den gleichen Patienten in einer ähnlichen Verfassung behandeln musste. Der Mann mag lebensmüde oder verrückt sein – jedenfalls hat er einen professionellen und hellwachen Schutzengel, nach meinem Dafürhalten sogar ein ganzes Dutzend. Die Kugel hat sein Herz nur um Zentimeter verfehlt. Er hat sehr viel Blut verloren. Nur eine ausgesprochene Rossnatur übersteht so etwas – und dann gleich zweimal. Doch wie gesagt: Noch ist er nicht über den Berg.“ Ebert ließ sich nicht entmutigen. „Herr Professor, die Aussage dieses Mannes ist für unsere Ermittlungen eminent wichtig.“

„Und für ihn ist eminent wichtig, dass er am Leben bleibt“, konterte der Mediziner. Bloch verabschiedete sich und sicherte dem Polizisten zu, ihn anzurufen, wenn Stahl gesprächsbereit sei. Lothar Ebert schritt auf die zwei Beamten zu, die vor dem Zimmer des Pfarrers Wache hielten. „Meine Herren, Sie wissen, worum es geht. Christmann und Hübner lösen Sie in vier Stunden ab. Sobald Ihnen irgendetwas spanisch vorkommt, erwarte ich Meldung. Unten sind noch zwei Mann von der Trachtentruppe im Streifenwagen.“ Kurz darauf betrat der Hauptkommissar den Lift, was die Polizisten vor Stahls Tür mit Genugtuung registrierten.

„Der Pfarrer ist auf eigene Faust aufgebrochen. Hätten Ihre Kollegen mich nicht freundlicherweise verhaftet, wären wir zusammen losgegangen und dann läge er jetzt nicht im Krankenhaus“, ereiferte sich Albert Litzius junior.

„Zumindest nicht alleine“, entgegnete Stefan Schuster. „Da wir nicht wissen, was genau sich ereignet hat, erübrigt sich alle Spekulation. Viel wichtiger ist jetzt, das Ende des Fadens zu erwischen, das das Knäuel von Stahls unterirdischen Abenteuern entwirrt“, deutete der Polizeichef auf die Planskizzen, die ausgebreitet auf dem Tisch lagen. Litzius erläuterte Schuster die Zeichnungen und klärte ihn über die Schlussfolgerungen auf, die er und Stahl gezogen hatten. Ein Beamter trat nach kurzem Klopfen ein und reichte Schuster das Formular, das höchstrichterlich den Zutritt zu allen Räumen des Rittergutes ermöglichte – über und unter der Erde. „Dann lassen Sie uns mal aufbrechen. Mal sehen, vielleicht ist Ihr Herr Vater heute ja anzutreffen.“

**Erschütterungen**

Mit aufheulenden Motoren fuhren vier Polizeiwagen auf den Hof des alten Adelsgutes im Schatten der Kathedrale. Andrej Slotnikow verschwand eilig in einem Nebengebäude. „Gehen Sie dem mal nach“, wies Stefan Schuster einen Beamten an. Er und die übrigen zwölf Polizisten steuerten zielstrebig auf das Herrenhaus zu. „Herr Litzius ist nicht da“, empfing die Hausangestellte Schuster mit stereotypem Tonfall, als laufe die Ansage eines Anrufbeantworters ab. „Das braucht er auch nicht“, schob der Erste Polizeihauptkommissar die dunkelhaarige Frau beiseite. „Kommen Sie, meine Herren. Wir haben viel zu tun.“

„Albert ... Du arbeitest mit diesen ... diesen Leuten zusammen? Das kannst du uns nicht antun. Wenn dein Vater das erfährt, dann endet das in einer Katastrophe."

„Das tut es auch so", entgegnete der junge Mann mit dem Pferdeschwanz.

Regina Litzius stellte sich ihrem Sohn in den Weg. „Sag, dass du damit nichts zu tun hast. Du bist doch sicherlich nur zufällig hier. Oder haben diese Menschen dich dazu veranlasst? Wenn man dich gezwungen hat, so sag es nur. Ich werde Dr. Breuning anrufen. Das haben wir gleich. Das wäre ja noch schöner. Unbescholtene, angesehene Bürger behandeln wie Verbrecher. Wo leben wir denn überhaupt? Wenn dein Vater doch nur da wäre. Aber das schaffen wir auch so. Unsere Familie ist schon mit ganz anderen Dingen fertig geworden, nicht wahr, mein Junge? Albert, so sag doch etwas ..."

Regina Litzius hatte sich in einen hysterischen Redeschwall hinein gesteigert, ihr unfrisiertes Haar hing strähnig herunter. Tiefe Furchen durchzogen das ungeschminkte Gesicht. Ränder unter den geröteten Augen verrieten, dass die Maklergattin offenbar eine unruhige Nacht hinter sich hatte. Ein bordeauxroter Hausanzug umhüllte ihren schlanken Körper.

Albert Litzius junior blickte mitleidig auf das vor ihm stehende Geschöpf, mit dem ihn eine tiefe Zuneigung verband. Seine Mutter war für ihn die einzige Brücke zur Familie, denn nicht nur der Vater, sondern auch seine Geschwister hatten sich von ihm abgewandt. In ihren Augen war er ein wirklichkeitsfremder Weltverbesserer, völlig aus der Art geschlagen und dem Ansehen der Familie abträglich. Regina Litzius liebte aber gerade ihren jüngsten Sohn über alles. Obwohl sie ihrem Mann geradezu hündisch ergeben war und ein Aufbegehren gegen ihn jenseits ihrer Vorstellungskraft lag, pflegte sie den Kontakt zu ihrem Sohn. Das musste nach dem offiziellen Rauswurf und der Gewehrkolben-Affäre in aller Heimlichkeit geschehen, denn mit Litzius senior war nicht gut Kirschen essen. Der Makler galt als Mann mit eisernen Prinzipien. Er hätte es nie geduldet, dass sein Bannstrahl gegen den Sohn – auf welche Weise auch immer – unterwandert würde.

Nun standen sich Mutter und Sohn in der Eingangshalle des alten Rittergutes gegenüber. „Mutter, lass es gut sein. Komm zu dir. Vater hat nach Lage der Dinge viel Schuld auf sich geladen. Sieh endlich der Realität ins Auge. Er ist kein Heiliger. Je eher du das einsiehst, desto weniger werden dir die Dinge anhaben können, die wir alle jetzt über uns ergehen lassen müssen."

Der Hüne nahm seine Mutter in den Arm, die sich wie ein schlaffes, willenloses Bündel an seine Brust drückte. „Was habe ich denn nur falsch gemacht?", fragte sie mit schwacher Stimme. „Viele Leute haben in dieser Geschichte viele Fehler gemacht. Auch ich. Wir müssen darüber reden, aber nicht jetzt." Albert geleitete seine Mutter in ihr Zimmer, während die Polizisten das Anwesen durchsuchten.

„Danke, dass Sie uns diese Minuten gelassen haben. Es war wichtig für uns beide", sagte Albert nach seiner Rückkehr zu Stefan Schuster, der ihn am Treppenabsatz erwartete. „Kommen Sie", dirigierte er den Polizeichef mit einer Handbewegung zu einer Tür, die in die weit verzweigten Kellergewölbe des Anwesens führte. Albert Litzius hielt eine Kopie der aus dem Schreibtisch seines Vaters stammenden alten Karte in Händen. „Sollte die Kartierung stimmen, dann müsste dieser Treppenabgang, der meines Wissens unten abgemauert ist, zu jenem Gangsystem führen, das wir suchen."

Zwei Polizeibeamte gingen mit großen Stablampen voran, denn der gewundene Abgang war nur unzureichend beleuchtet. „Ja, da schau her", blickte Albert erstaunt auf jene massive Stahltür, die am Fuß der Treppe den Weg versperrte. „Hier war früher eine Wand. Die Tür ist neueren Datums. Das ist unschwer zu erkennen."

„Damit scheinen sich die Planzeichnungen und Ihre Vermutungen zu bestätigen", entgegnete Schuster und forderte per Funk Gerätschaften zum Aufbrechen der verschlossenen und mit einem Riegel gesicherten Tür an.

„Man glaubt sein Elternhaus zu kennen – und entdeckt ..." Albert Litzius junior konnte den Satz nicht zu Ende führen, denn ein dumpfer Knall erschütterte das Haus und sorgte für einen kurzzeitigen Stromausfall. Es folgten drei weitere Explosionen, die sich jenseits der dicken Kellermauern im Ganglabyrinth ereignet haben mussten.

„Schnell raus hier", befahl Schuster.

Slotnikow!, schoss es Litzius durch den Kopf, als sie wieder die Halle erreichten.

„Was ist mit dem Russen?", fragte Stefan Schuster kurz darauf den Beamten, den er beauftragt hatte, Andrej Slotnikow zu folgen. „Ich weiß nicht. Er ist in dem Schuppen verschwunden und war wie vom Erdboden verschluckt."

Zusammen mit Fahrzeugen des Technischen Hilfswerkes rollte der Dienst-Audi Lothar Eberts auf den Gutshof. „Der Pfarrer schläft", meinte der Hauptkommissar lakonisch, als er dem Wagen entstieg und auf Schuster zuging. „Er scheint eine Galerie von Schutzengeln zu haben, die ihren Job tadellos erledigen. Schade nur, dass er uns noch nicht sagen kann, was in drei Teufels Namen er unter Tage getrieben und dabei entdeckt hat."

„Apropos Teufel: Litzius senior ist nach wie vor ausgeflogen. Die internationale Fahndung läuft. Hier scheint Slotnikow, der russische Verwalter, für ein unterirdisches Feuerwerk gesorgt zu haben. Vermute, dass Litzius ihm den Auftrag gegeben hat, für verbrannte Erde zu sorgen, falls seine eigenen Pläne schief gehen sollten. Die Fahndung nach dem Russen ist auch raus."

Schuster und Ebert besprachen mit dem Einsatzleiter des THW die weitere Vorgehensweise. Als Ebert den Blick von den Planzeichnungen hob, stöhnte er: „Auch das noch."

Benno Moser und Hoffmann kamen durchs geöffnete Hoftor schnurstracks auf sie zu. „Ich habe Ihrer Redaktion doch mitteilen lassen, dass die Pressekonferenz im Rathaus ausfällt", hob der Leiter der Mordkommission an, doch Moser fiel ihm ins Wort. „Darum geht es doch längst nicht mehr. Was war hier los? Die Leute in der Nachbarschaft wollen mehrere Explosionen gehört haben. Die Erde habe gebebt – und sagen Sie nicht, das sei alles Einbildung!"

Ebert nahm Moser beiseite. „Hören Sie, Moser, es stimmt. Hier hat es wohl kräftig gerummst. Was dahintersteckt, ist noch unklar. Wenn wir Näheres wissen, sind Sie der Erste, der Informationen erhält. Versprochen. Aber erst müssen wir ermitteln – und das wird in diesem Fall einige Zeit dauern."

„Okay. Aber geben Sir mir doch wenigstens ein paar Anhaltspunkte, schildern Sie einfach die Fakten, die Ihnen bislang bekannt sind. Es kann doch nicht sein, dass sich in unserer kleinen Stadt offenbar Ungeheuerliches ereignet und die Leute müssen sich auf das verlassen, was an den

Stammtischen die Runde macht. Das ist auch nicht in Ihrem Interesse."

Ebert kratzte sich am Kinn. „Also gut, aber lassen Sie es uns kurz machen."

Der Duft von Kaffee und Gesottenem durchzog die Wohnung Anneliese Heimbachs. „Wissen Sie, ich mag es morgens gerne etwas deftiger", sagte Katharina van Aalheim, indem sie die gebratenen Würstchen und den Speck aus der Pfanne über die große Portion Rührei auf ihrem Teller verteilte. „Na, wenigstens haben Sie Ihren Appetit schon mal wieder. Der Rest wird sich dann auch irgendwie finden", meinte Anneliese Heimbach aufgeräumt. Innerlich jedoch focht sie einen Kampf aus. Ihr anerzogener Anstand versagte es ihr, der sympathischen Frau, der sie überdies Asyl gewährte, mitzuteilen, dass sie nichts mehr anwidert als Rührei und vor Fett triefendes Fleisch auf dem Frühstückstisch.

Anneliese Heimbach überging jedoch ihren inneren Ekel und unterhielt sich angeregt mit Katharina van Aalheim über die Zeitungslektüre und die glückliche Rettung ihres Dienstherrn. „Der Pfarrer hat die neun Leben einer Katze. Gott sei Dank. Menschen wie ihn gibt es auf dieser Welt nicht zu häufig. Es wäre ein wirklicher Verlust, wenn diese Verbrecherbande, von der Sie mir erzählten und in deren Reihen sich wohl auch mein Mann befindet, ihn töten würde", stellte Katharina van Aalheim fest. Sie berichtete der Pfarrsekretärin von dem Treffen mit Peter Stahl in der Stadt und schilderte die Verbindung zu Paul Hansmann. „Paul und ich, das war wie eine jener bittersüßen Erzählungen Rosamunde Pilchers, nur mit dem Unterschied, dass unsere Geschichte kein Happy End hatte. Ganz im Gegenteil. Seit Pauls Tod bin ich innerlich leer und rastlos."

Ihre Hände umkrampften für einen Moment die tiefblaue Kaffeetasse, ihr Blick schweifte von der Essecke durch den altmodisch eingerichteten Wohnraum. „Wissen Sie, es kommt in einem Menschenleben maximal einmal vor, dass einem die Liebe begegnet. Das wirkliche, tiefe, alles verzehrende und unbedingte Gefühl. Ein Gefühl, das Verlorensein und Geborgenheit, Zweifel und Vertrauen, Aufstieg und Fall, Qual und Linderung, Leere und Erfüllung in sich vereint und neue Bedeutungen verleiht. Paul war ein Ehrenmann, trotz seiner Verfehlungen, die er mir gestanden hatte. Er war ein Mensch auf dem Weg zurück nach vorne, der versuchte, sich von altem Ballast zu befreien, ein neues Leben anzufangen, doch es war ihm ... es war uns nicht vergönnt." Katharina van Aalheims Gesichtsausdruck befiel eine tiefgründige Trauer.

„Blicke zurück sind nötig, um die eigene Position zu bestimmen. Sie sind allerdings hinderlich beim Fortkommen. Was ich meine: Richten Sie ihre Blicke nach vorne. Sie sind noch jung genug, um jetzt in Sack und Asche zu gehen und auf das Ende zu warten", startete Anneliese Heimbach den Versuch, ihren Gast aufzumuntern. Dann wechselte sie das Thema. „Ich will nachher noch ins Krankenhaus, den Pfarrer besuchen. Ich weiß zwar nicht, ob ich zu ihm vordringen kann und ob er bei Bewusstsein ist, aber ich muss wissen, was mit ihm ist."

„Lieben Sie ihn?", fragte Katharina van Aalheim unvermittelt.

Anneliese Heimbach wehrte brüsk ab und errötete dabei. „Herr Stahl ist ein guter Chef und ein guter Mensch, der sich unnötigerweise in Gefahr gebracht hat. Er hat mir in Zeiten, als ich einmal ganz unten war, wieder auf die Beine geholfen. Jetzt ist es an mir, ihm ein wenig davon zurückzugeben. Das gebietet der Anstand. Man kann einen so wertvollen und grundgütigen Menschen nicht einfach dem Schicksal und irgendwelchen Ganoven überlassen."

**Ausgeflogen**

Die Arbeiten im Hause Litzius zogen sich hin. Slotnikow, der genauso verschollen blieb wie sein Dienstherr, hatte offenbar ganze Arbeit geleistet. Die Sprengladungen bewirkten, dass die in mühevoller Plackerei von Slotnikows Landsleuten freigelegten Gänge wieder mit Geröll verschüttet waren, zumindest, was den Zugangsbereich unter dem Adelshof betraf. Das Technische Hilfswerk und der Untergrund-Trupp der Stadt arbeiteten gemeinsam an der Beseitigung der Explosionsschäden, die unter anderem die Standfestigkeit der oberirdischen Bauten gefährdeten. Ein langer Riss durchzog die Außenwand des Treppenturmes, den Albert Litzius junior und Peter Stahl noch vor kurzem für ihr konspiratives Treiben nutzten.

Stefan Schuster stieg aus seinem Dienstwagen, um sich ein Bild über den Fortgang der Arbeiten zu machen. Als er nach einem kurzen Gespräch mit dem Einsatzleiter des Technischen Hilfswerkes und Ingenieur Reinhard Adamek wieder zu seinem Auto zurückkam, sah er den Müller-Heine mitten in der Toreinfahrt stehen. Die stämmige Gestalt im Blaumann zwinkerte dem Polizeichef zu und signalisierte, ihm zu folgen. Schuster steuerte den Wagen vom Grundstück und parkte ihn am Straßenrand. Hinter einem Mauervorsprung wartete Heinrich Müller.

„Hallo, Herr Wachtmeister. Man sieht sich immer zweimal im Leben, gell?", grinste Heine spöttisch und erinnerte damit Schuster an eine unangenehme Begebenheit. Eine wüste Schlägerei bei der Wäldcheskerb hatte am Pfingstwochenende den Einsatz einer Einheit der Bereitschaftspolizei erforderlich gemacht. Eine Horde von Skinheads hatte sich mit einheimischen Jugendlichen im Festzelt angelegt. Dabei hatte der Müller-Heine dem Hauptkommissar mehr oder weniger das Leben gerettet. Schuster, der sich zufällig mit Bekannten im Zelt befand, startete zu Beginn der Auseinandersetzung einen erfolglosen Schlichtungsversuch. Als ein Skinhead versuchte, ihm hinterrücks eine Weinflasche über den Schädel zu schlagen, spürte dieser den eisernen Griff und die nicht minder entschlossene Faust des Weinbergsarbeiters. Wo Müllers Pranken hinschlugen, wuchs so schnell kein Gras mehr. Pranken, die Schuster dann kurzerhand aus der Gefahrenzone gezogen hatten, denn die verhinderte Weinflaschen-Attacke löste eine Gewaltwelle aus, die erst durch das kompromisslose Eingreifen von Schusters Kollegen aus Mainz beendet werden konnte.

„Was wollen Sie, Müller? Machen Sie's bitte kurz. Ich hab's eilig."

Umständlich kramte Heinrich Müller in den Taschen seines Arbeitsanzuges und holte schließlich einen gelblichen Kalkstein hervor. „Schöner Brocken, was? Ist an die 25 Millionen Jahre alt. Stammt aus dem Steinbruch. Myozän, wenn Sie damit was anfangen können. Hat schon viel gesehen auf dieser Welt. So wie ich."

Schuster atmete tief durch. „Haben Sie mir etwas zu sagen oder nicht?"

Heine kratzte sich, wie er es gerne tat, an seinem Kinn. „Sie müssen zuhören, Herr Wachtmeister. Ich sagte, dass ich viel sehe."

„Gut. Was haben Sie gesehen?" Heinrich Müller deutete dem Hauptkommissar an, ihm seine Beobachtungen ins Ohr sagen zu wollen. „Manchmal sind die Dinge, nach denen wir suchen, näher als man denkt. Sie wollen doch den Slotnikow oder? Ich weiß, wo er ist."

Stefan Schuster wich aufgeregt zurück. „Um Himmels Willen reden Sie!", fuhr er Heine an, der die Situation auskostete.

„Gibt's eine Belohnung?"

Der Polizist rang um Fassung. „Für Hinweise, die zur Aufklärung des Mordes an Horst Mager führen, ist eine Belohung von 5000 Euro ausgesetzt. Also, was haben Sie zu bieten?"

„Der Slotnikow ist in der alten Jagdhütte am dicken Stein. Da hockt der Russe wie ein Kaninchen in der Falle. Sie brauchen ihn nur abzuholen."

Die Hütte lag oberhalb der Stadt auf einem rebenbewachsenen Hochplateau, verborgen von sechs stattlichen Tannen und allerlei Buschwerk. Graue Granitplatten führten vom Betonweg, über den im Herbst die stählernen Ungetüme der Traubenvollernter rollten, zur Baumgruppe, hinter der sich das Jagdhaus von Albert Litzius senior verbarg. Die strategische Lage des Blockbohlenhauses war ideal. Es bot Ausblicke ins Tal, in die Rebhänge und auf die beiden, von Berg- und Talseite vorbei führenden Feldwege, ohne dass von außen zu sehen war, ob sich jemand in der Hütte befand oder nicht.

Lothar Ebert blickte durch die getönten Scheiben eines alten Ford Transit, der die Aufschrift eines Weingutes trug. „Das kann ja heiter werden. Schaffen Ihre Leute das?"

„Dafür gibt es sie", gab der verächtlich auf Ebert blickende Leiter des Spezialeinsatzkommandos zurück.

Die SEK-Truppe hatte sich inzwischen ungeachtet des Dialoges zwischen den Bossen im Leitfahrzeug durch die Rebzeilen auf der Rückseite des Jagdhauses, dem einzigen wunden Punkt, was die Einsehbarkeit aus dem Inneren betraf, an das Zielobjekt angeschlichen. Plötzlich wurde die Stille von einem lauten Knall unterbrochen. Ein Sprengsatz ließ die massive Holztür zerbersten, der grelle Blitz der Blendgranate erhellte den Raum für einen Sekundenbruchteil. Sechs schwer bewaffnete Polizisten in schwarzen Overalls und mit schwarzen Sturmhauben vermummt, drangen mit der Gewandtheit von Raubkatzen ins völlig verqualmte Innere der Hütte vor.

„Negativ", lautete wenig später der knappe Funkspruch an den Leiter des SEK. „Wäre ja auch zu glatt gewesen", kommentierte Ebert den neuerlichen Flop. Immerhin lieferte das Jagdhaus den Beamten neue Hinweise auf die kriminelle Aktivität des Maklers.

Im größeren der beiden Räume entdeckten die Polizisten eine Falltür und die führte in einen niedrigen Kellerverschlag, der randvoll mit Waffen und Munition angefüllt war. „Meine Güte, das reicht ja, um Krieg zu führen", wies Ebert Schuster später auf die vor der Hütte aufgereihten Panzerfäuste, Granatwerfer, Handgranaten, Schnellfeuergewehre und Revolver hin. „Stammt alles aus den Beständen der russischen Armee. Tadellos in Schuss, das Arsenal", bilanzierte der Hauptkommissar. Zwei Details erregten das besondere Interesse Schusters: eine Kiste mit hochexplosivem Plastiksprengstoff und ein Bündel Drahtschlingen. Dieser Teufel ..., sinnierte Schuster. Die Schlingen schienen in ihrer Machart identisch mit jener zu sein, die Horst Magers und Reinhardts Leben ein Ende gesetzt hatte. Mithin gerieten Litzius und seine Handlanger in dringenden Tatverdacht.

Die Ermittlungsergebnisse von Ebert und Co schienen sich zu bestätigen: Litzius gehörte zum Syndikat.

**Apparatemedizin**

Anneliese Heimbach tupfte Peter Stahl mit einem weißen Tuch die Stirn ab. Der Pfarrer lag noch immer im künstlichen Koma. Bloch hatte der Frau höchstpersönlich zum von der Polizei abgeschirmten Bereich der Intensivstation Zutritt verschafft, nachdem sich ihr der wachhabende Beamte in den Weg gestellt hatte. „Diese Frau ist im Gegenteil zu Ihrem hochverehrten Chef der Genesung des Pfarrers nicht abträglich", ließ der Mediziner den Kripomann stehen und geleitete Anneliese Heimbach zu Peter Stahl, aus dessen Körper Schläuche nur so zu sprießen schienen. Sein Bett war umsäumt mit den blinkenden und ab und an piepsenden Errungenschaften der Apparatemedizin. „Wie sich die Bilder doch gleichen", sagte die Pfarrsekretärin. „Da haben Sie leider Recht, gute Frau. Hoffen wir, dass Ihr Dienstherr auch diese schwere Prüfung überlebt. Sollte dieser Fall eintreten, dann überzeugen Sie ihn doch bitte davon, dass er sich wieder Bibel und Gebeten zuwendet. Das ist gesünder für ihn."

Bloch gestattete Anneliese Heimbach zehn Minuten. „Es wird zwar eine sehr einsilbige Angelegenheit werden, kann aber auch nichts schaden, wenn Sie versprechen, sich ruhig zu verhalten."

Als sie die Intensivstation verließ, wurde sie von Benno Moser in Empfang genommen. „Sie scheinen einen besseren Draht zu den Halbgöttern in Weiß zu haben als ich. Für mich hat das absolute Zutrittsverbot zur Tabuzone Stahl nämlich Gültigkeit. Wie geht's ihm denn?", fragte der Journalist leutselig.

Der Chefredakteur hatte den Polizeireporter als Unterstützung der Lokalredaktion in die Kleinstadt entsandt. Das ärgerte Moser einerseits ein wenig, weil er den Fall als seine Geschichte betrachtete und sich nur ungern die Butter vom Brot nehmen ließ, verschaffte ihm andererseits auch ein wenig Luft, um den Pfarrer im Krankenhaus zu besuchen.

„Er tut mir leid und macht mich wütend zugleich. Warum zettelt er denn auch solche Sachen an?", sagte Anneliese Heimbach. Benno Moser lächelte. „Er will wissen, was sich hinter den Dingen verbirgt. Dieselbe Motivation, die uns Journalisten antreibt – oder es zumindest sollte."

Es war ein schwerer Gang für Albert Litzius junior. Jede Stufe ins Obergeschoss seines Elternhauses schien ihm seelische Qualen zu verursachen. Dennoch war er fest entschlossen, mit seiner Mutter ein Gespräch zu führen, das nach den jüngsten Entwicklungen unausweichlich geworden war. Regina Litzius hatte sich seit der polizeilichen Durchsuchung ihres Anwesens völlig in ihr Zimmer zurückgezogen. Sie aß nichts mehr, nippte an einem Glas stillem Mineralwasser, das das Hausmädchen zu den Mahlzeiten servierte, die ansonsten unangetastet blieben.

„Dieser Lärm ist unerträglich. All die fremden Leute. Albert, lieber Albert, hilf mir. Befreie mich von diesen Menschen. Schicke sie weg. Sie sind Dämonen. Dein Vater hätte sie längst davongejagt. Er weiß, wie man mit solchem Mob, solchem Getier, solchem ekelhaftem Auswurf umgeht. Aber ich? Ich bin doch nur eine schwache Frau. Warum ist dein Vater nicht hier? Wo ist er? Er muss kommen. Hörst du? Er muss, muss, muss!"

Regina Litzius brach mit einem Weinkrampf zusammen. Sie wurde mit der neuen Situation nicht fertig. Ihr geistiger Zustand verschlechterte sich zusehends. Albert kniete nieder und half seiner Mutter auf. Apathisch starrte die in all den Jahren so unterkühlt-souverän wirkende Herrin des alten Adelshofes ihren Sohn aus weit aufgerissenen Augen an. „Töte mich, bitte töte mich. Dann ist endlich Ruhe. Frieden, verstehst du: Frieden. Frieden, Stille, Schweigen, ein lautloses Nichts, in dem alle Worte gesagt, alle Töne verklungen sind."

Mit zittriger Stimme sang Regina Litzius „Strangers in the night".

Eigentlich war es kein Wunder, wenn seine Mutter kurz davor stand, den Verstand zu verlieren. Sie hatte wirklich in einer heilen Welt gelebt. Sein Vater stattete den goldenen Käfig mit allen erdenklichen Annehmlichkeiten aus. Und ihr Alltag bestand vornehmlich darin, Geld auszugeben, Reisen zu planen und Gesellschaften zu organisieren. Wirkliche Arbeit kannte sie nur aus der Erinnerung an jene Zeit, bevor sie seinen Vater kennengelernt hatte. Sie hatte sich vor über 35 Jahren als Sekretärin in seinem Maklerbüro beworben und bekam die Stelle. Es war wohl so etwas wie Liebe auf den ersten Blick. Sechs Monate nach ihrem ersten Rendezvous heirateten sie. Trotz der sich stetig vergrößernden Familie genoss seine Mutter ein freies, ungezwungenes Leben. Hausangestellte und Kindermädchen nahmen ihr die Arbeiten des Alltags ab. Die Unternehmungen seines Vaters bescherten den Seinen einen ausgesprochenen Wohlstand. Keiner ahnte, dass Reichtum und Prosperität vor allem auf den illegalen Geschäften des Familienoberhauptes beruhten. Schon gar nicht seine Mutter, die ihren Mann trotz seiner herrischen Art auf einen Sockel stellte, von dem er nun gestoßen wurde.

Kein Wunder, dass sie jetzt, wo alles um sie herum zusammenbrach, verzweifelte und die Welt nicht mehr verstand.

Er nahm seine Mutter zärtlich in den Arm. „Du wirst jetzt sehr stark sein müssen, Mama. Aber sei ohne Sorge, ich werde immer da sein. Ich habe mit Dr. Kramer gesprochen. Er meint, es sei am besten, dir in dieser Situation ein wenig Ruhe zu gönnen. Es gibt da im Odenwald ein schönes Haus, in dem es dir an nichts fehlen wird und in dem du nette Menschen um dich hast, die um dein Wohlergehen bemüht sind. Was hältst du davon?"

Regina Litzius lachte schrill auf. „Schön! Ist Albert auch da? Er liebt den Umgang mit netten Menschen. Was soll ich auf der Fahrt anziehen? Ich denke, ich ziehe das Tweed-Kostüm an. Ist da beim Diner Abendgarderobe vorgeschrieben oder kann ich da auch leger erscheinen?" Sie fuhr sich mit beiden Händen durch die Haare, strich über ihren Hausanzug und hielt plötzlich inne. „Tun die Gift in das Essen, um die Gäste auszurauben?", flüsterte sie ihrem Sohn ins Ohr.

Der junge hochgewachsene Mann drückte seine Mutter fest an seine Brust. „Mama, lass uns ein paar Sachen zusammenpacken; unten steht ein Wagen."

Sechs weitere Tage vergingen. Die Arbeiten unter dem Litzius-Anwesen dauerten an. Der Hausherr und Slotnikow blieben weiterhin verschwunden. Lothar Ebert riss ein Blatt von seinem Notizblock ab, zerknüllte es und warf es in die Ecke. „Was soll das denn?", fragte ihn Stefan Schuster, der gerade die Tür zu Eberts Büro öffnete. Man hatte dem Leiter der Mordkommission in der ländlichen Dienststelle provisorisch ein Zimmer eingerichtet, da sein Aufenthalt hier weiter vonnöten war. „Ist ein gutes Mittel, um seine Aggressionen abzubauen. Sollten Sie auch mal probieren."

„Nein, ich habe da keine Bedürfnisse in dieser Richtung. Es gibt übrigens ausnahmsweise mal gute Neuigkeiten – der Pfarrer ist bei Bewusstsein. Wir können zu ihm."

Der dunkle Haarschopf Peter Stahls setzte einen starken Kontrast zum weißen Bettzeug und seinem bleichen Gesicht. Der Körper des Pfarrers war immer noch mit Schläuchen übersät. Im Wundkatheter sammelte sich rote Flüssigkeit. „Aber nur zehn Minuten – und strengen Sie ihn bitte nicht allzu sehr an", ermahnte Bloch die beiden Polizisten beim Betreten des abgedunkelten Zimmers. Stahls Lider waren geschlossen.

„Herr Pfarrer, Besuch für Sie", flüsterte der Chefarzt. Der Geistliche schlug die Augen auf, blickte in Schusters Gesicht und startete den Versuch eines Lächelns, was allerdings zur Maske erstarrte.

„Herr Pfarrer, können Sie mich hören?", tastete sich der Polizeichef behutsam vor.

Stahl nickte. „Ja, natürlich. Ich bin doch nicht taub, nur müde. Sehr müde und schlapp. Wie geht es Ihnen, mein Bester?"

„Das wollte ich Sie eigentlich fragen", entgegnete Schuster.

Lothar Ebert tippelte im Hintergrund schon ungeduldig. „Wollen wir die zehn Minuten mit dem Austausch von Floskeln verbringen?", raunte er seinem Kollegen zu. Der winkte ab und meinte: „Herr Stahl, erzählen Sie uns bitte, was Ihnen widerfahren ist."

Der Seelsorger begann seinen Bericht zunächst stockend, doch dann fügte er zusehends flüssiger Satz an Satz. Schuster notierte eifrig mit, während Ebert Frage um Frage stellte. Staunend verfolgten die Beamten und der Chefarzt die

Ausführungen Peter Stahls. „... und dann schaute ich ins Gesicht dieses unrasierten Russen und dachte ‚Jetzt ist alles aus!', aber dann ging es doch noch weiter."

Stahl berichtete von der Flucht in den dunklen Gang, den Maschinenpistolensalven, dem stechenden Schmerz und seiner Gewissheit, dass sich hinter der hohl klingenden Wand im Ganglabyrinth jene Stelle befinden müsse, die auf den Plänen mit einem großen A gekennzeichnet ist. „So, so, da haben die doch den Zugang, über den ich in den Hauptgang gekrochen bin, zugeschüttet, um die Spur zu vertuschen. Perfekt. Die Leute denken an alles."

Auf Stahls Stirn bildeten sich kleine Schweißperlen, ein Zeichen für Bloch, dem Verhör ein Ende zu setzen. „Meine Herren, ich denke, es reicht jetzt."

## Window-Colours

Nach einem ruhigen Arbeitstag verließ Benno Moser frühzeitig die Redaktion. Seine Tochter feierte am nächsten Tag ihren neunten Geburtstag und er musste im Spielwarengeschäft noch ein bestelltes Geschenk abholen. „Window Colours – auch so eine Mode", stöhnte er im Gespräch mit seiner Frau. „Alle fünf Minuten klebt was anderes an unseren Fenstern und der Terrassentür. Und was ist das Ende vom Lied? Der ganze Rümpel landet entweder im Mülleimer oder verschwindet auf Nimmerwiedersehen in dem großen blauen Pappkarton."

„Sei nicht ungerecht. Lea-Sophie liebt Window Colours nunmal und darauf kommt es schließlich an, denn sie hat Geburtstag und nicht du."

Damit war das Thema ausdiskutiert. So trat Moser den

Weg ins Gewerbegebiet an, um das große Malset im Spielwarenladen abzuholen. Als er den Laden mit dem unförmigen Paket wieder verließ, tippte ihn jemand sanft auf die Schulter.

„Na, Herr Journalist, noch einen Einkaufsbummel gemacht?", hörte der Lokalredakteur im gleichen Moment den unverkennbaren Falsett Cornelius Breunings in seinem Rücken.

Moser wandte sich ein wenig erschocken um. „Ach, Sie sind es. Auch noch Besorgungen machen?"

„Nein. Sie werden sich wundern, ich bin unterwegs, um Sie zu treffen."

„Na, das können Sie doch einfacher haben, da müssen Sie mir nicht beim Einkaufen nachstellen, sondern brauchen nur in die Redaktion zu kommen. Wo die ist, wissen Sie ja", reagierte Benno Moser ein wenig unwirsch. Wenn er eines hasste, waren das Menschen, die ihn nach Feierabend wegen belangloser Dinge in seiner Privatsphäre störten. Schön, er wusste nicht, was der Rechtsanwalt von ihm wollte, aber es nervte ihn, in solcher Weise angesprochen zu werden – und er machte keinen Hehl daraus.

„Aber aber, Herr Journalist, wer wird denn gleich so gereizt sein? Ich wollte mich doch nur mal nach unserem gemeinsamen Freund, dem Pfarrer, erkundigen. Wie geht's denn dem guten Stahl? Macht er Fortschritte?", falsettierte Breuning leutselig.

„Wenn Sie wissen wollen, wie es Herrn Stahl geht, dann fahren Sie doch ins Krankenhaus. Abgesehen davon weiß ich nur das, was mir Frau Heimbach erzählt hat. Demnach geht es Stahl den Umständen entsprechend gut. Herr Breuning, ich muss jetzt nach Hause. Morgen hat meine Tochter Geburtstag. Da gibt es noch einiges vorzubereiten."

Der gnomenhafte Advokat tippelte aufgeregt in seinem etwas zu fülligen Tweed-Anzug und dem schwarzen Chapeau vor Benno Moser und meinte in unterwürfigem Tonfall: „Excusez-moi, mein Bester. Wissen Sie, ich bin aufrichtig besorgt um unseren gemeinsamen Freund. Begibt sich immer in Gefahr. Sie haben eine Tochter, sagten Sie? Passen Sie gut auf sie auf. Wir leben ja in so einer gefährlichen Zeit. Wenn Pfarrer Stahl aus dem Krankenhaus entlassen ist, würde es mich freuen, Sie beide einmal in meinem Hause begrüßen zu können, um bei einem Glase Wein zu plaudern. Außerdem sollten Sie sich meine Orchideen nicht entgehen lassen. Sie kommen doch? Das müssen Sie versprechen."

„Na schön. Wenn's so weit ist, gerne", sagte Moser entnervt, ließ die groteske Gestalt stehen und stieg in seinen Wagen.

**Morgenlage**

Neonlicht erhellte den mit karger Nüchternheit eingerichteten Besprechungsraum der Polizeiinspektion. Morgenlage in grauer Eintönigkeit. Schuster und Ebert hatten die Ihren um sich geschart. Zwei LKA-Beamte komplettierten die Runde. Zwischenbilanz und die Besprechung des weiteren Vorgehens waren angesagt. Lothar Ebert zelebrierte genüsslich die Erfolge der letzten Wochen. „Es ist uns gelungen, doch jede Menge Licht in das Dunkel dieser mysteriösen Vereinigung zu bringen", hob der Hauptkommissar an. Pluspunkte wie die Razzia in Reinhardts Import-/Exportfirma, aber auch Rückschläge wie die bislang ergebnislose Fahndung nach Litzius und Slotnikow spiegelten sich in dem Rapport des Soko-Chefs wider. Seine Miene erhellte sich, als er über sichergestellte Beweise berichtete, die im Nachgang zur Reinhardt-Razzia und der Durchsuchung in Litzius' Adelshof zu einer Reihe von Verhaftungen geführt hatten. „Das wird den Gerichten wieder jede Menge Arbeit und den vergitterten Räumen neue Gäste bescheren."

Stefan Schuster übernahm. „Doch damit ist das Syndikat noch nicht ausgeschaltet, denn noch fehlen uns der oder die Köpfe. Gero van Aalheim ist nach wie vor auf freiem Fuß. Was wir nicht haben, sind konkrete Beweise. Die Aussagen seiner mittlerweile getrennt von ihm lebenden Ehefrau konnten nicht belegt werden. Van Aalheim ist aber bestenfalls ein Mitläufer – mehr nicht. Außerdem hat uns unser in seiner Art sattsam bekannter Freund Dr. Breuning mit Dienstaufsichtsbeschwerden bombardiert. Der Polizeipräsident hat sich der Sache bereits angenommen. Die Dinge werden dort enden, wo sie immer landen: im Papierkorb. Aber dennoch: Wir müssen vorsichtig sein und dürfen nicht unnötig provozieren, sondern müssen zuschlagen, wenn wir etwas in der Hand haben.

Der flüchtige Litzius hat gehörig Dreck am Stecken. Das haben die Auswertungen der bei ihm sichergestellten Unterlagen belegt. Er wird sich wegen Betrugs, Steuerhinterziehung, Geldwäsche, unerlaubtem Waffenbesitz, Erpressung, Rauschgifthandels und einiger anderer Vergehen verantworten müssen. Slotnikow und die übrigen Russen dienten Litzius und dem Syndikat als Handlanger für das Grobe. Wer also hält die Fäden in der Hand? Die Aktivitäten des Syndikates haben sich seit der Reinhardt-Razzia spürbar verringert und sind nach den jüngsten Festnahmen offenbar ganz zum Erliegen gekommen – und es belegt, dass es eine regional agierende Truppe ist, die jedoch über Kontakte zur Russen-Mafia verfügt. Die Logistik der Vereinigung hat große Löcher bekommen. Das macht für uns die Aufgabe allerdings nicht leichter. Folgende Maßnahmen werden getroffen: Die Observation van Aalheims bleibt bestehen, die Grabungen unter Litzius' Anwesen gehen ebenfalls weiter, vielleicht fördert die Unterwelt ja noch mehr zutage als ein Dutzend silberner Apostel. Zudem wird die Bewachung des Pfarrers fortgesetzt. Er soll in den nächsten Tagen aus dem Krankenhaus entlassen werden und tritt danach eine Reha in einem Sanatorium an der Nordsee an. Die Kollegen vom LKA Schleswig-Holstein sind bereits informiert. Fazit: Hoffen wir auf Kommissar Zufall und tun ansonsten unsere Arbeit. Was anderes bleibt uns derzeit nicht übrig."

Die Arbeiten im Untergrund gingen mit ungebremster Energie weiter. Denn neben der Polizei hatten auch die Kirchengemeinde und die Stadt sowie die Denkmalpflege ein vitales Interesse an den von Litzius entdeckten und von Slotnikow wieder verschütteten Geheimnissen bekundet. An jenem Tag, als Peter Stahl aus dem Krankenhaus entlassen werden sollte, kam von den Spezialisten der Bergbaufirma und des THW die Nachricht, dass das Gangsystem wieder so weit freigelegt sei, dass ein Durchbruch zu der vermuteten Kammer mit den Apostel-Figuren unmittelbar bevorstehe.

„Moser, Sie hier?", zeigte sich Peter Stahl überrascht, als er mit Anneliese Heimbach die Klinik verließ, zwei auffällig unauffällige Polizeibeamte als Schatten in gebührendem Abstand. „Schade, komme wohl schon wieder mal zu spät. Habe gehört, dass Sie heute rauskommen und Kapp darum gebeten, mir ein paar Stunden frei zu geben."

„Aber das macht doch nichts. Es ist schön, nach all den Krankenschwestern und Ärzten mal wieder Menschen um mich zu haben, die nicht antiseptisch riechen und weiß gewandet sind.“ Stahl und die Heimbach stiegen in Mosers Auto ein.

Auf der Fahrt berichtete der Journalist von den Geschehnissen der letzten Tage und Wochen. „Haben heute Morgen einen Anruf bekommen, dass die untertage wohl alles leer geräumt haben und kurz vor dem Ziel stehen.“

„Das trifft sich ja gut. Dann kann ich endlich die letzten paar Meter weitergehen, woran mich seinerzeit der unrasierte Russe gehindert hat.“

„Sie werden sich unterstehen. Dann kündige ich Ihnen aber die Freundschaft“, brach es aus Anneliese Heimbach hervor. Ihre Wangen röteten sich, was ihren Dienstherrn belustigte.

„Na, dann muss ich mich wohl fügen und brav sein. Aber Sie halten mich auf dem Laufenden in meinem Exil an jener Küste, wo die Luft zum Kauen taugt?“, wandte sich der Pfarrer Moser zu.

„Natürlich. Aber ich denke, es darf niemand wissen, wo Sie Ihre Reha verbringen?“

„Offiziell ja. Aber offiziell durfte ich ja auch nicht bei Litzius einsteigen und mich durch anderer Leute Gänge wühlen.“

Annliese Heimbach schüttelte resigniert den Kopf und murmelte vor sich hin: „Unmöglich, dieser Mensch. Warum mache ich das eigentlich alles mit und rege mich immer wieder auf?“

Peter Stahl sah seiner Sekretärin fest in die Augen: „Weil Sie ein netter Mensch sind, dem sein Nächster nicht gleichgültig ist. Tun Sie mir die Liebe, und regen Sie sich bitte nicht mehr so arg über meine Unvernunft auf. Männer werden ab einem bestimmten Alter sonderbar; Junggesellen sowieso. Schön, ich mag es, wenn Ihre Wangen vor lauter Unmut erröten, aber ich darf da nicht egoistisch denken, sondern eher an Ihre Gesundheit.“

Anneliese Heimbach errötete erneut: „Herr Pfarrer, Sie nehmen mich nicht ernst."

Stahl wiegte bedächtig seinen Kopf. „Nein, meine Liebe, ich nehme Sie sogar sehr ernst. Wo kriegt man denn heutzutage denn noch solch eine zuverlässige Angestellte und so treue Seele her?"

Das reichte der Pfarrsekretärin. Schmollend drehte sie sich zur Seite. „Ich wollte Sie nicht kränken. Ich meine, also, ich wollte sagen ... Es ist schön, Sie in unserer Gemeinde und in meiner Nähe zu wissen."

Über Anneliese Heimbachs Gesicht huschte ein Lächeln.

Benno Moser trug die Reisetasche des Pfarrers ins Haus, als sein Handy klingelte. „Gut. Ich komme sofort."

Peter Stahl wandte sich um. „Wo brennt's denn?"

„Nirgendwo. Schuster hat mich gerade informiert. Sie sind kurz davor, den bewussten Hohlraum freizulegen."

Stahls Augen funkelten. „Worauf warten wir? Nichts wie hin."

Der Journalist stutzte. „Herr Pfarrer, das kann nicht Ihr Ernst sein."

„Dann ist es halt mein Fritz oder Karl. Nennen Sie es, wie Sie wollen. Da unten wäre ich beinahe gestorben – und ich will wissen, warum und wofür. Gehen wir also", sagte Stahl bestimmt. Als er und Moser durch den großen Torbogen des Pfarrhofes gingen, nickte der Geistliche den beiden Kripobeamten, die zu seinem Schutz abgestellt waren, aufmunternd zu. „Sie sollten auch mitkommen, könnte spannend werden. Auf jeden Fall interessanter, als einen langsam in die Jahre kommenden Mann Gottes zu bewachen."

Das Quartett nahm Kurs auf den Gutshof der Familie Litzius, in dem Albert junior als Folge der jüngsten Geschehnisse sein Domizil aufgeschlagen hatte. Sein Vater flüchtig, die Mutter im Sanatorium, die Geschwister nur an ihrer Karriere interessiert – einer musste sich um das herrschaftliche Anwesen kümmern. Albert junior nahm die vier Männer in Empfang. „Hallo, Herr Pfarrer, bin froh, Sie wieder wohlauf zu sehen."

„Sie sind mir schon eine treulose Tomate", entgegnete Peter Stahl augenzwinkernd. Natürlich wusste er längst um die unglücklichen Verkettungen, die dazu geführt hatten, dass sein konspirativer Partner ihn bei der verabredeten Erkundungstour in den Untergrund versetzt hatte. „Vielleicht ist Ihnen das eine Lehre, sich nicht immer mit der Polizei anzulegen. Brave Bürger braucht das Land. Geduldige Kälber, die sich ihre Metzger selber aussuchen."

„Sie sind ein Spötter, Herr Stahl", entgegnete der hochaufgeschossene Mann mit dem Pferdeschwanz grinsend.

„Ja, aber ich bin's gerne."

Zwischen Fahrzeugen und Baugerät bahnten sich Stahl, Litzius und Moser einen Weg. Die beiden Bewacher blieben zurück, denn am Portal des Herrenhauses stand Schuster und empfing den Geistlichen kopfschüttelnd: „Also, Sie hätte ich ja hier am allerwenigsten erwartet. Ich wähnte Sie schon beim Kofferpacken für Ihre Reha."

„Lieber Schuster, Sie wissen doch, mit mir ist immer zu rechnen."

Der Polizeichef klärte ihn über den Stand der Dinge auf. „Wie es aussieht, stehen wir unmittelbar vor dem Durchbruch", sagte Schuster. Im nächsten Moment erhielt er über Funk die Nachricht, dass der Zugang bis zur bewussten Kammer frei geräumt sei. „Also, gehen wir", schlug Stahl burschikos vor.

Das Ganglabyrinth lag im gleißenden Licht der Halogen-Scheinwerfer, die das THW hier installiert hatte. „Mir kommt es vor, als sei ich gestern erst hier gewesen“, murmelte Peter Stahl, als er jenen Mauervorsprung passierte, hinter dem er sich vor den beiden von der Schicht kommenden Russen versteckt hatte. „Da vorne links“, wies der Geistliche den Weg. Eine mehr instinktive Handlung, denn Ingenieur Adamek lotste die Gruppe mit den beiden Polizeihauptkommissaren an der Spitze durch die verschlungenen Gänge der Unterwelt. „Kein Wunder, dass lichtscheue Gestalten sich hier wohlfühlen“, bemerkte Ebert in der ihm eigenen Art.

Wenige Meter noch, dann war die Biegung erreicht, die in den kreisrunden Hohlraum mit den fünf Abzweigungen führte. „Bleiben Sie noch einen Moment zurück. Wir öffnen jetzt die Stahltür“, stoppte der Ingenieur die Gruppe noch vor der Biegung. Kurz darauf war ein dumpfer Knall zu hören. Der Sprengsatz an der Tür erfüllte seinen Zweck.

Adamek knipste seine Halogen-Stablampe an und ging voran. Der hinter der zerborstenen Tür liegende Raum war völlig dunkel. Aus dem Dunkel strömte ein süßlicher, extrem in die Nase stechender Fäulnisgeruch. Der Lichtkegel der Stablampe erleuchtete den Eingangsbereich der sich nach hinten ausweitenden Felskammer.

„Igitt!“, rief der Ingenieur entsetzt aus, als der Lichtschein den halbverwesten Körper einer männlichen Leiche traf. Er schreckte zurück, was Ebert und den Pfarrer veranlasste, den Erschrockenen zur Seite zu schieben, um in den Raum vorzudringen. „Der unrasierte Russe“, stellte Stahl nüchtern fest. Seine Knie wurden weich. Er dachte an die erste Begegnung mit dem Toten. „O Gott, ich werde ihn doch nicht ...“ Der Geistliche kam nicht mehr dazu, den Satz zu vollenden, denn Ebert wies auf ein Loch hin, das in dem verdreckten Hemd in Höhe der linken Brust klaffte. „Der hat nichts mehr gespürt. Genau ins Herz. Wie es aussieht aus nächster Nähe."

Der Kriminalhauptkommissar wollte gerade weiter in den dunklen Raum vordringen, als dieser plötzlich von gleißendem Licht erhellt wurde. Das THW hatte Scheinwerfer in Stellung gebracht.

Die Gruppe um Ebert und Schuster ließ die Blicke schweifen. Eine große steinerne Kuppel wölbte sich über dem großen ovalen Hohlraum, der an seiner längsten Ausdehnung etwa 15 Meter messen mochte. An den Wänden türmten sich Holz- und Stahlkisten, fein säuberlich aufgestapelt. An der Stirnseite wurden die Umrisse eines schrankähnlichen Gelasses sichtbar. Ebert ließ sich von einem uniformierten Beamten ein Brecheisen geben. Er setzte es an das Schloss einer der Stahlkisten an. Nach dem der Versuch, den Verschluss auszuhebeln, misslang, griff der schwitzende Hauptkommissar nach einem Fäustel und hieb auf das Schloss der Kiste ein. Mit einem metallischen Klacken zerbarst die Verriegelung. Lothar Ebert packte den Deckel der Kiste. Als er ihn anhob, zischte es und ein bläulich gefärbtes Gas strömte aus.

„Schnell raus hier", keuchte der Hauptkommissar. Instinktiv hatte er beim Ertönen des Zischlautes sein Gesicht abgewandt, was ihm das Leben rettete, denn wie Chemiker später herausfinden sollten, handelte es sich bei dem Gemisch um ein tödlich wirkendes Nervengas.

Schuster, Ebert und Co. waren dem Geheimnis der unterirdischen Kammer sehr nahe gekommen und hätten dies beinahe mit dem Leben bezahlt. Nachdem alle Beamten, Stahl, Moser und Litzius Junior das Labyrinth verlassen hatten, betraten Spezialeinsatzkräfte des THW, die Ebert angefordert hatte, den Untergrund. In weißen Schutzanzügen und Gasmasken näherten sich die Experten der Kammer mit den Kisten. Ihre digitalen Messegeräte piepsten unentwegt, rote Dioden leuchteten auf. Wenn auch mit bloßem Auge kaum zu erkennen, schwebten feine Gaswolken noch immer durch das Gewölbe. Mit einem Röntgengerät durchleuchteten sie die Kisten. Alle waren mit demselben Tod bringenden Mechanismus gesichert: Gaspatronen, die durch das Auslösen eines Kontaktes bei gewaltsamem Öffnen des Deckels gezündet wurden. Die Behältnisse enthielten Schmuck, Banknoten und Papiere. Auf lorenähnlichen Handwagen transportierten die vermummten Gestalten die Kisten zum Einstieg, wo sie von ihren Kollegen in Empfang genommen und in Sicherheits-Container verladen wurden. In den größeren Holzkisten befanden sich Pistolen, Granaten und Sprengstoff. Sie waren nicht gesichert und ließen sich leicht öffnen. Bevor die Experten des Kampfmittelräumdienstes den Holzverschlag aufbrachen, vergewisserten sie sich, dass sie keine unliebsame Überraschung wie Ebert beim Öffnen der Stahlkisten erleben würden.

„Die Luft ist rein", meldete der Leiter der Spezialeinheit nach einiger Zeit an Ebert, der zusammen mit Schuster, dem Pfarrer und Moser in einem Pavillon im Garten des alten Rittergutes wartete. Albert Litzius Junior hatte Kaffee und Croissants besorgt. „Dann also zum zweiten und hoffentlich letzten Versuch", sagte der Hauptkommissar. Flankiert von Polizisten betrat das Quartett erneut die Gewölbekammer, in der unermesslicher Reichtum, aber auch der Tod beheimatet war. Die Scheinwerfer des THW waren nun auf das Gelass gerichtet. Als Lothar Ebert dessen beide Flügeltüren aufzog, wich er zurück und Peter Stahl rang um Fassung. „Das waren also doch keine Hirngespinste. Die Legende ist also wahr, Litzius' Aufzeichnungen sind kein Humbug", stellte der Katharinenpfarrer schwer atmend fest. Aus offenen Kisten, die hochkant zu einer Pyramide aufgetürmt waren, wurde das einfallende Halogenlicht der Strahler matt reflektiert. In jeder der Kisten befand sich eine etwa 80 Zentimeter hohe Apostelfigur aus Silber. Gewänder und Gesichter waren detailgetreu herausgearbeitet und mit Blattgoldauflage verziert. „Das ist ja unglaublich", entfuhr es Moser, der Hoffmann im Schlepptau hatte. „Halt drauf, sonst glaubt uns das am Ende niemand."

Die Nachricht vom sensationellen Fund im Untergrund verbreitete sich wie ein Lauffeuer und noch bevor Benno Mosers authentische Schilderungen wenig später auf der Homepage der Zeitung sowie natürlich am anderen Tag in der Zeitung zu lesen waren, tummelten sich Rundfunk- und Fernseh-Teams am Ort des Geschehens, doch die Polizei hatte den Gutshof weiträumig abgeriegelt. Nur Anlieger durften noch passieren, um zu ihren Häusern zu gelangen. Peter Stahl musste ununterbrochen Interviews geben. Schuster und Ebert schilderten bei einer Pressekonferenz im Rathaus die Umstände des Fundes sowie die nötigen Details, aus denen die Medienvertreter dann die dramatische Geschichte des Apostel-Fundes strickten und in die Wohnstuben der Republik transportierten. Freilich hatte das zuweilen nur in Umrissen mit dem tatsächlichen Geschehen zu tun, das sich da in dem unterirdischen Gänge-Labyrinth zugetragen hatte. Wieder einmal war die Wein- und Festspielstadt in den Blick des öffentlichen Interesses gerückt. Doch auch über diesem spannungsgeladenen Tag senkte sich der Abend.

Dunkelheit hüllte die schiefen Dächer der Oppenheimer Altstadt in mattes Grau. An den Stammtischen gab es nur ein Thema.

**Die Einladung**

Es war spät geworden, als Peter Stahl sich in seinem Lederfauteuil niederließ, genüsslich eine Pfeife stopfte und an dem kräftigen St. Laurent aus dem Bechtolsheimer Weingut Bretz nippte. „Herrje, irgendwann muss doch mal Ruhe sein", schimpfte er. Die Türklingel hatte ihn aus seinem beschaulichen Tun gerissen. Verärgert riss er die Tür auf und erblickte Benno Moser. „Ach Sie sind's. Hätte ich mir ja auch denken können. Kommen Sie rein, mein Bester. Abgesehen von Frau Heimbach sind Sie auch der einzige, den ich jetzt noch ertragen kann. War alles ein bisschen viel heute – und man wird doch älter."

„Fangen Sie jetzt etwa an, vernünftig zu werden?", entgegnete der Lokalredakteur aufgekratzt.

„Da sei Gott vor", lächelte der Geistliche verschmitzt.

Rubinrot floss der Wein in Bennos Glas. „Jetzt sitzen wir wieder einmal hier und man fragt sich, was noch alles passieren wird", blickte Moser über den Rand des Weinglases sein Gegenüber an. „Das weiß nur einer – und den können wir nicht fragen. Doch ich bin mir sicher, dass wir das Gröbste überstanden haben. Mit dem Entdecken der Schatzkammer, der Apostel und des Waffenarsenals ist, so denke ich, ein dicker Fisch ins Netz gegangen. Apropos: Auch wenn Litzius nicht der Kopf der kriminellen Vereinigung war, so hatte er doch erstaunliche Energie im Aufstöbern der Apostelfiguren aufgewandt und nebenbei ein beträchtliches Vermögen beiseite geschafft, soweit es das Geld betrifft. Der Schmuck scheint wohl aus alter Zeit zu stammen und ebenfalls vor Jahrhunderten dort deponiert worden zu sein", rekapitulierte der Pfarrer. „Vergessen wir nicht die Papiere. Sie waren bares Geld wert, denn diese Dossiers enthalten Informationen über viele einflussreiche Persönlichkeiten. Wahrscheinlich hat das Syndikat sie für Erpressungen genutzt."

„Mag sein. Das wird die Polizei alles klären. Doch zumindest der örtliche Kern scheint zerschlagen. Litzius und Reinhardt perdu, van Aalheim zwar noch auf freiem Fuß, aber unter polizeilicher Beobachtung. Fragt sich nur, wo Slotnikow und seine Getreuen abgeblieben sind. Ebert und Schuster wissen nicht, wer das Syndikat steuert, gehen aber davon aus, dass die hiesigen ‚feinen Herren' nur Handlanger sind", setzte Peter Stahl seine Ausführungen fort. „Jedenfalls denke ich, dass wir aus der Sache raus sind. Warten wir also ab, wie viel Licht die Polizei letztlich in die mysteriösen Vorfälle der letzten Monate bringen kann. Interessieren würde es mich allerdings doch, wer die Fäden in der Hand hält."

„Sie haben also noch nicht genug?", fragte Moser und runzelte die Stirn. „Nein. Warum auch? Ich will wissen, wem ich es zu verdanken habe, dass ich ums Haar meinen Schöpfer vor der Zeit gesehen hätte."

Die beiden Männer schwiegen, tranken ihren Rotwein. Nach einer Weile erhob sich Benno Moser und verabschiedete sich. „Es war wieder mal nötig", sagte der Journalist im Hinausgehen.

„Ja. Das war's wohl", antwortete der Geistliche.

Kaffeeduft durchzog die Küche des Pfarrhauses am anderen Morgen. Peter Stahl deckte den Tisch für zwei Personen. Er erwartete seine Sekretärin zum Frühstück. Der Eierkocher summte. „Mist, verdammter", entfuhr es ihm, als er die kochend heißen Eier aus dem Gerät nahm. „Entschuldige, soll nicht wieder vorkommen, aber muss denn das so verdammt heiß sein", richtete der Pfarrer seinen Blick nach oben. Er hatte gerade die Vase mit den Gänseblümchen, die ihm eine Konfirmandin am Vortag geschenkt hatte, in der Mitte des Tisches platziert, da klingelte das Telefon. „Hallo mein bester Herr Pfarrer, entschuldigen Sie die frühe Störung, aber nachdem ich gehört habe, dass Sie bei dem exorbitanten Fund gestern in persona dabei waren, musste ich Sie doch einmal anrufen."

Peter Stahl erkannte die krächzende Fistelstimme Cornelius Breunings, dennoch fragte er: „Mit wem spreche ich denn überhaupt?"

„Verzeihen Sie vielmals, mein Bester. Breuning. Cornelius Breuning. Ich weiß, dass Sie ein vielbeschäftigter Mann sind, doch ich möchte Sie gerne heute zum Diner in meine bescheidenen Gemächer einladen, Sie und den netten Herrn von der Zeitung. Wissen Sie, als passionierter Heimatforscher und Historiker interessiert mich der Apostel-Fund natürlich brennend. Geben Sie mir bitte die Ehre Ihres Erscheinens. So oft schon hatte ich Sie zu meinen Orchideen eingeladen und immer wieder hatten Sie abgesagt."

Peter Stahl war einerseits genervt, da Anneliese Heimbach jeden Moment erscheinen würde und er vergessen hatte, den Toast bereit zu stellen, andererseits wollte er dem liebenswürdigen Kauz nicht erneut einen Korb geben. „Also gut, ich werde kommen und Herrn Moser mitbringen, wenn er denn Zeit hat. Wann soll ich da sein?", fragte der Geistliche kurz angebunden.

„Gut, 20 Uhr. Es sollte aber nicht zu spät werden, da ich

morgen früh mit dem Zug um 6.44 Uhr zur Reha fahre. Wiederhören."

Peter Stahl hatte kaum den Hörer auf die Gabel gelegt, da ertönte die Türglocke.

Für Benno Moser geriet der Weg zur Redaktion an diesem Morgen zu einem Spießrutenlauf. „Waren Sie wirklich dabei, als die Gasgranate explodierte?", fragte ihn die Metzgerfrau, als er sein Viertel Fleischwurst fürs zweite Frühstück holte.

„Ja, ich war in diesem Gewölbe, aber es war keine Granate, sondern nur eine Patrone, wenn deren Inhalt auch ausgereicht hätte, uns alle umzubringen."

„Wie schrecklich! Das muss man sich nur einmal vorstellen ...", setzte die Frau zu einer ausschweifenden Betrachtung über die Ereignisse des Vortages an, doch der Lokalredakteur unterbrach sie vorsichtig. „Verzeihen Sie, aber ich muss dringend in die Redaktion. Wir haben gleich Konferenz."

Als Benno Moser endlich in der Redaktion ankam, holte er sich erwartungsgemäß zunächst den Rüffel seines Chefs ab. „Wann gewöhnen Sie sich endlich mal an Pünktlichkeit?", schnauzte Kapp missgelaunt. „Schwamm drüber. Sehen Sie zu, dass Sie nochmals mit Schuster reden. Vielleicht gibt es ja was Neues. Das Thema kochen wir natürlich weiter. Ach, bevor ich's vergesse: Da hat ein Kollege vom ZDF angerufen, die wollen mit Ihnen ein Interview führen. Die kommen um 12 Uhr. Sehen Sie zu, dass Sie bis dahin Ihre Infos für uns im Kasten haben."

Moser verließ erleichtert das Büro des Redaktionsleiters. Mit heftigen Armbewegungen winkte ihn die Sekretärin zu sich. „Hier, Benno, der Pope", sagte sie und reichte ihm den

Telefonhörer. „Ausgerechnet heute Abend. Habe ehrlich gesagt keine Lust, schon wieder die Chorprobe sausen zu lassen“, sagte Moser mürrisch, doch sein Gesprächspartner am anderen Ende der Leitung schien überzeugende Argumente zu haben. „Also schön, bin gegen 19.45 Uhr bei Ihnen. Das reicht doch?“

„Hoffentlich tischt uns der Herr was Ordentliches auf. Wenn ich schon nicht in die Probe gehe, dann will ich wenigstens einen genussvollen Ausgleich dafür haben“, wandte sich Benno Moser an Peter Stahl, als beide das Tor des Pfarrhofes durchschritten. Über den Marktplatz führte der Weg in die Wormser Straße. Hier lag die stattliche Villa, die einst einem Geschäftsmann gehört hatte, hinter einem Staketenzaun. Die beiden Gäste gingen über die Steinplatten des kleinen Hofes, stiegen die vier Stufen zum Portal hinauf und betätigten den nostalgisch anmutenden Klingelzug. Benno Moser zuckte zusammen, als ein gut zwei Meter großer, blonder Lakai in tadelloser Diener-Livree die Tür schwungvoll öffnete.

„Treten Sie bitte ein, meine Herren. Sie werden bereits erwartet. Darf ich vorgehen?“, empfing sie der Hausangestellte in steifem Hochdeutsch. Der Pfarrer staunte, als sie nach der kleinen Diele den hohen Flur, der sich nach ein paar Metern in ein großzügiges Treppenhaus weitete, betraten. Ein schwerer Lüster hing von der Decke hinab, dicke Teppiche bedeckten den Boden, an den damastbespannten Wänden hingen zwei großflächige Originale flämischer Meister. „Bitte hier hinein“, lotste sie der Lakai. Stahls Erstaunen wuchs beim Betreten des großen Erkerzimmers, von dem es in eine Bibliothek ging. Dahinter öffnete sich der Blick ins Esszimmer. Die drei Räume waren miteinander verbunden, es gab keine Türen, sondern offene Durchgänge. Die Wände waren mit Gemälden, Spiegeln und Bücherregalen bedeckt. In Vitrinen blitzten Chinoiserien, Breunings Sammelstücke aus China.

„Schön. Sehr schön. So sind Sie also endlich da“, sagte Dr. Cornelius Breuning. Nervöse Anspannung klang aus der überschwänglichen Begrüßung. Der Rechtsanwalt rieb seine Hände, die aus den Ärmeln eines fliederfarbenen Samtanzuges ragten. „Welchen Aperitif darf ich Ihnen kredenzen?“, fragte der kleine, rundliche Mann mit der Fistelstimme und rief Eberhard, den Lakai, mit einem Servierwagen heran. Stahl und Moser entschieden sich beide für einen trockenen Sherry, während Breuning sich von Eberhard einen Martini-Cocktail mixen ließ. Schwer klackten die Eiswürfel in das Longdrink-Glas. „Auf diesen Abend, der hoffentlich unvergesslich bleiben wird. Auf die Irrungen des Schicksals, dessen Erfüllung und das Leben, das man allzu leicht verlieren kann, wie die tragischen Vorfälle der letzten Monate beweisen“, brachte der Hausherr einen Trinkspruch aus. Die Blicke der drei Männer trafen sich für einen kurzen Moment und Stahl glaubte, in den Augen des Rechtsanwaltes ein undefinierbares Flackern zu bemerken.

Lautlos verschwand Eberhard, um wenig später mit zwei anderen Hausangestellten im hinteren Raum, dem Esszimmer, letzte Vorbereitungen für das anstehende Diner zu treffen. „Sagen Sie, wie viele Bedienstete haben Sie eigentlich?“, fragte Benno Moser.

„Oh, das kann ich gar nicht so genau sagen. Wissen Sie, Eberhard, mein Diener, ist eine echte Perle, der für mich durchs Feuer geht. Aber das vermag ich auch von Guido, Hans und Ortwin zu sagen, die den Garten und das Gewächshaus mit den Orchideen versorgen, nach der Haustechnik sehen, kleinere Reparaturen ausführen und nicht zuletzt allesamt glänzende Köche sind, wovon Sie sich gleich überzeugen können. Aber zuweilen wird mein häuslicher Stab verstärkt durch, wie soll ich sagen, freie Mitarbeiter, sofern Bedarf dafür besteht."

Mit diesen Worten geleitete Cornelius Breuning seine Gäste in das von Kerzenlicht erleuchtete Esszimmer. „Bevor das amuse bouche serviert wird, darf ich Sie noch nach Ihren Weinpräferenzen fragen. Ich schlage einen trockenen Weißburgunder von Gero van Aalheim vor. Ist Ihnen das genehm?"

„Natürlich. Wie könnte man die Weine von diesem außergewöhnlichen Gut verschmähen? Die Frage ist nur, wie es dort weitergeht. Man hört da so manches", warf Stahl ein.

„Was diesem braven Mann widerfährt, ist eine himmelschreiende Ungerechtigkeit, wie so vieles, was unsere kleine Stadt in letzter Zeit über sich ergehen lassen musste", ereiferte sich Breuning. Eberhard öffnete die Flasche vor den Augen der Tischgesellschaft, zeigte dem Hausherrn das Etikett und schenkte ihm einen Schluck zum Probieren ein. Als dieser mit sichtlichem Entzücken nickte, goss er die Gläser der beiden anderen ein und füllte schließlich jenes des Gastgebers. „Sie sehen, Eberhard, ist ein vollendeter Butler. Auf ihn ist Verlass – in jeglicher Beziehung." Über Breunings Gesicht huschte ein Lächeln. Es schien, als sei er über seine letzte Bemerkung belustigt. Doch das Lächeln wich so rasch wie es gekommen war.

Während des Diners drehten sich die Gespräche um lokale Geschehnisse und den Gang der Welt. Man vermied Reizthemen. Nach dem Dessert erhob sich Breuning und wies den Weg ins Kaminzimmer. „Lassen Sie uns den Digestif in einem passenden Rahmen nehmen“, sagte der Rechtsanwalt. Eberhard schob einen Servierwagen in die Mitte des hohen Raumes, dessen Wände von Bücherregalen umsäumt waren. Über dem Kamin hing ein skurriles Bildnis von einem skurrilen Menschen: eine Karikatur von Dr. Cornelius Breuning. „Entschuldigen Sie diese künstlerische Entgleisung, aber ich bin ein unverbesserlicher Spötter – auch meiner selbst“, warf er überschwänglich ein, als er bemerkte, dass seine beiden Gäste mit ungläubiger Miene auf das Bild starrten.

„Was darf ich Ihnen anbieten?“, schnarrte Eberhards gutturale Stimme dazwischen, was dem Butler einen tadelnden Blick seines Dienstherrn einbrachte. „Ich nehme einen Calvados“, ließ sich Peter Stahl nicht lange bitten. „Da schließe ich mich an“, meinte Benno Moser. Eberhard schenkte beiden ein und wandte sich an Breuning. „Für mich wie immer einen Portwein“, sagte der scheinbar gelangweilt. Die drei Männer standen sich gegenüber, das prasselnde Kaminfeuer im Rücken, und prosteten einander zu.

**Angeklagt**

Finsternis. Fäulnisgeruch. Langsam versuchte Peter Stahl, seinen Kopf zu heben. Ein stechender Schmerz durchzuckte seinen Schädel. Im Dunkeln drehte er sich zur Seite und spürte, dass seine Hände gefesselt waren. Neben ihm lag der reglose Körper Benno Mosers. Er rüttelte den Journalisten. „Wo sind wir hier?“, flüsterte die Stimme Mosers ins Dunkel.

„Ich kann mich nur an den Calvados erinnern. Dann riss der Film. Denke, wir sind noch bei Breuning“, antwortete der Pfarrer. Benno Moser setzte sich auf, fischte ein Feuerzeug aus der Tasche seines Sakkos und versuchte, ein wenig Licht in die obskure Lage zu bringen. „Sehen Sie mal", raunte er in Richtung Stahl und wies mit dem Feuerzeug zur Stirnwand, in die eine Stahltür eingelassen war. Noch bevor der Journalist und der Geistliche sich aufrappeln konnten, hörten sie ein Schließgeräusch. Das Licht ging an. Zwei 60 Watt-Birnen erleuchteten den gewölbten Keller. Auf vier Säulen ruhte das Kreuzgewölbe des ausladenden Kellerraumes.

„Entschuldigen Sie bitte, meine Herren, dass ich Sie in diese missliche Lage gebracht habe, aber es musste sein", dozierte Dr. Cornelius Breuning, als er mit Eberhard und zwei weiteren Angestellten den Raum betrat. Breuning trug einen schwarzen Umhang, der ihn noch grotesker erscheinen ließ als sonst. Stahl sah sich um. Moser und er lagen auf einem rotgemusterten Perserteppich inmitten des Raumes. Hinter ihnen stand ein ausladender, rechteckiger Eichentisch, an dem jetzt die beiden Mitarbeiter auf Stühlen mit hoher Rückenlehne saßen. Außer einer niedrigen Holzbank ohne Lehne befand sich sonst kein Mobiliar in dem geräumigen Kellergelass.

Der Rechtsanwalt nickte Eberhard zu. Der Diener mit dem athletischen Körperbau schritt auf die beiden am Boden Liegenden zu, packte sie mit festem Griff und zwängte sie auf die Bank. Noch bevor der Pfarrer etwas sagen konnte, zischte Cornelius Breuning: „Ich will jetzt nichts hören!" Die gnomenhafte Figur bewegte sich raschen Schrittes auf den noch freien Mittelplatz am Eichentisch zu. Breuning blieb allerdings stehen, blickte kurz zur Decke. Er atmete tief durch, seine Stimme klang gepresst. „Ich habe lange auf diesem Moment gewartet. Ich will ihn auskosten."

Stille. Bis Moser schrie: „Sie sind wahnsinnig!"

„Schweigen Sie. Sie haben nur zu reden, wenn Sie gefragt werden. Ansonsten bin ich Herr dieses Verfahrens, verstanden?“

Aus den Gesichtszügen Breunings war jegliche Liebenswürdigkeit verschwunden, das Dauerlächeln einer maskenhaften Starre gewichen. Das tremolierende Falsett in seiner Stimme machte einem metallischen Schnarren Platz.

„Welches Verfahren ...?“, wandte Peter Stahl ein, was der Hausherr mit einer abfälligen Handbewegung quittierte.

„Still, sage ich.“

Der Pfarrer sah sich nochmals im Raum um. Gespenstisch – wir sitzen hier vor Gericht, dachte er bei sich. Doch es blieb ihm nicht viel Zeit zum Nachdenken.

„Meine Herren, Sie haben sich gegen eine mächtige Gemeinschaft gestellt. Wer Wind sät, wird Sturm ernten. Sie haben alle Warnsignale ignoriert und sind gegen unsere Gemeinschaft angetreten. Sie haben sich damit in große Gefahr begeben, und ich fürchte, Sie werden in dieser Gefahr umkommen. Eine Gemeinschaft wie das Syndikat fordert man nicht heraus. Sie taten es. Viele Menschen mussten sterben. Nicht zuletzt durch Ihr Dazutun, Herr Pfarrer. Hätten Sie sich herausgehalten, hätte ein Hermann Reinhardt ebenso noch am Leben sein können wie ein Horst Mager. Aber nein, Sie mussten ja den großen Detektiv spielen. Lächerlich!“

„Sie nennen es lächerlich, sich gegen Unrecht und Gewalt zur Wehr zu setzen?“, entgegnete Stahl gereizt.

„Unrecht, Gewalt – was heißt das schon? Die Geschichte der Menschheit lehrt uns, dass Recht und Gesetz immer eine Sache des Stärkeren sind. Wer genug Muskeln hat, bestimmt die Richtung, in die das Schiff fährt. Wir haben genug Muskeln. Und die werden Sie nun leider zu spüren bekommen, denn Sie haben uns genug in die Suppe gespuckt. Unsere

Freunde im Osten sind in letzter Zeit überhaupt nicht zufrieden mit uns." Dr. Cornelius Breuning starrte auf den Boden.

Stahl nutzte ein Räuspern des Rechtsanwaltes, um nochmals einzuhaken. „Schön, wenn wir nun schon sterben müssen, dann erzählen Sie uns doch die ganze Geschichte und ergehen sich nicht in Andeutungen. Wir können es doch ohnehin nicht mehr ausplaudern."

Benno Moser zuckte bei den letzten Worten zusammen. Der Geistliche nickte ihm aufmunternd zu. Breuning überlegte einen Moment lang und fing an, zu erzählen.

Er berichtete von verschiedenen spektakulären Geschehnissen, die alle die Handschrift des Syndikates trügen. Waffenschiebereien in Krisengebiete, die Unterstützung von Terroristen, die Kontrolle von Drogenkartellen, Menschenhandel – das, so Breuning, sei die schmutzige Seite der Aktivitäten des Syndikates. „Aber es gibt auch eine honorige. Nach außen sind alle Mitglieder der Gemeinschaft ehrenwerte Spitzen der Gesellschaft ... hier und in Russland."

„Wer zählte denn hier zum Syndikat?" Breuning lächelte. „Bester Pfarrer, das wissen Sie doch längst."

„Ich meine, wer außer Ihnen, Litzius, van Aalheim, Reinhardt ... Sind Sie der Boss der hiesigen Sektion?"

Der Rechtsanwalt neigte seinen Kopf und sagte bedächtig: „Manchmal sind die Dinge nicht so wie sie scheinen." Er atmete schwer und wies Eberhard an: „Bringen wir es hinter uns."

Breuning setzte sich ein purpurfarbenes Barett auf und erklärte mit gleichmütiger Stimme, ohne zu falsettieren: „Peter Stahl und Benno Moser sind schuldig der Einmischung in innere Angelegenheiten der Organisation Das Syndikat – und daher unverzüglich zu liquidieren. Es ergeht folgendes Urteil: Tod durch den Strang."

Eberhard packte die beiden Verurteilten und zerrte sie in Richtung Stahltür. Benno Moser stolperte und stürzte zu Boden, was Eberhard mit einem Tritt in seine Seite quittierte. „Los, aufstehen und weiter.“ Durch einen düsteren Gang erreichten sie ein saalähnliches Gewölbe mit zwei jeweils zwölfflammigen Leuchtern. Durch den Raum zog sich etwa zwanzig Zentimeter unter der Decke ein massiver Eichenbalken, von dem im Abstand von gut einem Meter zwei Stricke mit Schlingen herab hingen. Eberhard und die anderen Helfershelfer Breunings hoben Stahl und Moser auf die Schemel unter den Stricken.

Stahl startete einen letzten, allerdings aussichtslosen Versuch, sich dem Unausweichbaren zu widersetzen und trat nach Eberhard. Der wich aus und streckte den Pfarrer mit einem Faustschlag nieder. Beim Aufschlag auf den Steinboden zog er sich eine Platzwunde an der Stirn zu, die stark blutete.

„Ein Verband wäre Verschwendung. Sie spüren gleich sowieso nichts mehr“, krächzte Breuning verächtlich. Eberhard richtete Stahl auf und hob ihn auf den Stuhl. Peter Stahl begann zu beten mit den Worten des 27. Psalms. „Der Herr ist mein Licht und mein Heil; vor wem sollte ich mich fürchten? Der Herr ist meines Lebens Kraft; vor wem sollte mir grauen? Wenn die Übeltäter an mich wollen, um mich zu verschlingen, meine Widersacher und Feinde, sollen sie selber straucheln und fallen. Wenn sich auch ein Heer wider mich lagert, so fürchtet sich dennoch mein Herz nicht ...“

Eberhard fuhr in an: „Schluss jetzt mit dem Geseiere.“

Als der Pfarrer die Schlinge um seinen Hals spürte, zerrissen mehrere Explosionen die Stille.

„Du Hexe!“, schrie Cornelius Breuning mit hochrotem Kopf. „Eberhard hätte dich im Krankenhaus erschießen sollen wie ich es angeordnet hatte und nicht ersticken. Manche Fehler rächen sich bitter.“

Speichel rann aus seinen Mundwinkeln. Eberhard und die anderen Handlanger des Rechtsanwaltes lagen regungslos am Boden. Ihre Kutten waren blutdurchtränkt. Auf Eberhards Stirn zeichnete sich ein kreisrundes Einschussloch ab, aus dem ein dunkelrotes Rinnsal floss. Moser und Stahl trauten ihren Augen nicht.

„Lilo!“, fand der Lokalredakteur als erstes seine Stimme wieder. Im Türbogen erkannte er die Gattin seines ermordeten Jugendfreundes Achim Sänger, eine Maschinenpistole im Anschlag. Neben ihr stand Andrej Slotnikow, ebenfalls mit einer MP bewaffnet. „Was ... wieso ... los, befreit uns aus dieser Lage“, stotterte Moser. Lilo Sänger schaute den Journalisten mitleidig an. Der Pfarrer begriff rascher als der Journalist, was diese Liaison zu bedeuten hatte. „Das werden sie nicht tun“, stellte der Peter Stahl trocken fest.

„Richtig, Herr Pfarrer. Das wäre das Dümmste, was wir in dieser Situation tun könnten.“

Lilo Sänger blickte zu Slotnikow, der den schwer atmenden Breuning in Schach hielt.

„Benno, es tut mir um dich leid, ich mochte dich immer, aber du und der Pfarrer habt euch in ein Spiel eingemischt, das gnadenlose Regeln hat“, sagte Lilo Sänger, deren Gesichtsausdruck hart und kalt wirkte. „Ja, bist du denn auch ... also, ich meine, gehörst du auch zum Syndikat?“, fragte Benno Moser ungläubig.

„Wie sonst käme sie in Begleitung des Herrn Slotnikow wohl hierher?“, warf Peter Stahl ein.

Moser seufzte.

„Sie gehört nicht nur zum Syndikat, sie ist der Kopf", bellte Breuning, bevor ihn Slotnikow mit einem Handkantenschlag außer Gefecht setzte.

Ein kurzer Moment der Stille in dieser unwirklichen Szenerie des Kellergewölbes, in das Gewalt und Tod Einzug gehalten hatten. „Das ist starker Tobak, wenn es denn stimmt", stöhnte Stahl.

„Breuning, dieser intrigante Giftmischer, hat recht. Er wollte meine Position, dieser Zwerg. Schön, er war unser Advokat, ein glänzender noch dazu. Aber im Laufe der Zeit reichte ihm das nicht mehr. Er scharte eine Hausmacht um sich und begann einen Kleinkrieg. Zunächst ganz subtil. So sabotierte er unmerklich einige Transaktionen. Keiner kam auf die Idee, dass er es war. Klar war nur, dass wir eine undichte Stelle hatten."

„Ja, aber wie bist du denn in so etwas überhaupt hineingeraten?", hakte Benno ein.

„Weißt du, ich war für die Leute unseres Städtchens immer die treusorgende Ehefrau des rechtschaffenen Prokuristen Achim Sänger. Geregelter Lebenslauf, nach außen eher eine graue Maus, keine Auffälligkeiten. Doch wie es in mir aussah, wusste niemand. Achim war ein netter Kerl, aber unsere Ehe eine Farce, die gelebte Langeweile. Da lernte ich Andrej kennen; eine stattliche Erscheinung – und ein glänzender Liebhaber. Wir verbrachten fortan viel Zeit miteinander. Er war früher Bodyguard bei einem der Bosse des Syndikates. Dieser Typ, ein Geschäftsmann aus St. Petersburg köderte mich. Ich erledigte die mir gestellten Aufgaben zu seiner vollsten Zufriedenheit. Er gab mir immer größere Aufträge, bis ich schließlich der Kopf der hiesigen Sektion war. Andrej war Partner, Mittelsmann und Dolmetscher – und er beschützte mich."

„Und das konnten Sie alles vor Ihrem Mann und den Leuten unserer kleinen Stadt verborgen halten?“, fragte Peter Stahl kopfschüttelnd.

„Ja. Denn mit Achim hatte ich ein Abkommen, dass jeder von uns seiner Wege geht, wir aber dennoch nach außen weiter das glückliche Ehepaar mimen. Das war eine ideale Tarnung. Meine Aufgabe war es, Fäden zu ziehen und organisatorische Dinge zu regeln. Im Internet-Zeitalter kann man das von zu Hause aus tun. Natürlich musste ich auch persönlich an Unterredungen teilnehmen, aber das war kein Problem. Dann hatte ich eben einen Sauna-Abend oder nahm mir frei. Das alles lief jahrelang reibungslos, bis Achim Reinhardt auf die Schliche kam. Reinhardt war der Carrier unserer Sektion, was den Drogenhandel betraf. Zwischen den regulären Waren, mit denen er handelte, wurden in seinen Lkw tonnenweise Heroin, Kokain und andere Rauschmittel quer durch Europa transportiert. Zudem versorgte das Syndikat deutsche Bordelle mit Frischfleisch aus Asien und dem Balkan. Achim ist auf frisierte Frachtpapiere gestoßen. Eines Abends besuchte ich ihn in der Firma, nicht lange vor seinem Tod, und sah, dass er gefährliches Material in den Fingern hatte. Ich meldete es der Zentrale in St. Petersburg.“

Lilo Sänger hielt kurz inne. Ein Anflug von Wehmut verdüsterte ihre Gedanken. Sie warf den Kopf in den Nacken, atmete tief durch und fuhr fort: „Wissen Sie, es ist nicht einfach, den eigenen Mann ans Messer zu liefern. Dann wurde Oleg, so hieß der Geschäftsmann aus St. Petersburg, ermordet. Ein Opfer des Machtkampfes innerhalb des Syndikats. Als bekannt war, dass er tot ist, wagte sich die Spinne Breuning aus ihrem Netz. Doch verhielt er sich anfangs noch sehr vorsichtig ... Aus St. Petersburg kam dann die Order, Achim zu liquidieren. Das schockte mich, war aber, wollte ich nicht selbst zur Zielscheibe werden, nicht zu ändern. So roh das klingen mag: Ich empfand für Achim nichts mehr, die gemeinsamen Jahre des Nebeneinanderherlebens hatten diese emotionale Kälte nur verstärkt. Ich selbst sollte es tun. Doch Andrej nahm mir das ab. Er verabredete sich mit Achim in der Ruine unter dem Vorwand, ihm Beweismaterial gegen seinen Chef Reinhardt in die Hände zu spielen. Den Rest kennen Sie ja, Herr Pfarrer ..."

Peter Stahl stand immer noch auf seinem Schemel. Fassungslos hörte er Lilo Sängers nüchtern und kalt vorgetragenen Ausführungen zu. Schließlich atmete er tief durch und sagte: „Mal abgesehen davon, dass ich nicht weiß, wie Sie, die ich als liebenswerte Person gekannt und geschätzt habe, mit einer derartigen Kaltschnäuzigkeit in einem Verbrecherzirkel tätig sein können, dabei über Leichen gehen und dann noch davon erzählen, als erstatteten Sie den Kassenbericht bei einer Vereinsversammlung, frage ich mich doch, wie das alles zusammenpasst, denn am selben Tag sind Sie doch ebenfalls Opfer eines Anschlages geworden ..."

**Blendgranaten**

Lilo Sänger zog verächtlich die Mundwinkel nach unten. „Ja, das war Breuning, dieser Hund. Er hatte von der Order aus St. Petersburg Wind bekommen und sah nun seine große Stunde gekommen. Er hat sich dabei maßlos überschätzt, denn die Russen hätten ihn damit nie durchkommen lassen, wenn es geklappt hätte. Andererseits waren sie sich bei dem danach entstehenden Wirrwarr nicht ganz im Klaren darüber, wer was mit wem spielte. Jedenfalls wartete ich auf einen Anruf Andrejs. Just als das Telefon klingelte, stürzte

Breunings Horde durch die Terrassentür ins Wohnzimmer und prügelte auf mich ein. Ich schaffte es gerade noch, mich durch die Geheimtür in Sicherheit zu bringen. Der zweite Anschlag im Krankenhaus ging auch auf Breunings Konto. Dass ausgerechnet die Polizei mich dem Zugriff des machtgeilen Advokaten entzog, erscheint ebenfalls ein wenig grotesk ..."

Jetzt war es Benno, der sich Lilo Sänger zuwandte: „Also suchten deine Peiniger damals gar nicht den Umschlag, den du mir übergeben hast, wie wir zunächst annahmen. Aber warum in aller Welt hast du uns das Dossier über das Syndikat überhaupt zugespielt?"

Die Angesprochene antwortete nicht gleich. „Ja, warum? Ich wusste, dass wir eine undichte Stelle hatten und ich spürte, aufgrund verschiedener, durch Sabotage herbeigeführter Pannen, dass sich hinter den Kulissen irgendetwas abspielt. Es war mehr so eine dumpfe Angst, die mich zu dem nachgerade bedauerlichen Schritt trieb, dir das Dossier zu übergeben. Ich dachte, wenn alles zusammenbricht und es mir an den Kragen geht, sollen die Schuldigen dafür bezahlen."

Wieder unterbrach die Frau mit der Maschinenpistole für einen Augenblick ihren Redefluss. „Dazu hätten Sie aber die Liste mit den Namen nicht entfernen dürfen", warf Peter Stahl ein. „Ja. Ich war da, entgegen meiner sonstigen Art, hin- und hergerissen. Dass ich die Mappe als Achims Werk ausgegeben habe, war ein Spiel mit dem Feuer, denn ich war fälschlicherweise davon ausgegangen, dass auf den braven Benno Verlass ist, und er den Umschlag, meiner Bitte entsprechend, nicht öffnet. Aber das ist von einem Journalisten wohl etwas zu viel verlangt. Daher ist meine Aktion auch als völlig überflüssig und unglücklich zu bewerten. Wenn ich bedenke, was daraus geworden ist, welche Wellen alles geschlagen hat, welche weitreichenden Konsequenzen für wichtige Mitglieder der hiesigen Organisation sich daraus ergeben haben – es war wohl der größte Fehler meines Lebens."

Pfarrer Stahl entgegnete energisch: „Nein, der größte Fehler war es, sich auf diesen Oleg einzulassen und alle moralischen Grundsätze über Bord zu werfen."

Lilo Sänger hielt inne, um dann mit belegter Stimme zu sagen: „Es war Liebe – die Liebe zu Andrej allein." Sie schnäuzte sich und blickte entschlossen zum Russen. „Genug geredet. Komm, Andrej, lass uns jetzt Schluss machen." Der Angesprochene machte Anstalten, sich den beiden Stühlen zu nähern, als Stahl bemerkte: „Und was machen Sie mit Breuning? Wenn Sie den auch umbringen, dann wird man Ihnen über kurz oder lang auf die Spur kommen."

„Machen Sie sich da mal keine Sorgen", sagte Slotnikow schroff, „den nehmen wir mit. Er darf sein Grab im Wald selbst ausheben. Niemand wird ihn finden. Alle werden glauben, er sei der große Boss gewesen, habe sich nach den Morden an Ihnen abgesetzt. Und selbst wenn sie Breuning finden sollten, sind Lilo und ich weit weg."

Slotnikow legte seine MP ab, stand nun direkt hinter den beiden Stühlen. Stahl roch seinen Schweißgeruch, betete in der Stille. Der hochgewachsene einstige Armee-Offizier schwang sein Bein nach hinten, um zuerst den Stuhl des Pfarrers umzutreten, da zuckte ein greller Blitz auf und erneut erschütterten ohrenbetäubende Detonationen den Raum.

Aus dem sich lichtenden Nebel der Blendgranaten tauchten die Umrisse von SEK-Beamten auf. Schüsse fielen, Lilo Sänger und Slotnikow sanken getroffen zu Boden. Danach befreiten SEK-Polizisten Stahl und Moser aus ihrer misslichen Lage.

„Man kann Sie keine fünf Minuten aus den Augen lassen. Selbst eine Einladung zum Abendessen rechtfertigt in Ihrem Falle die höchste Alarmstufe“, hörte der Pfarrer Lothar Eberts Stimme. Als er sich umdrehte, blickte er in die Augen Stefan Schusters. „Ich bin froh, dass wir noch rechtzeitig gekommen sind“, sagte der Polizist.

„Und wir erst“, entgegnete Stahl, der auch in dieser Grenzsituation zwischen Leben und Tod nichts von seiner Schlagfertigkeit eingebüßt zu haben schien.

Im Hinausgehen drehte sich der Geistliche um und warf einen Blick auf die gekrümmt am Boden liegenden Körper Lilo Sängers und Andrej Slotnikows. „Liebe führt nicht immer zum Ziel. Die Ärmste hat sie in Verblendung, in Hass und Gewalt – und letztlich in den Tod gelotst.“

Die rechte Hand des Russen lag an Lilo Sängers Wange. „Es erinnert mich ein wenig an Hugos ‚Glöckner von Notre Dame'. Eine aussichtslose Beziehung zweier Menschen außerhalb der gesellschaftlichen Norm“, bemerkte Moser. Zwei SEK-Beamte nahmen Dr. Cornelius Breuning in ihre Mitte und geleiteten den schwer schnaufenden Rechtsanwalt aus dem unterirdischen Labyrinth zu einem Polizeifahrzeug, das ihn in das Untersuchungsgefängnis nach Wöllstein brachte. Ein Gebäude, das der Jurist gut kannte – allerdings bislang nur beruflich als Anwalt von dort einsitzenden Häftlingen. Jetzt würde er den Bau nicht so schnell verlassen.

„Manchmal sind die Kollegen vom LKA eben doch nicht dümmer als die Polizei erlaubt“, begann Lothar Ebert seinen Bericht. Mit ihm saßen Schuster, Moser und Stahl in der

Halle von Breunings Villa. „Die Ermittlungen des OK-Dezernats führten zu dem Ergebnis, dass Cornelius Breuning im Zentrum der Organisation sein musste. Gleichzeitig kam bei der Soko die Meldung durch, dass Lilo Sänger aus der Wohnung in einer Duisburger Hochhaussiedlung, in der wir sie einquartiert hatten, verschwunden ist. Nach Zeugenaussagen, sei sie in Begleitung eines Mannes in eine schwarze Limousine gestiegen“, erläuterte Ebert Stahl und Moser, die gespannt lauschten, die Geschehnisse, die letztlich zu ihrer Rettung führten. „Der Beschreibung nach musste Slotnikow dieser Begleiter sein.“ Die Fahndung nach beiden lief auf Hochtouren, als der Wagen unweit von Oppenheim gesehen wurde. „Da zählten wir eins und eins zusammen. Denn von all den uns bekannten Mitgliedern des Syndikates waren hier nur noch Breuning und van Aalheim anzutreffen.“

Also, fuhr der Chef der Mordkommission fort, habe man zwei Einsatzkommandos auf den Weg geschickt. Er und Schuster seien mit SEK-Leuten zu Breuning. „Es erschien wesentlich wahrscheinlicher, dass er das Ziel der Reise sein sollte, wobei uns nicht klar war, welche Rolle Lilo Sänger spielte. Für uns war sie immer noch das Opfer. Unsere Überlegungen gingen also dahin, dass sie entführt wurde, um eine gefährliche Zeugin auszuschalten, und damit das zu vollenden, was in der Johann-Benz-Straße und im Krankenhaus zweimal scheiterte. Andererseits fragten wir uns auch, wozu dieser Umstand gut sein sollte, die Frau quer durch die Republik zu kutschieren, um sie dann doch umzubringen. Das hätte das Syndikat, als es wusste, wo sie untergebracht war, auch dort erledigen können.“

Man habe sich zwar einiges ausgemalt, doch seien die Polizisten von der Szene, die sie im Keller von Breunings Haus angetroffen hätten, völlig überrascht gewesen.

„Aber dafür haben wir unsere gut ausgebildeten Kollegen von der Ninja-Truppe“, meinte Ebert. Nach einer Weile fragte Benno Moser: „Was passiert eigentlich mit Cornelius Breuning?“

„Der wird wahrscheinlich für den Rest seines Lebens Gefängnisluft atmen. Da hilft ihm selbst der beste Berufskollege nicht aus der Patsche, auch wenn er so ein durchtriebener Winkeladvokat wäre wie er selbst“, versuchte sich Stefan Schuster in der Rolle, die sonst Lothar Ebert oblag. „Jetzt fehlt uns nur noch der feine Herr Litzius, aber den kriegen wir früher oder später auch noch. Doch jeden Tag steht ein neuer Litzius auf. Wir haben ein paar Knoten gekappt, nicht aber das ganze Syndikat zerrissen“, bilanzierte Stefan Schuster nüchtern. Litzius und van Aalheim waren die Strategen der Organisation vor Ort, die Aktionen geplant und abgewickelt hatten. Reinhardt war der Logistiker, der in seinen Lastzügen die Ware des Syndikats transportiert hatte. Alle Fäden wiederum liefen am Ende bei Lilo Sänger zusammen, die die Aktionen mit den Bossen in St. Petersburg koordinierte. „Kaum zu glauben, dass ein Mensch, den man fast sein Leben lang kennt, zu so etwas fähig ist, ohne dass man auch nur den leisesten Verdacht geschöpft hat“, schüttelte Moser den Kopf.

„Alle einte unterdessen eine Triebfeder: die Gier. Die Gier nach Geld und Macht“, stellte Schuster fest.

**Spaziergang**

Die Mai-Sonne wärmte die beiden Spaziergänger. Schmetterlinge torkelten in den blauen Himmel über den Rebhängen. Peter Stahl und Anneliese Heimbach wanderten durch die Feldwege entlang der Weinberge und erreichten schließlich die Ruine Landskrone. Sie setzten sich in eine der Fensternischen. Der Pfarrer holte eine Flasche mit Kühlmanschette aus dem Rucksack, einen Chardonnay von Kathrin Hammen. Anneliese Heimbach wischte die beiden Gläser aus, während Peter Stahl die Flasche öffnete.

„Das Leben geht verschlungene Pfade. Er allein weiß", sagte Stahl und richtete den Blick zum Himmel, „wohin wir kommen und gehen. Danken wir ihm, dass wir diesen Augenblick erleben dürfen."

Zwei Gläser klackten gegeneinander. Die Blicke der beiden begegneten sich, bevor sie tranken.

„Das Leben ist wundervoll – eben voller Wunder", lächelte Peter Stahl zufrieden und blickte über die Weinberge hinab in das malerische Flusstal.

„Ja, das ist es", hauchte Anneliese Heimbach.

Thomas Ehlke, geboren 1960 in Mainz. Studium der Politikwissenschaft, Ethnologie und Deutschen Volkskunde. Seit 1989 Redakteur der Allgemeinen Zeitung, gegenwärtig Leiter der Alzeyer Lokalredaktion. Aufgewachsen in Oppenheim, kennt sich der bekennende Rheinhesse in der Wein- und Festspielstadt bestens aus, wobei es ihm vor allem das Kellerlabyrinth angetan hat. Neben der Musik – Thomas Ehlke gründete 1986 die heutige Jugendmusikschule der VG Nierstein-Oppenheim, drei Jahre später das Oppenheimer Saxophonquartett – gilt seine zweite Liebe dem Wein: Er ist Juror bei Weinwettbewerben und -Events wie „Bester Schoppen Rheinhessen", „Wine on the Rock" oder DWI-Weinpreis. Kein Wunder also, dass er seine zentrale Figur, den Pfarrer Peter Stahl, ebenfalls zu einem Weinliebhaber gemacht hat. Thomas Ehlke ist verheiratet und Vater eines Sohnes.

Dank
Für die Unterstützung bei der Arbeit an diesem Buch möchte ich meinen Kolleginnen Kathrin Damwitz und Anita Pleic, Dr. Martin Held vom Oppenheimer Geschichtsverein, Achim Hansen vom Polizeipräsidium Mainz und Angelika Schulz-Parthu vom Leinpfad Verlag danken.

## Lieben Sie Krimis? Wir haben noch mehr!

Claudia Platz: Das Blut von Magenza
ISBN 978-3-942291-09-5, 620 Seiten, Broschur, 14,90 €
Vera Bleibtreu: Schneezeit
ISBN 978-3942291-20-0, 172 Seiten, Broschur, 9,90 €
Franziska Franke: Der Tod des Jucundus.
Ein Kriminalroman aus dem römischen Mainz
ISBN 978-3942291-18-7, 292 Seiten, Broschur, 11,90 €
Antje Fries: Nibelungen-Tod
ISBN 978-3-937782-97-3, Broschur, 256 Seiten, 10,90 €
Friederike Harig: Sieger-Typen
ISBN 978-3942291-34-7, 272 Seiten, Broschur, 10,90 €
Clara Herborn: Schwarzer Rhein
ISBN 978-3942291-23-1, 230 Seiten, Broschur, 9,90 €
Jürgen Heimbach: Chagalls Rache
ISBN 978-3942291-19-4, 324 Seiten, Broschur, 11,90 €
Peter Jackob: Das Leben ist kein Tanzlokal. Krimi
ISBN 978-3-942291-29-3, 224 Seiten, Broschur, 9,90 €
Andreas Wagner: Schlachtfest
ISBN 978-3-942291-44-6, 184 Seiten, Broschur, 9,90 €

## Lieben Sie Wein? Dann sollten Sie mit Thomas Ehlke die rheinhessischen Straußwirtschaften entdecken:

Thomas Ehlke: Weinkompass Rheinhessen. Die 50 besten Straußwirtschaften und Gutsschänken
ISBN 978-3-942291-39-2, 127 Seiten, Boschur, 12,95 €